LE COW-BOY ET LA LADY

ZOE ARCHER

LE COW-BOY ET LA LADY

Traduit de l'américain par Daniel Garcia

J'AI LU
POUR elle

Titre original :

Lady X's Cowboy
A Leisure Book published by Dorchester Publishing Co., Inc., New York

À Zack, pour toujours

« Je ne suis qu'un pauvre cow-boy errant,
Ici un jour, ailleurs demain ;
Sans amis, sans attaches,
Là où je pends mon chapeau, c'est ma maison. »

(*Diamond Joe*, chanson cow-boy traditionnelle.)

« "Que vais-je faire de ma vie ? " me demanda un jour l'une de ces jeunes filles, de plus en plus nombreuses, qui s'aperçoivent que, mariage ou non, elles possèdent toutes un destin propre, qu'il leur appartient de conduire. La question est, en effet, d'importance. »

(Dinah Maria Mulock,
Considérations d'une femme sur ses semblables, 1858.)

1

Londres, 1883

— N'approchez pas davantage ! aboya Jack Cutler.

Il arma son colt et le bruit métallique résonna sinistrement dans la petite cabane en rondins.

Lorna Jane fixait le canon de l'arme. Elle déglutit, pour surmonter sa peur.

— Vous ne me tuerez pas, Cutler, dit-elle. Et savez-vous pourquoi ? Parce que je suis capable de déchiffrer la carte au trésor ! Son secret…

— Lady Xavier ! Lady Xavier !

Avec un soupir de lassitude, lady Olivia Xavier glissa son volume des aventures de Lorna Jane – en l'occurrence, il s'agissait de *La Carte de don Diego* – dans son réticule, et s'efforça de sourire à la femme qui venait de l'interpeller. Olivia avait espéré pouvoir profiter de ce que son cocher était en retard, pour meubler l'attente en lisant tranquillement quelques pages des exploits haletants de Lorna Jane. Mais c'était raté. Greywell, la brasserie qu'elle dirigeait, avait la malchance d'être située juste en face de la mission de la Flamme éternelle, fondée par Prudence Culpepper. Et Olivia avait beau déployer toutes les ruses pour éviter de croiser Prudence, leurs chemins se rencontraient parfois.

C'était malheureusement le cas aujourd'hui. Prudence s'apprêtait à traverser la rue avec la détermination d'un vaisseau de guerre, pour rallier le bout de trottoir où se trouvait Olivia.

Il était presque sept heures du soir, et tous les employés de la Greywell étaient rentrés chez eux. Quant au veilleur de nuit, il n'arriverait que dans une heure. En d'autres termes, Olivia était seule.

Prudence ferma soigneusement la grille de la mission et la secoua un peu, pour s'assurer que le verrou tenait bon. Il n'y avait pourtant rien de valeur à dérober à l'intérieur – à moins que des voleurs très particuliers n'entendent tirer profit du stock de bibles qui s'y trouvaient –, mais Prudence n'était pas femme à laisser la moindre chance au hasard.

— Lady Xavier, dit-elle en rejoignant Olivia, vous savez que je ne désespère pas de vous voir un jour assister à nos réunions...

Elle évoquait ces après-midi assommants où des femmes de la bonne société venaient, par charité, coudre des vêtements à l'intention des pauvres, tout en conversant de religion.

— J'y ai souvent pensé, mentit Olivia. Mais mon travail m'en a toujours empêchée.

— Votre travail ? répéta Prudence avec un dédain perceptible, comme si le mot même lui semblait grossier.

— Cette brasserie occupe beaucoup de mon temps, expliqua Olivia.

Elle jetait des coups d'œil de côté, fouillant la rue du regard. Où diable était donc passé Arthur ? Plus vite son cocher arriverait, plus vite il la libérerait des sermons trop bien intentionnés de Prudence Culpepper.

— Une femme de qualité devrait céder la direction d'une entreprise à quelqu'un de plus approprié pour cet emploi, fit valoir Prudence. Quand lord Xavier vous a légué cette brasserie, je suis certaine qu'il ne pensait pas un seul instant que vous vous mêleriez de la diriger.

Olivia sentit sa patience s'émousser. C'était à croire que tout le monde avait une opinion sur le testament de son mari ! Certes, il n'était pas rare qu'un époux lègue à sa femme des intérêts dans une ou plusieurs entreprises. Il était beaucoup moins courant, en revanche, que cette femme reprenne elle-même les rênes de ladite entreprise – surtout lorsqu'il s'agissait d'une usine où l'on fabriquait de la bière !

— J'ignorais que vous aviez le don de communiquer avec les morts, madame Culpepper, répliqua Olivia.

Comme Prudence écarquillait les yeux, elle expliqua :

— Sinon, comment pourriez-vous connaître aussi bien les intentions de mon défunt mari ?

— Vous êtes insolente ! siffla Prudence, outragée.

— C'est votre façon de juger mes actes qui est insolente, lui retourna Olivia, lassée de tenir une conversation qu'elle avait l'impression de ressasser depuis trois ans – c'est-à-dire depuis la mort de son mari.

Une fois la période de deuil passée, tout le monde avait voulu se mêler de lui montrer comment elle devrait désormais vivre. À commencer par ses parents, qui l'avaient invitée à venir habiter chez eux pour mener une existence vide et terne de veuve. Ses amis, à l'opposé, l'avaient encouragée à s'enivrer de réceptions ou de sorties au théâtre et à l'opéra. Mais un certain nombre de rabat-joie – du genre de Prudence Culpepper – souhaitaient plutôt la voir se consumer en tâches charitables.

— Comment pouvez-vous défendre vos actes, lady Xavier ? argumenta Prudence. Votre industrie maléfique fournit aux classes populaires le moyen de se détruire. N'avez-vous donc jamais lu aucun de nos tracts contre l'alcoolisme ?

Elle fouillait déjà dans son réticule, pour en tirer l'un de ces précieux tracts, mais Olivia l'arrêta d'un geste de la main.

— Je dirige une brasserie, madame Culpepper. Pas une maison de débauche. Et ma bière offre un délassement agréable aux hommes et aux femmes qui ont travaillé dur toute la journée. En revanche, je ne vois pas en quoi distribuer des tracts incitant à la tempérance allège le moins du monde le fardeau des pauvres.

— Ces gens sont incapables de discerner le bien du mal, rétorqua Prudence avec hauteur. C'est à nous de les guider moralement. Et leur fournir des boissons alcoolisées n'est certainement pas la meilleure façon de s'y prendre.

— Mon usine procure du travail à des dizaines d'hommes et de femmes, madame Culpepper. Y compris à des femmes sans mari, élevant seules leurs enfants. Pouvez-vous en dire autant ?

Au même instant, l'attelage de Prudence Culpepper surgit au carrefour.

— Vous êtes en retard ! fit valoir celle-ci alors que le cocher immobilisait ses chevaux devant elle.

— Désolé, madame, répliqua-t-il, sans la plus petite once de remords dans la voix.

Un valet sauta du marchepied arrière pour ouvrir la portière et aider sa maîtresse à monter. Puis il se tourna vers Olivia. Mais Prudence le prit de court :

— Je ne vous offre pas de partager ma voiture, lady Xavier, dit-elle. J'imagine que vos idées modernes vous font préférer la marche à pied.

Olivia aurait encore mieux aimé affronter le colt de Jack Cutler que de se retrouver enfermée dans une voiture avec Prudence Culpepper.

— Merci quand même de l'invitation, rétorqua-t-elle avec ironie.

Prudence pinça les lèvres. Le valet reprit sa place sur le marchepied et l'attelage s'ébranla aussitôt.

Dès qu'elle se retrouva seule, Olivia soupira de soulagement et rouvrit son réticule pour récupérer son roman. Sa journée, passée en réunions avec les contremaîtres de l'usine, avait été éprouvante. Les jérémiades de Prudence Culpepper n'avaient fait que l'assommer un peu plus. Maintenant, tout ce qu'elle souhaitait, c'était pouvoir se replonger tranquillement dans les aventures de Lorna Jane au fin fond de l'Ouest américain.

Mais la nuit tombait, et Olivia éprouvait quelques difficultés à lire. Où donc était passé Arthur, à la fin ? Pareil retard était inhabituel de sa part, et la jeune femme commençait à s'en inquiéter. Wandsworth, sur la rive sud de la Tamise, n'avait pas la réputation d'être un coupe-gorge comme Whitechapel, mais le quartier était quand même loin d'être aussi tranquille que celui de Bayswater, où résidait Olivia.

Jetant un regard autour d'elle, elle s'aperçut tout à coup qu'elle n'était plus seule. Trois silhouettes venaient de se matérialiser dans le brouillard naissant. Un frisson glacé lui vrilla l'échine, car les trois hommes avançaient délibérément dans sa direction. Elle se retint, cependant, de faire retraite vers les grilles de la brasserie. Ne leur montre pas que tu as peur, se dit-elle, levant fièrement le menton pour afficher un air courageux. Après tout, il ne s'agissait peut-être que d'ouvriers rentrant tranquillement chez eux.

Mais non. C'était bien après elle qu'ils en avaient.

— Bonsoir, m'dame, dit l'un, tapotant du doigt le bord de son chapeau en guise de salut.

Son ton était poli, mais il avait une mine franchement patibulaire. Ses deux compagnons se disposèrent de chaque côté de lui, de façon à former un demi-cercle autour d'Olivia.

— Bonsoir, répliqua-t-elle, de la voix la plus assurée qu'elle put.

— Vous êtes seule ? demanda un autre, qui avait les épaules étrangement affaissées.

— Non, répondit Olivia.

— Pourtant, je ne vois personne alentour, intervint le troisième, tellement maigre et noueux qu'il paraissait être une boule de nerfs.

Il jeta un regard à droite et à gauche, avant de reporter son attention sur Olivia, la détaillant avec la plus parfaite impudence.

— Ma voiture va arriver d'un instant à l'autre, expliqua-t-elle, avec plus de conviction qu'elle n'en éprouvait réellement.

— Mais, pour l'instant, elle n'est pas là, fit valoir Mine patibulaire. Ce qui nous laisse le temps de parler un peu.

— Je ne vois pas de quoi nous pourrions parler, objecta Olivia.

Elle essayait, malgré sa peur grandissante, de garder un ton détaché, comme si elle s'adressait à sa cuisinière pour établir le menu du dîner.

— Au contraire, nous avons beaucoup à nous dire, rétorqua Épaules tombantes.

Il l'attrapa par le bras. De surprise, Olivia en laissa échapper son roman, qui heurta le trottoir avec un bruit mat.

— Lâchez-moi, monsieur !

— Pas tant que nous ne vous aurons pas délivré notre message, intervint Mine patibulaire. Le monsieur qui nous envoie n'aime pas du tout vous savoir ici.

— Il veut parler de la brasserie, précisa Nerveux.

— Et il vous demande de reconsidérer son offre, ajouta Mine patibulaire. Sinon, il pourrait se fâcher pour de bon contre vous.

Olivia comprit tout à coup.

— Vous êtes à la solde de George Pryce ! s'exclama-t-elle, ulcérée.

— Nous n'avons mentionné aucun nom, fit valoir Épaules tombantes.

— Mais l'allusion est transparente, répliqua Olivia, qui était à présent plus furieuse qu'apeurée. Vous pouvez retourner lui dire de mettre son offre là où je pense ! Et maintenant, lâchez-moi !

Elle voulut se libérer, mais Épaules tombantes la tenait fermement. Elle se servit alors de son réticule comme d'une fronde. Le sac atteignit Nerveux en plein visage, avant de s'ouvrir et de laisser échapper une pluie de pièces de monnaie qui se dispersèrent sur le trottoir.

Mine patibulaire décida alors d'employer les grands moyens. Le voyant s'approcher d'elle, Olivia serra son seul poing libre, prête à défendre chèrement sa peau. Elle n'en eut pas le loisir : un inconnu intercepta soudain Mine patibulaire, l'envoyant bouler à terre. Désarçonné par ce coup de théâtre, Épaules tombantes lâcha le bras d'Olivia.

La jeune femme et ses agresseurs regardèrent, médusés, Mine patibulaire se battre contre l'inconnu surgi de nulle part. Le combat fit rage quelques instants, puis l'inconnu, prenant le dessus, s'assit à califourchon sur Mine patibulaire, qu'il clouait au sol.

— La dame ne veut pas de ta compagnie, dit-il, entre deux solides coups de poing assenés à son adversaire.

Olivia sursauta. Il parlait avec l'accent américain ! Lorsque son époux était encore vivant, elle avait rencontré des hommes d'affaires venus de Boston ou de

New York, sur la côte Est. Mais, si elle ne se trompait pas, l'inconnu était, lui, originaire de l'Ouest. Et même, du Far West !

Les assaillants de la jeune femme, revenant de leur surprise, s'approchaient déjà de l'Américain. Olivia frissonna. La lutte était inégale, à un contre trois. Mais l'Américain éclata de rire.

— Vous voulez votre part, les gars ?

Dieu du ciel ! Il semblait prendre plaisir à se battre !

Olivia n'arrivait pas à distinguer ses traits – il portait un chapeau à larges bords, sans doute un Stetson, qui lui cachait en partie le visage. Mais il semblait plus musclé que les sbires de Pryce. Et surtout, plus rapide. À peine Nerveux se fut-il jeté sur lui qu'il lui décocha un coup de poing sur le nez, l'expédiant au tapis avec un cri de douleur.

— Ces nez anglais, ça n'est vraiment pas solide, commenta l'Américain, amusé. Ils se réduisent en compote comme un rien.

Épaules tombantes voulut charger à son tour, mais l'Américain le cueillit d'un uppercut dans l'estomac et d'un autre à la mâchoire, qui le mit momentanément K.-O.

Mine patibulaire, entre-temps, s'était relevé et voulut reprendre le combat. L'Américain l'arrêta d'un coup de pied bien placé.

Ses trois adversaires à terre, il les toisa d'un œil égrillard.

— Vous n'allez quand même pas déjà abandonner, les gars ? Je commençais juste à m'amuser !

— C'est bon, marmonna Nerveux. On en a assez.

Olivia aurait juré que l'Américain était sincèrement déçu.

— Dans ce cas, présentez vos excuses à la dame, dit-il.

Un murmure d'excuses monta du trottoir.

— Je ne veux pas de vos excuses, répliqua Olivia, toujours aussi furieuse. En revanche, je compte sur vous pour dire à Pryce que ma réponse est non. *Définitivement* non.

— Et maintenant, déguerpissez, reprit l'Américain. Avant que je ne me fâche pour de bon.

Les trois lascars se redressèrent tant bien que mal et s'éloignèrent en se soutenant mutuellement par les épaules.

L'Américain se tourna alors vers Olivia.

Il possédait un tel talent pour se battre que la jeune femme craignit, un instant, qu'il ne dirige désormais ses poings contre elle. Elle se trompait.

— Ça va, m'dame ? demanda-t-il d'une voix presque tendre, où perçait une sincère inquiétude.

La transformation était si brutale qu'Olivia eut l'impression d'avoir affaire à un autre homme. Elle ne pouvait toujours pas distinguer ses traits – à cause du chapeau, et aussi de cette moustache imposante qui lui mangeait le bas du visage –, mais il la dépassait de près d'une demi-tête.

— Je... je crois, oui, répondit-elle, quoiqu'un peu déroutée par la tournure des événements.

En vérité, elle mourait d'envie de serrer son sauveur dans ses bras.

— Vous connaissiez ces types ?

— Non. Je ne les avais jamais rencontrés. Mais je sais qui me les a envoyés.

— Je parie qu'ils y réfléchiront à deux fois avant de vous embêter encore.

— C'est à vous que tout le mérite en revient. Merci.

Il tapota, du bout du doigt, le bord de son Stetson.

— De rien, milady.

Olivia sentait son regard la détailler – détailler sa silhouette, ses vêtements, son visage, et même ce ridicule petit chapeau dont sa modiste prétendait qu'il faisait rage à Paris. Cet Américain la regardait très différemment des rustres envoyés par Pryce – il ne se montrait pas du tout obscène. Mais ses prunelles brillaient d'une lueur si intense, presque primitive, qu'elle ne put s'empêcher de rougir.

— Car vous êtes une vraie lady, n'est-ce pas ? reprit-il. Vous êtes la première que je rencontre. Je commençais à me demander si les dames dans votre genre n'existaient pas que dans les livres.

Olivia s'esclaffa. Cet homme avait une façon très directe de s'exprimer – mais ce n'était pas forcément un défaut. Cela la changeait agréablement de la conversation ennuyeuse de la plupart des gentlemen qu'elle connaissait.

— Oui, on m'appelle milady, acquiesça-t-elle, bien que je ne sache pas exactement ce que cela signifie.

— Croyez-moi, m'dame, vous êtes une authentique lady. Ça saute aux yeux.

— Merci, fit Olivia, rougissant de plus belle.

Elle avait pourtant entendu bien d'autres compliments dans sa vie – et mieux tournés –, mais le verdict tout simple de cet Américain l'emplissait d'un plaisir inattendu. Peut-être parce qu'il avait dit cela avec une sincérité évidente, et qu'il n'était pas le genre d'homme à débiter des flatteries à tout va.

Il se pencha pour ramasser le livre tombé à terre.

— C'est à vous ? s'enquit-il en se redressant.

Olivia contempla son roman recouvert de papier cristal. Il semblait fragile et déplacé, dans cette grosse main calleuse. Mais ce qui la frappa le plus, c'était la couverture de l'ouvrage, qu'elle n'avait encore jamais observée avec autant d'intérêt. La gravure représentait Lorna Jane, ligotée à un poteau, un cow-boy surgissant à sa rescousse. Le cow-boy du dessin portait un Stetson et une moustache.

Elle leva les yeux vers l'Américain.

C'était un cow-boy !

— Je... je... balbutia-t-elle.

Il s'approcha et, pour la première fois, Olivia put voir clairement ses yeux. Ils étaient d'un bleu azuréen – le bleu pur des ciels du Montana, ou des eaux du Rio Grande reflétant le soleil implacable du Texas, ou de tous ces lieux dont elle avait si souvent rêvé mais qu'elle n'avait jamais vus en vrai.

Elle en profita pour le regarder plus en détail. Son Stetson, délavé par le soleil et la pluie, n'avait plus de couleur. Sa veste de grosse toile était élimée aux manches. Il portait aussi une chemise de coton bleu et avait noué un foulard rouge à son cou. Son pantalon tendu sur les cuisses laissait deviner des muscles solides.

— Où est votre colt ? ne put-elle s'empêcher de demander.

— Mon quoi ? Ah, oui... Je l'ai laissé dans ma chambre. Je ne pensais pas en avoir besoin ce soir. J'avais entendu dire que l'Angleterre était un pays civilisé.

Ainsi, il possédait bien un colt ! Doux Jésus...

— Vous êtes sûre que ça va ? insista-t-il, fronçant les sourcils.

Il leva une main, comme s'il désirait lui toucher le visage, mais il suspendit finalement son geste et laissa retomber sa main. Olivia le regretta presque : elle aurait voulu sentir ses doigts rugueux sur sa joue.

— Oui... Je suis juste un peu secouée, c'est tout.

L'Américain recula d'un pas. Elle s'aperçut alors qu'il était vraiment très large d'épaules.

— Ce n'est pas raisonnable, pour une femme comme vous, de se trouver seule dans un endroit pareil, dit-il. Où est votre mari ?

— Parti. Enfin, je veux dire, disparu. Mort… répondit Olivia, qui ne comprenait pas pourquoi elle semblait avoir perdu tous ses moyens.

Certes, sa rencontre avec les trois ruffians l'avait quelque peu ébranlée, mais ça n'expliquait pas tout – comme cette soudaine impossibilité à s'exprimer correctement, par exemple. Elle avait trente-deux ans, que diable ! C'était un peu vieux pour balbutier comme une collégienne.

L'Américain ôta son chapeau, d'un air solennel.

— Mes condoléances, m'dame.

— Merci, répliqua Olivia, le souffle court.

Malgré la pénombre, elle pouvait voir que l'Américain avait des cheveux blonds. En revanche, elle n'aurait pas su dire son âge. Il possédait de toute évidence l'énergie d'un homme encore jeune, même si son regard trahissait une longue expérience de la vie.

— Mais il est mort il y a déjà trois ans, précisa-t-elle.

— Je suis heureux de l'apprendre, dit-il alors, avec un sourire presque taquin.

— Vous êtes bien la première personne à me dire cela, commenta Olivia, sans y mettre toutefois la moindre offense.

Il sourit.

— Vous êtes très séduisante, m'dame.

Olivia crut que ses jambes allaient se dérober sous elle. L'Américain tenait toujours son roman à la main, mais elle n'osait pas le récupérer. Tout cela avait l'air tellement irréel qu'elle commençait à se demander si elle n'était pas en train de rêver. Dans quelques secondes, Sarah, sa camériste, viendrait la réveiller en lui apportant une tasse de chocolat chaud et le courrier du matin. Et elle s'étirerait langoureusement dans son lit…

Mais, à bien y réfléchir, elle ne se représentait pas toute seule dans son lit. L'Américain était là, lui aussi. Allongé juste à côté d'elle. Et entièrement nu.

La jeune femme pria le Ciel pour qu'il ne puisse deviner où l'avaient menée ses pensées. Cependant, elle crut le voir légèrement rougir.

Un bruit d'attelage la tira brusquement de sa rêverie.

— Milady ! cria Arthur. Je suis désolé de vous avoir fait attendre…

— Où diable étiez-vous passé ? le coupa l'Américain avant qu'Olivia ait pu dire un mot.

Le cocher le regarda, ahuri, tandis qu'un valet sautait du marchepied arrière.

— Vous mériteriez que je vous botte le derrière ! ajouta le cow-boy.

Arthur, sans bouger de son siège, interrogea Olivia du regard.

— Des hommes m'ont accostée, révéla celle-ci.

— Je suis arrivé à temps, reprit l'Américain. Malheureusement, je ne peux pas en dire autant de vous, ajouta-t-il à l'adresse d'Arthur, en pointant un index accusateur dans sa direction.

— La voiture a rompu une roue, milady, expliqua Arthur, fort embarrassé. Et la réparation a pris plus de temps que prévu. Je comprendrais très bien que vous acceptiez ma démission et…

— Y a intérêt, nom de Dieu ! le coupa encore l'Américain.

— Soyez assez aimable pour ne pas jurer en présence de lady Xavier, lui répliqua Arthur avec hauteur.

— Ferme-la, crétin ! Sinon je te pends par les boyaux…

— Ça suffit, vous deux ! intervint Olivia. Arthur, vous auriez dû vérifier les roues avant de prendre la route. À l'avenir, ne commettez plus ce genre d'erreurs. Sans le concours de monsieur…

Elle se tourna vers l'Américain, réalisant qu'elle ne connaissait même pas son nom…

— Coffin, m'dame. Will Coffin.

— Oui, monsieur Coffin. Votre arrivée fut providentielle, assura-t-elle, avant de se demander tout à coup ce qu'un cow-boy pouvait bien fabriquer dans les rues de Londres. Que faites-vous là, d'ailleurs ?

Il ne parut pas vraiment comprendre sa question.

— Je loge pas loin du fleuve. À Wapping. Dans un petit hôtel.

— Et vous êtes venu de Wapping jusqu'ici à pied ?

— J'aime bien explorer les endroits que je ne connais pas, expliqua-t-il.

Il était si grand, si costaud et il ressemblait si peu aux hommes qu'Olivia croisait habituellement, qu'il ne cessait pas de la fasciner.

— Je me promenais du côté des docks, quand j'ai entendu du bruit, ajouta-t-il. Je suis venu voir de quoi il retournait.

— Croyez bien que je me félicite de votre curiosité, monsieur Coffin, assura Olivia avec un sourire. Elle mérite même une récompense.

Il fronça les sourcils.

— Une récompense ?

Elle se rappela qu'il avait parlé d'un hôtel en guise de logement. Et Wapping était un quartier réputé pour sa pauvreté. Aussi jugea-t-elle opportun de faire comme elle en avait l'habitude avec les miséreux : leur jeter de l'argent.

— Arthur ? demanda-t-elle à son cocher, puisque les pièces de monnaie de son réticule s'étaient éparpillées sur la chaussée.

— Oui, milady.

Le cocher fouilla dans sa poche. Olivia le rembourserait plus tard.

— Gardez votre argent, intervint l'Américain.

La jeune femme sursauta. Il semblait furieux.

— Mais…

— Je ne veux pas de votre argent, répéta-t-il sèchement.

— Vous aurais-je offensé ?

Will Coffin remit son chapeau. Olivia se sentit tout à coup aussi maladroite et empruntée qu'une jeune collégienne.

— M'dame, dit-il, je préfère poursuivre ma route avant que ce satané brouillard me rende plus aveugle qu'une mule au fond d'une mine.

— Monsieur Coffin, j'insiste pour…

— Rentrez chez vous, m'dame. Et ne vous aventurez plus toute seule dans un quartier comme celui-ci.

Le valet d'Olivia la pressait vers sa voiture.

— Ne puis-je pas au moins vous déposer quelque part ? proposa-t-elle à l'Américain, même si c'était tout à fait indécent d'inviter un inconnu dans sa voiture.

Will Coffin déclina l'offre d'un mouvement de tête. Puis il salua et tourna les talons. Olivia le suivit quelques instants des yeux, avant qu'il ne soit complètement happé par le brouillard. Bientôt, elle n'entendit plus que le bruit de ses bottes frappant le trottoir, puis le bruit lui-même s'évanouit.

— Il est temps de partir, milady, intervint Arthur.

Elle laissa son valet l'aider à prendre place dans le véhicule. Puis il ferma la portière et l'attelage s'ébranla rapidement en direction de Bayswater. La jeune femme coula un regard par la fenêtre, espérant apercevoir Will Coffin une dernière fois, mais elle ne vit que le brouillard.

2

George Pryce poussa la porte du pub des Trois Grâces, sur le Strand, la grande avenue londonienne. C'est là qu'il avait donné rendez-vous aux trois lascars chargés d'effrayer lady Xavier.

Pryce était d'une humeur massacrante, ces derniers temps. Plus furieux encore qu'à l'époque où il avait failli se faire expulser de Cambridge, pour tricherie. Heureusement, l'influence de son père lui avait permis de garder sa place à l'université, mais l'affront n'avait jamais été lavé.

Il s'installa à une table et commanda une bière.

— De la Greywell ou de la Bass, monsieur ? lui demanda le serveur.

— De la Bass ! répliqua Pryce, dont l'humeur s'assombrit encore d'un cran.

Tout, décidément, le ramenait à cette maudite histoire de brasserie !

Quatrième fils du comte de Hessay, Pryce vivait toujours chez ses parents – en petit dernier qui n'avait pas encore pris son envol. Ses trois frères aînés, en revanche, possédaient leur propre maisonnée et siégeaient au Parlement, où ils consacraient beaucoup de temps aux affaires de la nation. Mais Pryce ne rêvait pas pour lui-même de l'existence qui satisfaisait ses frères. Il aimait l'oisiveté et la paresse – les deux seules occupations, à ses yeux, vraiment dignes d'un gentleman.

L'ennui, c'est que son père ne cessait de le harceler sur ce qu'il comptait faire de sa vie. Henry Pryce, cinquième comte du nom, ne semblait pas penser que le simple état de gentleman constituât une profession suffisante.

Sa bière arriva enfin. George en but aussitôt une grande rasade, pour se calmer les nerfs. Il regrettait souvent de ne pas être né un siècle plus tôt, quand personne n'aurait songé à demander à un noble de travailler, tellement cette notion aurait semblé vulgaire aux gens de sa caste. Les choses avaient bien changé. À présent, la société dans son entier semblait prise d'une folie industrieuse. La faute en incombait à tous ces chefs d'entreprise qui conduisaient désormais les rênes du royaume, avec l'assentiment de la reine Victoria.

À trente-cinq ans, George cherchait donc un moyen de se faire de l'argent sans trop se fatiguer. Un matin, en consultant le *Times* pour connaître les résultats des matchs de cricket, il était tombé sur un article expliquant que le commerce de la bière se révélait de plus en plus lucratif. La Bass, par exemple, l'une des brasseries les plus importantes du pays, dégageait de superbes profits et possédait des entrepôts à Londres, Dublin, Édimbourg et même Paris. George avait donc cru trouver la solution : il lui suffirait d'acheter une brasserie à la taille de sa bourse, et les bénéfices tomberaient bientôt dans son escarcelle.

Malheureusement, la brasserie qu'il convoitait, la Greywell, était dirigée par une veuve présomptueuse, refusant d'entendre raison. Pryce n'était pas habitué à ce qu'on lui résiste. L'argent, le titre et l'autorité de son père lui avaient toujours ouvert toutes les portes.

Mais cela aussi changeait, hélas. Pryce tirait une grande fierté de sa naissance aristocratique. Le problème, c'est que cela ne suffisait plus, aujourd'hui, pour être respecté. Partout où il sortait, aux courses, à l'opéra, dans les réceptions et même à son club, il était obligé de composer avec ces parvenus qui tiraient leur fortune de leur travail. En façade, il se montrait affable avec ces nouveaux riches, leurs épouses aux toilettes trop clinquantes et leurs enfants mal élevés. Mais, au fond de lui, il cultivait à leur égard une haine grandissante.

Le refus obstiné de lady Xavier ajoutait un peu plus à sa fureur. Heureusement, Pryce comptait sur les trois hommes qu'il avait recrutés hier pour l'amener à entendre raison.

Mais il se trompait…

— Que vous est-il arrivé ? s'exclama-t-il en voyant le trio rejoindre sa table d'une démarche traînante, des ecchymoses visibles sur leurs visages. Ne me dites quand même pas que c'est lady Xavier qui vous a fait ça !

— Non, pas elle, marmonna Bill Dunsby. Mais une espèce d'Américain.

— Un Américain ?

Le tavernier s'approcha pour prendre leur commande.

— De la Greywell ! réclamèrent les trois hommes d'une même voix.

— Je ne vous paie pas pour boire ! rugit Pryce, et il renvoya le tavernier d'un geste d'autorité.

Dunsby et ses deux acolytes arborèrent une mine encore un peu plus déconfite.

— Il a surgi de nulle part, expliqua Dunsby. Et nous a boxés tous les trois.

— C'est pathétique, lâcha Pryce. Un seul homme qui vient à bout de trois lascars comme vous !

— Vous dites ça parce que vous ne l'avez pas vu, intervint Davey Stoke. Il était fort comme un bœuf !

Pryce sentit un début de migraine l'envahir.

— Fichez-moi le camp ! dit-il en se massant les tempes.

— Et pour l'argent ? demanda Dunsby. Vous deviez nous verser l'autre moitié après coup...

— Oui, mais j'escomptais un succès, fit valoir Pryce. Étant donné les circonstances, vous n'aurez pas un sou de plus.

Comme les autres s'apprêtaient à protester, il s'empressa d'ajouter :

— J'ai des relations haut placées dans la police. Un seul mot de ma part suffirait à vous jeter tous les trois en prison pour le restant de vos jours.

Le trio, marmonnant et pestant, se décida à lever le camp. Dès qu'il fut à nouveau seul, Pryce commanda un whisky. La bière ne lui suffisait plus.

Lady Olivia Xavier finirait tôt ou tard par entendre raison. Américain ou pas. Et elle apprendrait du même coup qu'il était impossible de dire non à George Pryce.

Will avait déjà rencontré le brouillard dans son existence. Ainsi que la neige, les gros orages, les tempêtes de sable ou toute autre forme de déchaînement météorologique. Ayant passé le plus clair de sa vie à l'extérieur, il ne pensait pas se laisser impressionner par quelques méchantes brumes montées de la Tamise.

Et pourtant, il se retrouvait tout à coup plus perdu qu'au milieu de l'océan, durant ces deux semaines infernales qu'avait durées sa traversée pour rejoindre l'Angleterre. Car, outre que le brouillard était à couper au couteau, Will devait en plus chercher son chemin dans un lacis inextricable de rues portant des noms à coucher dehors – comme Houndsditch Street ou Threadneedle Street. Au moins, à Denver, les rues avaient la bonne idée de se couper à angle droit. Et elles étaient toutes numérotées. Mais essayer de se repérer dans Londres semblait une tâche presque insurmontable.

La vérité, c'est que Will ne possédait, pour l'aider, qu'un vague plan d'ensemble, griffonné sur un bout de papier enfoui dans sa poche. Ce croquis ne lui avait en gros servi à rien depuis son arrivée, quelques jours plus tôt. Mais il n'entendait pas renoncer pour autant. Il savait qu'avec un peu de temps, il finirait par s'inventer ses propres repères.

Tandis qu'il arpentait les rues de cette étrange ville, il ne pouvait s'empêcher de repenser à sa rencontre d'hier, avec la jeune et ravissante veuve. En fait, non, elle n'était pas seulement ravissante : elle était diablement belle ! Will avait vu des dizaines de chanteuses de saloon, pratiquement dénudées pour monter sur scène : eh bien, pas une seule n'arrivait à la cheville de cette veuve anglaise. Lady Xavier, comme l'avait appelée son cocher.

Le soir commençait à tomber. Will regagnait patiemment son logis, en se roulant une cigarette. Il avait acheté, en chemin, un morceau de tourte à la viande, qu'il portait dans un sac de papier. Ce serait son dîner.

Deux filles outrageusement fardées le dépassèrent. Elles ressemblaient aux filles qu'on pouvait croiser à Leadville, ou dans n'importe quelle autre ville de l'Ouest que Will avait fréquentée. Aussi ne se méprit-il pas un seul instant sur leur profession.

— T'as pas envie d'un peu d'amour, chéri ? lui demanda l'une.

— Ouais, renchérit l'autre. Si tu veux, tu peux avoir les deux pour le prix d'une.

— Non, merci, mesdames, répondit Will. Je ne suis pas intéressé.

Les deux femmes s'esclaffèrent.

— Un Américain ! C'est la première fois qu'on en voit un !

Will souleva son chapeau. Il considérait que même les catins étaient des dames – et il les avait toujours traitées en conséquence.

— Vous venez du Texas ? demanda la plus âgée.

— Du Colorado, m'dame.

— Mais c'est bien en Amérique ?

— Pour autant que je sache, oui.

— Dans ce cas, si vous voulez, on vous offre la tournée gratuite, proposa la plus jeune. Ce sera notre façon à nous de vous souhaiter la bienvenue en Angleterre.

Elle lui avait pris le bras et se pressait contre lui. Will ne fut pas davantage tenté.

— Encore merci, répondit-il, libérant doucement son bras. Mais il se trouve que je n'ai pas envie de compagnie ce soir.

Les deux femmes marquèrent un instant leur déception, avant de hausser les épaules.

— Bon, si vous changez d'avis, répliqua l'aînée, vous n'aurez qu'à venir au Bœuf couronné. Vous demanderez Jennie et Kate.

— Je ne changerai pas d'avis. Bonsoir, mesdames, conclut Will en soulevant à nouveau son chapeau.

Les deux femmes le saluèrent en retour, avant de s'éloigner en direction des docks.

Will continua tranquillement vers son logis, achevant de rouler sa cigarette. Il n'avait plus fait la moindre cabriole depuis son passage à New York, mais il n'était pas comme ces hommes toujours prêts à jeter leur argent pour s'offrir de la compagnie. Il aimait les femmes – et même, il les adorait –, mais parfois un homme avait d'autres priorités que de se trouver une maîtresse.

La fille qu'il avait rencontrée à New York travaillait dans l'industrie. Il se souvenait de son corps superbe, et aussi qu'il avait pris beaucoup de plaisir avec elle. Mais, au moment de la quitter au petit matin, il s'était fait la réflexion qu'il commençait à se lasser de ces nuits sans lendemain. Il avait le sentiment qu'il lui manquait quelque chose – même s'il n'aurait pas su dire quoi.

Ses pensées le ramenèrent brusquement à Xavier. Il ne s'était pas trompé : c'était une vraie lady, de la plume de son chapeau jusqu'à la pointe de ses chaussures de luxe. Et sa robe bleue était probablement taillée dans de la soie pure. Mais ce n'était pas l'élégance de sa toilette qui lui avait fait comprendre qu'il était en face d'une authentique lady : c'était son allure générale, ce port de tête altier, ces manières raffinées, qui composaient un ensemble à la fois intimidant et irrésistible.

Will gratta une allumette contre un mur pour allumer sa cigarette, puis avala une bouffée de fumée qu'il recracha lentement. Dieu merci, il avait songé à emporter avec lui son tabac préféré – qui sait ce que ces diables d'Anglais pouvaient bien fumer ? Peut-être du tabac bouilli, comme leurs viandes !

— Marrons chauds ! Chauds, chauds, les marrons chauds ! cria un vendeur ambulant.

Quelques gamins surgirent pour lui acheter des marrons, et repartirent aussitôt avec.

Les cheveux de lady Xavier étaient plus noirs encore que ces marrons grillés. Et leur texture, à la fois épaisse et luisante, évoquait des ailes de corbeaux. Il aurait aimé enfouir ses mains dedans : il était prêt à parier qu'ils étaient aussi doux, au toucher, que la soie de sa robe.

Quant à sa peau, elle était tout simplement parfaite. Et c'était du reste une autre preuve de son appartenance à l'aristocratie.

Will approchait de son hôtel – enfin, de ce qui lui servait d'hôtel. Il avait assez déambulé dans la ville pour comprendre qu'il s'était choisi une des auberges les plus miteuses de la capitale. Mais elle était bon marché, et surtout elle était la plus proche du quai où son bateau avait accosté. Or, tout ce qu'il désirait au moment de quitter ce rafiot, c'était trouver un endroit où, enfin, il ne serait plus ballotté comme s'il montait un cheval sauvage.

À présent, toutefois, les souvenirs douloureux de sa première traversée en mer commençaient à s'estomper. Ils avaient été remplacés par l'image obsédante des yeux de lady Xavier. Ses prunelles avaient la couleur exacte du ciel, à ce moment très particulier où la nuit cédait le pas au jour naissant. Will avait souvent assisté à ce spectacle, et toujours avec le même ravissement, comme si cette nuance précise du ciel pouvait, à elle seule, le remplir de bonheur. En revanche, il n'aurait jamais pensé que ce mariage subtil de bleu et de mauve pouvait se retrouver dans les yeux d'une femme…

Pourtant, ce n'était pas la beauté de lady Xavier – même si elle ne faisait aucun doute – qui l'obsédait autant. Un jour, un de ces gros fermiers pour lesquels Will avait travaillé, avait ramené d'un voyage à New York un vase en cristal, acheté dans une boutique de luxe du nom de Tiffany. Le type avait montré le vase à tous ses ouvriers, comme pour bien leur faire sentir le poids de sa réussite. Le vase était magnifique, assurément, avec tous ces reflets dont se parait le cristal en fonction de la lumière. Mais ce n'était qu'un objet vide, et à ce titre il n'avait pas vraiment de valeur aux yeux de Will.

Lady Xavier, c'était autre chose. Il avait tout de suite deviné qu'elle était une femme non seulement ravissante, mais aussi pleine d'esprit. Et courageuse, comme en témoignait son attitude face à ses agresseurs, puisqu'elle n'avait même pas crié une seule fois. Oui, elle avait du cran, se répétait Will en souriant.

Il patienta devant son hôtel, le temps de finir sa cigarette.

Lady Xavier était donc ravissante. Et courageuse. Mais elle lui avait offert de l'argent pour le récompenser de s'être porté à son secours. Will avait d'abord été furieux. Comment osait-elle le traiter comme un vulgaire domestique, dont on paierait les services ? Puis il avait réalisé qu'elle s'était simplement comportée selon son état – de lady –, face à un gardien de vaches qui ne connaissait même pas l'identité de ses parents.

Enfin, plus pour longtemps…

Un allumeur de réverbères remontait le trottoir. Dans son sillage, la rue prenait une teinte laiteuse, vaguement blanchâtre, mais le brouillard demeurait à peu près aussi imperméable après son passage.

Will aurait pu s'offrir un meilleur logement, mais il préférait pour l'instant économiser son argent. D'autant qu'il lui faudrait tôt ou tard acheter son billet de retour. Et après tout, il était habitué aux conditions de vie à la dure. Ce n'étaient pas les quelques rats qui hantaient les couloirs de l'établissement qui allaient l'effrayer.

Sa cigarette terminée, il l'écrasa sous la pointe de sa botte et poussa la porte.

L'entrée de l'hôtel était à peu près aussi lumineuse qu'un tunnel de mine, et le papier peint des murs se décollait par endroits. Les cloisons, en outre, étaient si minces que depuis sa chambre, Will pouvait entendre tout ce qui se passait à côté. Plusieurs fois, il avait d'ailleurs été réveillé par les cris d'une catin pratiquant son métier dans l'une des chambres mitoyennes de la sienne.

Rien de tout cela ne semblait soucier le personnel. Ils semblaient parfaitement s'accommoder des marins ivres et autres lascars peu recommandables qui constituaient leur clientèle. En revanche, les Américains n'étaient pas les bienvenus. Will sentait des regards peu amènes peser sur lui à chaque fois qu'il se montrait.

L'employé de la réception parlait avec un type corpulent. Les deux hommes se tournèrent vers Will et, au moment où il atteignait l'escalier menant aux chambres, le gros lui bloqua le passage.

— Vous allez déguerpir sur-le-champ, dit-il. En tant que patron de cet hôtel, je ne tolérerai pas plus longtemps votre comportement.

— De quoi parlez-vous, nom de Dieu ? demanda Will, qui avait posé une main sur la rampe.

— D'abord, vous jurez trop souvent, répliqua le patron. Plusieurs de mes clients se sont plaints de votre langage.

— Bon sang, je parle comme tout le monde !

Le patron eut une grimace de dédain.

— Ensuite, je refuse de procurer un toit à un ruffian de votre acabit.

Et, pointant les taches de sang qui maculaient la veste de Will, il ajouta :

— Voilà bien les preuves de vos agissements de brute.

Will considéra à son tour les taches de sang et sourit.

— Ce n'est pas le mien, dit-il.

— Vous avez attaqué quelqu'un ! l'accusa le patron.

— Parce qu'il s'en prenait à une jeune femme, expliqua Will dont la patience, cependant, commençait à s'émousser. Nom d'un chien, j'ai envie de manger tranquillement, et ensuite de dormir tout mon soûl. Alors laissez-moi passer, maintenant.

— Comment ça ? Qui s'en prenait à une jeune femme ?

Will s'obligea à rester calme.

— Il y avait une lady dans la rue. Et des types lui causaient des ennuis. Je me suis juste porté à son secours.

— Une lady ! s'exclama l'hôtelier, sceptique. Vous voulez dire une fille de joie !

Will attrapa l'autre par le col si rapidement qu'il n'eut même pas le temps de réagir.

— C'était une *lady,* insista-t-il d'une voix menaçante. Et si vous l'insultez encore, je vous ferai avaler votre langue. C'est compris ?

Il secoua un peu l'hôtelier, pour donner plus de poids à ses paroles, puis se décida à le relâcher.

— Je ne vois pas pourquoi vous prenez soudain ces grands airs, ajouta-t-il. Ce n'est pas comme si vous dirigiez le Ritz, quand même !

— Vous allez déguerpir sur-le-champ, répéta l'hôtelier. Sinon, j'appelle la police.

Will soupira. Parfois, il était inutile d'insister. Il voulut pousser l'hôtelier de côté, mais celui-ci résista.

— Où allez-vous ?

— Prendre mes affaires, pardi !

— Pas question ! Vous partez tout de suite.

— Ah ça, non. Je vais au moins récupérer ma selle.

L'hôtelier s'empourpra.

— Une selle ? Dans votre chambre ? Mon établissement n'est pas une écurie !

— En effet. D'ordinaire, les écuries sentent meilleur.

Will voulut gravir une marche, mais l'hôtelier lui bloquait toujours le passage. Et l'employé de la réception semblait vouloir s'interposer à son tour.

Will s'apprêtait à soutenir sa deuxième bagarre de la soirée, quand il entendit la porte d'entrée s'ouvrir dans son dos. Il n'y aurait pas prêté attention, s'il n'avait vu tout à coup l'hôtelier et son employé ouvrir des yeux ronds comme des soucoupes.

— J'espère que je ne vous dérange pas, messieurs ? lança une charmante voix féminine.

Will n'avait pas beaucoup rencontré de femmes depuis qu'il était en Angleterre, aussi reconnut-il immédiatement cette voix. Se retournant, il écarquilla cependant lui aussi les yeux, tellement la vision qui s'offrit à lui paraissait incongrue.

Lady Xavier, aussi appétissante et rare qu'une pêche mûre en plein mois de décembre, se tenait au beau milieu du hall miteux. Elle portait une robe lie-de-vin, une pelisse de velours noir, des gants assortis et un petit chapeau orné d'un ruban de la même couleur que sa robe. Will n'avait encore jamais vu de femme vêtue avec autant d'élégance, et surtout qui sache porter pareille toilette aussi naturellement que s'il s'agissait pour elle d'une seconde peau.

L'hôtelier vint à sa rencontre.

— Madame, dit-il d'une voix mielleuse, en quoi puis-je vous aider ?

Lady Xavier, le dédaignant, s'intéressa directement à Will. Le regard de la jeune femme désarçonna ce dernier. Que lui voulait-elle ?

L'hôtelier avait suivi la direction de son regard.

— Ne vous souciez pas de cette brute, madame. Les Armes de Bentley sont un hôtel respectable et nous nous apprêtions justement à nous débarrasser de lui, ajouta-t-il avec un regard noir pour Will, comme s'il le mettait au défi de le contredire devant une lady.

— Vous débarrasser de lui ? répéta-t-elle, interloquée. Aurait-il fait quelque chose de répréhensible ?

L'hôtelier laissa son regard errer autour de lui, cherchant de toute évidence un motif sérieux de plainte contre Will, mais ne trouva rien.

— Quoi qu'il en soit, il allait partir. *Et tout de suite !*

— Bon Dieu, non ! Je récupère d'abord mes affaires, et ensuite seulement je pars, rectifia Will.

— Allez chercher la police ! cria l'hôtelier à son employé, lequel courait déjà vers la porte.

Will voulut le rattraper, mais lady Xavier les immobilisa tous deux.

— Ce ne sera pas nécessaire, dit-elle d'un ton ferme. Monsieur Coffin est de mes amis.

— Ah ? firent l'hôtelier et son employé d'une même voix.

Will, bien sûr, n'entendait pas la contredire. Même s'il savait que l'avoir protégée contre trois ruffians ne suffisait pas à jeter les bases d'une amitié.

— Qui êtes-vous ? demanda l'hôtelier, revenu de sa surprise.

Elle lui décocha un regard à la fois hautain et glacial. Si Will doutait encore de sa naissance aristocratique, la question ne se posait même plus à présent. Il n'y avait que les nobles, et l'assurance qu'ils tiraient de leur naissance, pour regarder quelqu'un ainsi.

— Lady Xavier. Et vous ?

— Ho… Horace Whitbridge, milady.

— Monsieur Whitbridge, jeta-t-elle d'une voix aussi glaciale que son regard, si vous ne voulez pas vous attirer mon hostilité, je vous conseille de laisser monsieur Coffin récupérer ses affaires dans sa chambre.

Quoique personne ne songeât à lui opposer la moindre résistance, elle crut bon d'ajouter :

— Et si vous persistez à vouloir appeler la police, de mon côté je me ferai un plaisir d'adresser aux autorités un rapport circonstancié sur ce taudis que vous osez appeler hôtel. Il se trouve que je connais un certain nombre de membres du Parlement qui n'hésiteraient pas, sur mon avis, à fermer cet établissement, ainsi que tout autre que vous pourriez posséder en ville.

Whitbridge était devenu blême.

— Bien sûr, milady. Tout ce que vous voudrez, milady. Vos désirs sont des ordres, milady... débita-t-il, au bord de l'hystérie. Et monsieur Coffin ne doit pas se sentir obligé de nous quitter. Nous serons heureux de l'héberger aussi longtemps qu'il le souhaitera.

Will allait décliner la proposition. Il préférait encore dormir dans la rue, plutôt que de passer une nuit supplémentaire dans ce bouge. Mais lady Xavier le devança :

— Je n'oserais même pas vous confier mon chien, répliqua-t-elle froidement à l'hôtelier.

Puis, se tournant vers Will, et changeant son attitude du tout au tout pour lui adresser un sourire charmeur qui lui donna des frissons, elle demanda :

— Êtes-vous prêt ?

Will gravit l'escalier quatre à quatre, pour aller chercher son sac et sa selle. Son cœur battait la chamade. *Elle* était là ! *Elle* était venue pour lui ! Il n'avait aucune idée de tout ce que cela signifiait, ni de ce qui pouvait en découler, mais ce n'était de toute façon pas le moment de s'en soucier. Il quitta sa chambre sans un regard en arrière et dévala l'escalier aussi rapidement qu'il l'avait monté.

Ce n'était pas un mirage. Elle était toujours là, belle, élégante et, en même temps, aussi hautaine qu'une duchesse. Elle écarquilla imperceptiblement les yeux en voyant sa selle posée sur son épaule mais, à part cela, elle resta parfaitement flegmatique. Comme si elle avait l'habitude d'aller chercher un authentique cow-boy du Colorado dans un hôtel miteux des faubourgs londoniens.

— Nous y allons, monsieur Coffin ?

L'hôtelier et le réceptionniste contemplaient la scène, médusés. La jeune femme regardait son bras, et Will comprit ce qu'elle attendait.

— Ab… absolument, dit-il, lui offrant son bras.

L'hôtelier faillit s'étrangler en voyant lady Xavier s'en saisir. Will, pour sa part, eut du mal à ne pas sursauter. Bien qu'elle portât des gants, et lui sa chemise et sa veste, il eut l'impression que le contact de sa main lui incendiait l'épiderme.

Ils se retrouvèrent sur le trottoir. La nuit, entretemps, était tombée, mais la rue était pleine de curieux qui contemplaient le rutilant attelage armorié garé devant l'hôtel.

Will se sépara à contrecœur de lady Xavier.

— Merci, m'dame, dit-il, touchant du doigt le bord de son chapeau. J'ai bien cru que je serais obligé d'apprendre les bonnes manières à ces types.

— C'est moi qui dois vous remercier. Et m'excuser.

Il fronça les sourcils.

— De quoi, m'dame ?

— Je me suis montrée grossière avec vous, hier, dit-elle d'un ton grave. J'ai eu tort de vous offrir de l'argent, au lieu de vous traiter en gentleman.

Will ne put s'empêcher de s'esclaffer.

— On ne m'avait encore jamais traité de gentleman. De tas d'autres noms, pour sûr, mais pas de gentleman.

— Pourtant, vous en êtes un, monsieur Coffin. Vous vous êtes montré galant et courageux en aidant une femme que vous ne connaissiez même pas. La plupart de vos semblables auraient continué leur chemin. Pas vous. C'est ce qui fait de vous un gentleman. Et je m'excuse de ne pas l'avoir réalisé à temps.

D'où venait Will, les gens ne s'exprimaient pas avec autant de finesse. Et de s'entendre décrire comme un gentleman, surtout par une femme comme lady Xavier, avait de quoi le dérouter.

— Comment m'avez-vous retrouvé ? s'enquit-il brutalement.

Elle avait dû percevoir son malaise, car elle lui sourit.

— Vous m'aviez expliqué à peu près où vous demeuriez. J'ai donc dépêché un de mes domestiques pour enquêter dans le quartier. Comme vous n'étiez pas le seul Américain répertorié, j'ai dû voir aussi les autres avant de vous trouver.

Elle laissa son regard errer dans la rue, puis conclut :

— Ce fut une journée très instructive, ma foi.

Will comprit ce qu'elle voulait dire. De toute évidence, elle n'était pas ici dans son élément. Elle vivait forcément dans une grande maison, entourée de beaux meubles et de beaux objets. Elle s'était éloignée de chez elle et n'avait pas hésité à prendre des risques pour retrouver sa trace. Il en était d'autant plus stupéfait.

— Et maintenant, vous n'avez plus de toit, reprit-elle. Encore que ce ne soit pas une grande perte. Cet hôtel était effroyable.

— Mais il va falloir que je me trouve un autre endroit où dormir.

Cette fois, ce fut au tour de lady Xavier de manifester sa surprise.

— Un autre endroit ? Mais je pensais que vous aviez compris !

Will commença à sérieusement s'inquiéter. Que manigançait-elle ?

— Compris quoi, m'dame ?

— Vous venez chez moi, déclara-t-elle d'un ton d'évidence, comme si c'était la chose la plus naturelle du monde.

3

Olivia avait pris sa décision dans l'instant. Cet Américain qu'elle connaissait à peine dormirait chez elle cette nuit. Le tout était d'arriver à témoigner devant lui de plus d'assurance qu'elle n'en éprouvait réellement.

— Après tout, expliqua-t-elle tandis qu'ils roulaient déjà vers Bayswater, la maison compte quatre chambres d'amis. Ce serait dommage de les laisser inoccupées.

En réalité, un projet très précis lui mobilisait l'esprit. Mais elle ne voulait pas encore le formuler à haute voix.

— Quatre ? répéta Coffin, triturant sa moustache d'un air songeur. Vous avez de la place, en effet.

Cependant, elle voyait bien qu'il n'était toujours pas entièrement convaincu.

Elle se pencha vers lui.

— S'il vous plaît, monsieur Coffin. Vous me feriez un grand honneur.

Will jugea difficile de refuser une telle requête, venue du cœur.

— Vous êtes sûre que je ne vous causerai pas d'ennuis ? demanda-t-il cependant.

— Pas le moindre, répondit fermement Olivia.

Ce qui n'était pas l'exacte vérité. S'agissant de l'organisation domestique, il n'y aurait aucun souci. Mais que penserait la bonne société en apprenant que la veuve de lord David Xavier accueillait sous son toit un Américain qu'elle avait rencontré dans la rue ? Cela causerait inévitablement un petit scandale.

— Dans ce cas, j'accepte votre hospitalité, m'dame. Ce serait diablement malpoli de ma part de refuser.

— Je vous en suis très reconnaissante, monsieur Coffin, répliqua Olivia avec un sourire.

Il avait cet étrange pouvoir sur elle – de la faire sourire, sans qu'elle sache bien pourquoi.

— J'ai quelque chose qui vous appartient, dit-il.

Olivia haussa les sourcils, étonnée.

— Quoi ?

Il fouilla dans la poche de sa grosse veste de toile, ce qui l'obligea à se pencher un peu en avant. Olivia, instinctivement, s'adossa à son siège. Il était si grand, et si fort que sa simple présence physique la troublait. On aurait dit que Will Coffin était taillé pour vivre dans de grands espaces, comme il n'en existait pas en Angleterre. Si elle n'avait pas su quel galant homme il était, elle aurait sans doute été effrayée devant lui.

— C'est à vous, n'est-ce pas ? s'enquit-il, lui tendant ce qu'il avait tiré de sa poche.

Malgré la pénombre de l'habitacle, elle reconnut instantanément la couverture des aventures de Lorna Jane. Elle rougit, n'ayant encore jamais osé avouer à quiconque sa passion pour ces petits livres bon marché. Ils relevaient d'une littérature souvent méprisée par ceux qui se piquaient de culture et de raffinement et, quand on demandait à Olivia ce qu'elle lisait, elle donnait toujours le nom d'auteurs réputés sérieux. Mais c'étaient les aventures de Lorna Jane, ou d'autres du même genre, qui trônaient sur sa table de nuit.

Will Coffin lui avait déjà posé le livre dans les mains. Elle le contemplait, les joues en feu.

— Comment pouviez-vous savoir que c'était à moi ? s'entendit-elle questionner, en manière de défi.

— Je ne pense pas que les types qui vous ont embêtée hier étaient du genre à lire, s'esclaffa-t-il.

Puis il ajouta, si bas qu'Olivia crut avoir mal entendu :

— Et puis, il sent comme vous.

— Je vous demande pardon ? dit-elle, plus stupéfaite qu'outragée.

Will Coffin se raidit. Les coussins de la banquette, tout à l'heure si confortables, lui rentraient tout à coup dans les fesses.

— J'ai oublié de vous le rendre hier. Alors, je l'ai gardé avec moi. Et c'est comme ça que je m'en suis aperçu…

— Que je sens comme un livre, termina Olivia pour lui.

— Non, que ce livre sent comme vous. Un mélange de jasmin et d'orange, si je ne m'abuse. Une eau de toilette, en tout cas. Mêlée à une autre senteur… la vôtre.

— Ah, bien… réussit à articuler Olivia, tandis qu'elle enfouissait le livre dans son réticule.

Elle était désarçonnée par une observation aussi intime. Personne, dans son entourage, n'avait jamais admis posséder une odeur qui lui était propre, et encore moins évoquer celle des autres. Sans doute, en six ans de mariage, David avait-il appris à reconnaître son parfum. Mais un détail aussi privé ne pouvait se percevoir, croyait-elle, qu'à la longue.

Pourtant, Will Coffin, qui ne l'avait vue qu'une seule fois, avait réussi à dresser la carte d'identité de son odeur. Cette faculté purement animale laissait la jeune femme songeuse – en même temps qu'elle lui enflammait les sangs.

— Vous aimez lire des histoires de cow-boy, dit-il.

Comme elle ne répondait pas, il désigna son réticule avec l'amorce d'un sourire.

Elle refusa de biaiser.

— De cow-boys, de pirates, de châteaux hantés, de princesses kidnappées… énuméra-t-elle fièrement. Oui, j'adore tout cela.

Il siffla entre ses dents.

— J'ignorais que les ladies se délectaient de ce genre d'histoires.

Olivia haussa les épaules.

— Non, en effet. Du moins, elles ne l'admettront jamais publiquement. Ces romans sont trop populaires pour elles.

— Ce n'est pas votre avis, apparemment.

Elle secoua la tête.

— J'aime lire des récits qui me divertissent. Et qu'on me parle d'endroits où je ne suis jamais allée, et de gens qui ont des existences plus exaltantes que la mienne.

— Comme les cow-boys, devina-t-il, amusé.

— Comme les cow-boys, confirma Olivia en lui rendant son sourire.

Ils auraient pu continuer à se sourire ainsi pendant des heures, si l'attelage n'avait brusquement stoppé. Ils étaient arrivés.

— Nous voici à la maison, dit-elle, alors qu'un valet de pied ouvrait déjà la portière.

Will descendit de voiture et découvrit le plus imposant empilement de pierres qu'il ait jamais vu, à part l'opéra de Denver. Sauf que personne n'aurait songé à appeler un opéra sa « maison ». Quand lady Xavier lui avait dit posséder quatre chambres d'amis, il s'était imaginé des pièces minuscules, avec juste un matelas – le genre de « chambre » qu'il occupait d'ordinaire lorsqu'il était hébergé dans un ranch. Mais cette demeure totalisait trois étages complets, sans compter le sous-sol – où il voyait des domestiques s'affairer en cuisine par les soupiraux –, ni les lucarnes du toit qui devaient abriter encore d'autres pièces.

— Vous habitez ici toute seule ? demanda-t-il.

— Oui. Avec mes domestiques, bien sûr. Nous sommes une douzaine, en tout.

— Doux Jésus ! siffla Will.

Il aurait pu encore rester à contempler la bâtisse, mais il vit du coin de l'œil que deux valets entreprenaient de descendre sa selle du toit de la voiture.

— Laissez, les gars, dit-il en s'emparant de sa selle pour la serrer contre lui. Je m'en charge.

Lady Xavier haussa délicatement les sourcils.

— Ne serait-elle pas mieux à l'écurie ?

Will caressa avec amour le cuir de sa selle.

— Elle m'a suivi de Denver à New York, et de New York en Angleterre, expliqua-t-il. Alors, si ça ne vous dérange pas, j'aime autant ne pas m'en séparer.

Lady Xavier hocha la tête et les deux valets n'insistèrent pas. Will voyait bien que personne, en Angleterre, ne semblait apprécier une bonne selle à sa vraie valeur – et c'était bien dommage.

Cependant, lady Xavier donnait l'impression d'avoir réellement *compris* son attitude. Ou peut-être n'était-ce que de la politesse : Will ne pouvait pas le savoir mais, en tout cas, il était heureusement surpris. De toute évidence, lady Xavier ne ressemblait pas du tout aux autres Anglais qu'il avait pu croiser depuis son arrivée. Ni à tous les Américains qu'il connaissait, d'ailleurs. C'était définitivement la femme la plus intéressante qu'il ait jamais rencontrée.

— Conduisez monsieur Coffin jusqu'à la chambre Vétiver, Herbert, dit-elle à l'un des valets, qui descendait le baluchon et la winchester de Will du toit de la voiture.

Elle n'était ni arrogante, ni impérieuse, mais on voyait bien qu'elle avait l'habitude de donner des ordres.

Un couple dans la cinquantaine se tenait devant la porte. L'homme et la femme s'inclinèrent respectueusement quand lady Xavier gravit le perron.

— Monsieur Coffin dormira ici cette nuit, dit-elle, désignant Will qui la suivait. Demandez à Lily et Sarah de lui préparer un bain. Désirez-vous quelque chose de particulier à dîner, monsieur Coffin ?

— Non, m'dame, merci. Je mange n'importe quoi, du moment que c'est bien mort.

— Dans ce cas, par précaution nous étranglerons une seconde fois les chapons avant de les servir, répliqua-t-elle avec humour.

Les domestiques étaient rentrés à l'intérieur. Elle les suivait déjà et s'attendait à ce qu'il l'imite, mais Will resta planté quelques instants sur les marches, à la regarder.

Nom d'une pipe, mais il avait une érection ! Et il en avait déjà eu une tout à l'heure, dans la voiture, lorsqu'il lui avait avoué que son livre sentait son odeur. Quelle mouche le piquait donc, par saint Abraham Lincoln ? Lady Xavier n'était pas une petite caille qu'il pourrait glisser dans ses draps sans conséquences. C'était une femme de la haute, tellement au-dessus de sa condition qu'il ne pouvait l'apercevoir qu'avec un puissant télescope.

— Vous venez, monsieur Coffin ? l'appela-t-elle. Le dîner sera servi dans une demi-heure, et je ne voudrais pas faire attendre la cuisinière.

Will avait beau savoir qu'il aurait été plus raisonnable de récupérer son sac et de tourner les talons, il la suivit.

Quand Will Coffin la retrouva, une demi-heure plus tard, dans le grand salon, il était lavé, rasé de frais et portait ce qu'Olivia devina être ses plus beaux vêtements. Lui-même jeta un coup d'œil à sa robe de satin vert, qu'elle avait choisie précisément parce que c'était l'une de ses plus anciennes toilettes, et sans doute la plus ordinaire. Mais en comparaison de sa tenue – chemise de coton blanc élimée, gilet à rayures rouge et or, veste et pantalon de grosse toile noire –, elle aurait pu facilement passer pour une princesse.

— Votre installation s'est-elle bien passée ? demanda-t-elle.

— M'dame, je n'avais encore jamais vu de maison aussi belle, avoua-t-il. Mais rien n'est moitié aussi beau que la dame qui l'habite.

Olivia rit de bon cœur à un compliment débité avec sincérité, quoique très exagéré. Elle-même détailla son invité. Il s'était débarrassé de son chapeau, et elle s'aperçut qu'il avait un visage parfaitement dessiné, d'une rare beauté. Certes, il aurait bien besoin d'une bonne coupe de cheveux, et de vêtements un peu moins usagés mais, ces détails mis à part, il captivait son attention d'une manière qu'elle n'arrivait pas à s'expliquer.

Les menaces de George Pryce semblaient tout à coup très lointaines. Pour la première fois depuis des mois, Olivia se sentait bien. Tout simplement bien.

— Avez-vous faim ? s'enquit-elle.

— Pour sûr, m'dame.

— Alors, allons dîner.

Il offrit son coude. Olivia y glissa sa main et l'entraîna hors du salon.

— Voici la salle à manger, dit-elle tandis que Morton, le majordome, leur ouvrait la porte.

Elle regarda Will Coffin contempler la longue table en acajou, entourée de douze chaises. Malgré l'abondance des sièges, la pièce paraissait vide et inutilisée – comme abandonnée.

— Nous avions l'habitude de manger ici quand nous recevions, expliqua-t-elle. Mais, depuis la mort de David, je prends tous mes repas dans la salle des petits déjeuners, qui est beaucoup moins formelle.

— Je comprends. Ce doit être sinistre de manger tout seul dans une pièce pareille.

Il avait parfaitement raison. Au début de son veuvage, Olivia avait courageusement essayé de dîner seule, avec pour toute compagnie celle des domestiques assurant le service et les onze autres chaises vides, mais elle s'était sentie si mal à l'aise qu'elle ne mangeait presque rien et avait perdu du poids en quelques jours. Le docteur avait même craint pour sa santé. Dès qu'elle avait pris ses habitudes dans la salle des petits déjeuners, son appétit était revenu.

Elle s'assit sur le siège que venait de lui tirer un laquais. Le domestique s'approcha ensuite de Will, pour lui prodiguer le même service, mais celui-ci lui décocha un regard noir.

— Laissez-vous faire, monsieur Coffin, intervint Olivia. C'est le travail de Lawrence.

Il s'assit au bout de la table, tandis qu'Olivia occupait l'autre.

— Nous attendons des invités ? questionna-t-il.

— Non, il n'y a que nous deux, répondit-elle, un peu surprise de s'entendre dire « nous ».

Cela faisait si longtemps qu'elle n'avait plus prononcé ce mot…

— Alors pourquoi ne pas nous installer plus près l'un de l'autre ?

— Je…

Olivia contempla l'interminable surface d'acajou qui la séparait de Will Coffin. Cette distance lui paraissait tout à coup ridicule.

— C'est ainsi que nous prenons habituellement nos repas.

— Attendez une seconde.

Coffin ramassa son assiette, ses couverts et sa serviette, et vint s'installer à la gauche d'Olivia. La jeune femme n'osa pas couler un regard en direction des domestiques, même si elle savait qu'ils étaient entraînés à ne manifester aucune réaction particulière. Mais l'office, à n'en pas douter, bruisserait ce soir de messes basses...

— Ce n'est pas mieux comme ça ? demanda Coffin avec un grand sourire.

Elle lui rendit son sourire.

— Si, beaucoup mieux.

Laissons les domestiques parler, se dit-elle. Olivia n'avait pas autant apprécié un repas depuis des années. Et encore, ils n'avaient même pas commencé à manger !

— J'ai un peu lu votre livre, annonça Will.

— Lequel ? s'enquit Olivia en reposant sa cuiller à soupe à côté de son assiette.

Elle avait à peine touché à son potage, alors que Will avait dû se contrôler pour ne pas porter l'assiette à ses lèvres et tout avaler d'un coup. S'il mangeait de ce délice tous les soirs, il deviendrait vite aussi gros qu'un bœuf d'abattoir.

— Celui avec le cow-boy et cette fille, Liza June ou quelque chose comme ça.

Elle rit.

— Lorna Jane.

Les domestiques débarrassèrent leurs assiettes à soupe. Will n'avait encore jamais été servi de sa vie – du moins, pas avec autant de cérémonie.

— L'auteur de ce bouquin ne connaît rien à la vie des cow-boys, dit-il.

— Je ne lis pas ce genre d'histoires pour leur vraisemblance, vous savez.

— N'empêche, insista Will. Ça donne une mauvaise idée de notre existence. Comme si nous passions notre temps à nous battre contre les Indiens, à sauver des filles en perdition comme cette Lorna Jane qui se jette dans tous les pièges rencontrés sur son chemin, avant de nous endormir le soir autour d'un feu de camp !

— Je suis un peu déçue, avoua-t-elle. Je pensais que certaines de ces histoires contenaient un fond de vérité. En particulier les romans de Buffalo Bill.

Will s'esclaffa avec dédain.

— Bill Cody n'est qu'un gros vantard.

Elle écarquilla les yeux.

— Vous l'avez rencontré ?

— Il voulait m'embaucher dans son rodéo de cirque.

— Mais c'est passionnant !

— Jouer au cow-boy ne m'intéresse pas. C'est déjà mon métier.

— Et vous n'avez donc jamais sauvé de fille en perdition, commenta-t-elle avec un sourire. Sauf moi.

— Mais vous n'êtes pas aussi inconsciente que cette idiote de Lorna Jane. Et vous avez de l'autorité.

Will aurait juré la voir rougir, mais peut-être était-ce une illusion provoquée par les vacillements de la lampe à gaz.

— Qu'est-ce qui vous a amené en Angleterre, monsieur Coffin ? demanda-t-elle soudain.

Will l'observa attentivement se servir d'une sorte de poulet qu'un domestique lui tendait dans un plat. Il savait qu'il ne maîtriserait jamais toutes les subtilités d'un dîner mondain, mais au moins il ne voulait pas se montrer trop maladroit.

— Je cherche des gens, répondit-il.

Le domestique approcha le plat de son assiette, et il fit de son mieux pour imiter les gestes de lady Xavier.

— Êtes-vous à la poursuite de brigands ?

Il s'esclaffa encore.

— Vous avez trop lu de ces romans, m'dame. Je ne suis pas chasseur de primes.

Olivia but une gorgée de vin, pour essayer de masquer sa déception.

— Si ce n'est pas abuser, puis-je vous demander, alors, la raison de votre visite ?

Will était si affamé qu'il aurait volontiers avalé le poulet tout entier. Mais il se souvint qu'il n'était plus dans un ranch. Il s'obligea à couper un petit morceau avec son couteau.

— Je suis venu retrouver les traces de ma famille.

— Vous ne connaissez pas votre famille ? s'étonna-t-elle, une expression horrifiée dans ses ravissantes prunelles.

— Non, m'dame. Je n'en ai jamais eu. Quand j'étais petit, mes parents sont morts lors d'une explosion de dynamite.

Elle lui étreignit le bras.

— Je suis désolée.

Will se sentit rougir. Nom d'un chien !

— Merci, m'dame. Mais c'est de l'histoire ancienne, à présent. C'est à peine si je m'en souviens encore.

Il regretta aussitôt ces paroles, car elle retira sa main. D'un autre côté, c'était mieux ainsi : son cœur ne risquait plus de s'emballer comme un train lancé à toute vitesse.

— Ils venaient de s'installer dans les Rocheuses, vous comprenez. Avec l'intention de bâtir une ferme. Et ils avaient emporté un peu de dynamite avec eux. Mais personne ne leur avait expliqué qu'il fallait prendre quelques précautions avec. En particulier, ne pas l'approcher du feu.

— Oh, mon Dieu...

— La maison a été soufflée d'un bloc. Si j'en ai réchappé, c'est uniquement parce que j'étais occupé à jouer dehors, à l'abri des réserves de bois pour l'hiver.

— Comment avez-vous fait pour survivre ?

— Un chercheur d'or avait entendu l'explosion. En arrivant sur place, il m'a trouvé tout nu par terre, littéralement couvert de cendres.

— Et qu'a-t-il fait de vous ?

— Comprenant que je n'avais plus personne au monde, il m'a pris sous son aile et m'a élevé, expliqua Will avec un sourire ému. Il se faisait appeler Jake Gold, mais son vrai nom était Ya'akov Goldberg.

— On dirait un nom juif, commenta Olivia.

Will se raidit aussitôt.

— Ça vous pose un problème ?

Elle secoua la tête.

— Ma grand-mère – ma grand-mère paternelle – était juive. Elle s'appelait Sarah Speigelman. Il s'est trouvé des gens pour ne plus adresser la parole à mon grand-père après son mariage, mais il les a tous traités d'imbéciles.

Elle contempla un moment son assiette, jouant avec la nourriture du bout de sa fourchette, avant d'avouer :

— J'ai été très triste, quand elle est morte. C'était une très belle femme.

— *Punkt vi ir.*

« Comme vous. »

Will fut surpris de lâcher un tel compliment, et dans cette langue.

— *Ir redt yiddish ?* s'étonna-t-elle.

« Vous parlez yiddish ? »

— *A kleyn bisl.*

« Un peu. »

Sa stupéfaction en était presque comique. Will était content d'avoir surpris la jeune femme. En fait, ils étaient l'un et l'autre très différents de ce que l'on aurait pu attendre d'eux, et c'était notamment ce qu'il aimait dans leur relation. Pour la première fois depuis longtemps, il éprouvait l'agréable sentiment d'avoir en face de lui quelqu'un qui lui ressemblait – dans la mesure où ils n'étaient pas exactement comme les autres.

— Un cow-boy élevé par un chercheur d'or juif, résuma-t-elle en serrant son verre dans ses doigts. Quelle histoire peu banale !

Will haussa les épaules.

— L'histoire peut paraître belle, mais notre quotidien était rude. Jake a passé toute sa vie à chercher le filon qui le rendrait riche, mais il n'y est jamais parvenu.

Il goûta à son tour le vin, et fut ébloui de la sensation qu'il laissa sur sa langue.

— Je n'avais jamais bu quelque chose d'aussi bon, confessa-t-il. Ce qu'on appelle du vin dans le Colorado pourrait tout aussi bien servir de dégrippant pour roues de chemin de fer.

Elle rit.

— Nous sommes beaucoup plus civilisés, en Angleterre. Le vin, ici, sert parfois à polir l'argenterie.

Il fit écho à son rire. Olivia joua un peu avec sa fourchette, avant de demander :

— Quand monsieur Gold est-il mort ?

Will baissa les yeux sur son assiette.

— Il y a six mois. J'ai vu des tas de gens mourir, dans mon existence, et je pensais m'y être habitué. Pourtant, la mort de Jake m'a marqué.

Il releva les yeux et ne vit aucune trace de pitié dans ceux de la jeune femme. Mais de la sympathie. Il n'avait jamais parlé à quiconque de ce qu'il avait ressenti à ce moment-là, cependant il avait l'intuition que lady Xavier était capable de le comprendre.

— C'est comme si un cheval m'avait donné un coup de sabot en pleine poitrine, expliqua-t-il. Encore aujourd'hui, j'ai du mal à respirer normalement dès que je repense à Jake.

— Vous l'aimiez, dit-elle simplement.

Will ne l'avait jamais formulé ainsi, mais c'est en effet ce qu'il avait toujours ressenti pour le vieil homme.

— Jake adorait l'Amérique, mais il avait la nostalgie de sa maison natale, à Cracovie. Avant de mourir, il m'a confié la clé d'un coffre qu'il avait loué dans une banque de Denver. J'y ai trouvé dix mille dollars.

Elle parut impressionnée, mais Will se doutait que cette somme ne devait pas signifier grand-chose pour elle. La seule décoration de cette salle à manger devait bien coûter dix mille dollars. Sans parler du surtout en argent massif qui ornait le centre de la table. Ni des verres en pur cristal, étincelants à la lumière.

— Qu'avez-vous fait de cet argent ?

— Rien... pour l'instant.

Sa réponse la surprit encore plus que tout ce qui avait précédé.

— Je sais à quoi vous pensez, dit-il. Un cow-boy dans mon genre dépenserait très vite tout cet argent en alcool et en femmes de mauvaise vie.

— Non ! se récria-t-elle, avant de confesser cependant, un peu honteuse : Enfin, c'est une possibilité, oui...

— Avant de mourir, Jake m'a dit que j'étais différent des autres conducteurs de troupeaux, avoua Will. C'est sans doute vrai. Mais l'idée ne m'avait encore jamais traversé l'esprit.

— Je suis heureuse pour vous que vous n'ayez pas dépensé cet argent, dit lady Xavier, de l'admiration dans le regard. Très heureuse, vraiment. Maintenant, finissons de dîner, sinon la cuisinière va penser que nous boudons ce qu'elle nous a préparé. Et je suppose que vous devez avoir faim…

Beaucoup plus que vous ne l'imaginez, songea Will pour lui-même.

Olivia n'avait encore jamais vu sa maison à travers les yeux d'un autre, et c'était une expérience à la fois passionnante et troublante. Voilà maintenant onze ans qu'elle habitait cette demeure, et pourtant tout lui paraissait soudain étranger – la disposition des pièces, leur agencement ou leur décoration. Car, dès qu'elle poussait une nouvelle porte, elle anticipait la réaction de Will et devinait ses commentaires avant même qu'il ne les ait formulés.

Après le dîner, ils gagnèrent, comme c'était la coutume, le salon. Depuis sa prime jeunesse, Olivia avait été initiée aux devoirs d'une maîtresse de maison envers ses invités. Mais, avec Will Coffin, l'observation de ces règles n'avait plus aucun sens. Pourquoi aller proposer à un homme qui conduisait des troupeaux de bétail à travers le Colorado, de savourer un verre de sherry en jouant aux dames ? Pareille perspective aurait semblé pour le moins frivole – pour ne pas dire franchement ridicule.

Ces derniers temps, Olivia avait connu elle-même les rudesses de l'existence. Perdre son mari avait été une épreuve. Diriger Greywell lui réclamait du temps et de l'énergie. Et voilà qu'en plus, George Pryce cherchait à lui mettre des bâtons dans les roues. Cela faisait beaucoup à porter, pour une femme seule. La présence de Will Coffin à ses côtés lui faisait – au moins provisoirement – oublier tous ces soucis.

— Whisky ? s'enquit-elle, se saisissant déjà de la carafe sur la table à liqueur.

— Oui, m'dame, merci.

Il s'était penché devant la cheminée et retournait les bûches avec le tisonnier. Ses gestes étaient précis, habiles. Et il était si concentré sur sa tâche qu'Olivia le fit sursauter en s'approchant de lui, un verre de scotch dans chaque main.

Il se redressa de toute sa hauteur – qui ne manquait pas, décidément, d'impressionner la jeune femme.

— Vous vous joignez à moi pour trinquer ? demanda-t-il, étonné de lui voir deux verres dans les mains.

— Mon mari buvait toujours un whisky après dîner. Mais ce n'est qu'après sa disparition que j'ai eu l'idée d'essayer. Ce n'est pas une boisson convenable pour les ladies, mais j'ai découvert que j'aimais ça.

Il prit le verre qu'elle lui tendait.

— Je vous promets de ne rien dire à personne ! dit-il avec un clin d'œil.

Personne n'avait plus flirté ainsi avec elle depuis une éternité. C'était à la fois vieux jeu, et en même temps terriblement rafraîchissant. Tout à coup, Olivia se sentit quinze ans plus jeune.

Elle leva son verre.

— À notre amitié, proposa-t-elle en guise de toast.

L'idée parut lui plaire.

— À notre amitié, répéta-t-il.

Ils trinquèrent. Leurs verres, en s'entrechoquant, firent entendre un tintement cristallin dans le silence de la pièce. Olivia eut l'impression qu'une cloche sonnait dans son propre cœur.

— Vous n'avez toujours pas répondu à ma question, monsieur Coffin, reprit-elle après avoir goûté son whisky.

Elle en ressentit aussitôt une chaleur agréable, mais se demanda si l'alcool en était vraiment le seul responsable.

Comme il haussait les sourcils, perplexe, elle précisa :

— Sur les raisons de votre présence à Londres.

Coffin but à son tour une gorgée de whisky et contempla un moment le feu, avant de répondre :

— Dans son coffre à la banque, Jake m'avait aussi laissé une lettre, où il me demandait d'abandonner mon métier de cow-boy. Il estimait que j'avais mieux à faire de mon cerveau et de mes dix doigts. Il voulait que j'emploie son argent à meilleur escient.

— Vous n'êtes pas d'accord avec lui ?

Il haussa les épaules.

— Je sais bien que cow-boy n'est pas une profession d'avenir. Le corps fatigue vite. Tant qu'on est jeune, ça va. Mais après... Et le chemin de fer menace notre activité. Tôt ou tard, les bêtes finiront par transhumer par le train.

— Que comptez-vous faire, alors ?

— Nous en revenons justement à la raison de mon voyage dans votre ravissant pays, lady Xavier, répliqua-t-il, un sourire soulevant les coins de sa moustache.

Il fouilla dans sa poche et en sortit une feuille de papier pliée, qui semblait avoir été malmenée par le feu et les années. Posant son verre sur le manteau de la cheminée, il la déplia précautionneusement. Olivia fut surprise de le voir manifester autant d'attention : ses mains étaient incroyablement puissantes, et pourtant elles manipulaient le papier avec ce qui ressemblait fort à de la tendresse.

— Prenez-en soin, dit-il en lui tendant la lettre.

Olivia reposa également son verre, puis s'empara de la feuille et la lut rapidement. Elle avait été écrite par une main d'homme, mais l'encre, au fil des années, avait presque passé.

Cher Monsieur Hardene,

Nous nous sommes enfin installés sur nos terres et notre fils se porte bien. Demain, nous commencerons à faire sauter quelques-uns des plus gros rochers, afin de dégager assez d'espace pour cultiver des champs. La vie, ici, est bien différente de celle de Londres, mais nous sommes plus que jamais résolus à prendre un nouveau départ. Je vous serais reconnaissant de faire savoir à mon père que...

— C'est tout, expliqua Will. Et c'est le seul souvenir qu'il me reste de mes parents. Jake l'avait sauvée des ruines fumantes de leur maison. Je l'ai trouvée dans le coffre, avec l'argent et sa lettre.

— Vous voulez remonter leurs traces, devina Olivia en lui rendant la lettre. Vous avez besoin de savoir d'où vous venez, avant de décider où vous irez.

Il fronça les sourcils, songeur, lissant sa moustache d'un air absent.

— Je n'avais pas considéré les choses sous cet angle, lâcha-t-il, mais c'est assez bien vu.

Il hocha la tête avec un sourire admiratif, avant d'ajouter :

— Ma foi, vous avez parfaitement résumé mon état d'esprit. Oui, je suis venu ici pour savoir où aller ensuite. Bravo, lady Xavier.

Olivia s'adossa au mur.

— Vous le saviez déjà, en fait, mais sans l'avoir formulé.

Il la regarda longuement, et il n'y eut plus d'autre bruit dans la pièce que le crépitement des bûches dans l'âtre et le tic-tac de la pendule. Son regard était direct, pénétrant. Puis, tout à coup, il posa les bras sur le mur, encerclant Olivia entre eux. Aucun homme ne s'était autant approché d'elle depuis des années.

— Vous êtes la première personne qui ait compris cela, dit-il. Tous ceux que je connais, dans le Colorado, m'ont pris pour un imbécile de vouloir venir jusqu'ici. Ils pensaient que j'aurais dû me servir de l'argent pour fonder mon propre ranch.

Olivia savait qu'elle aurait dû se libérer du cercle de ses bras. Elle aurait dû, également, le prier de s'écarter – aucun gentleman ne se permettrait de se tenir aussi près d'une lady –, mais elle avait du plaisir à sentir la chaleur de son corps. Et surtout, elle avait vu s'allumer dans ses prunelles une lueur de désir qui faisait écho à ce qu'elle-même ressentait au plus profond de son intimité.

— Je pense que vous avez eu raison de venir ici.

Elle se sentait tout à coup délicieusement engourdie. Quelqu'un aurait-il versé du laudanum dans son verre ?

— Moi aussi, répliqua-t-il d'une voix rauque.

Il se pencha un peu plus vers elle et s'empara de ses lèvres.

Olivia lui rendit son baiser. Sa langue avait le goût du whisky, sa moustache lui caressait agréablement la lèvre supérieure. Une fois de plus, il la surprit, révélant une sensualité qu'elle n'aurait pas imaginée chez cet homme menant une existence si fruste. Pour tout dire, elle-même n'avait rien vécu d'aussi merveilleux depuis... depuis bien des années avant la mort de David.

À ce souvenir, Olivia détourna brusquement la tête, mettant un terme à leur baiser.

— Lady Xavier... commença-t-il, laissant retomber ses bras.

— Il est temps que j'aille me coucher, le coupa-t-elle.

Elle brûlait d'envie de se ruer vers la porte, mais s'obligea à la lenteur.

— Il est tard, et la journée fut longue. J'ai besoin de repos, dit-elle encore.

Une fois sur le seuil, elle ajouta :

— Si vous avez besoin de quoi que ce soit, n'hésitez pas à sonner. Un domestique vous répondra. Je… euh, bonne nuit.

Elle sortit sans un regard en arrière et courut vers l'escalier.

Will la regarda disparaître comme si quelqu'un la poursuivait. Il se maudit de son attitude. Cela lui ressemblait si peu de baver ainsi sur une femme, et de se montrer plus maladroit qu'un collégien ! Lady Xavier lui avait littéralement égaré l'esprit, et il n'aurait pas su dire pourquoi.

Certes, elle était belle – c'était même la plus belle femme qu'il ait approchée. Et il adorait la voir sourire. Mais il y avait autre chose dans leur relation, quelque chose de plus subtil, qu'il découvrait pour la première fois.

Son regard tomba sur une photographie encadrée, qui trônait sur le manteau de la cheminée entre deux vases de fleurs jaunes. Devinant quel était l'homme représenté sur le cliché, il s'approcha pour l'examiner plus en détail, attiré par un mélange de curiosité morbide et de… de jalousie ? Non, c'était impossible.

Lord Xavier était assis sur un fauteuil, vêtu d'un ample peignoir de soie passé par-dessus ses vêtements, pour montrer sans doute qu'il était occupé à se détendre. C'était de toute évidence un portrait destiné à sa famille – ou à sa femme. Il n'était ni grand, ni petit, juste de taille moyenne, en fait. Un ventre rebondi se devinait sous son veston et une chaîne de montre finement ciselée pendait entre deux boutons.

C'est son visage qui intéressa surtout Will. Bien dessiné, les traits plutôt doux, le regard affecté d'un très léger strabisme. Ses cheveux châtains commençaient de s'éclaircir et il serait sans doute devenu chauve s'il avait vécu plus longtemps. Pour le reste, David Xavier respirait l'aisance financière, l'autorité naturelle et une certaine satisfaction de lui-même. Will ne pouvait le lui reprocher : David Xavier avait possédé tout ce dont un homme pouvait rêver. Y compris une femme belle et intelligente.

Il se surprit à caresser distraitement sa moustache. Lord Xavier aussi portait la moustache. Ce qui, en soi, n'avait rien d'extraordinaire : la plupart des hommes arboraient une quelconque forme de pilosité sur leur visage. C'était un signe de maturité, en même temps qu'une forme de manifestation virile. À quatorze ans, Will avait été très fier de voir apparaître son premier duvet. Il s'était laissé pousser la moustache dès cet âge et n'avait jamais plus, depuis cette date, eu le visage glabre. Sauf une fois, où il avait tenté l'expérience de se raser complètement, mais les autres cow-boys et les filles de la ville s'étaient tellement moqués de lui qu'il avait été impatient de voir sa moustache repousser.

Cette histoire remontait à six ans. Will ignorait donc à quoi il aurait pu ressembler s'il avait continué de se raser. Il aurait forcément été quelqu'un d'autre, en tout cas.

Quelqu'un de différent de David Xavier.

4

Un inconnu venait de pénétrer dans la salle à manger des petits déjeuners.

Inquiète, Olivia bondit de son siège pour appeler Morton. Son majordome ne laissait jamais entrer d'étrangers sans sa permission. Quelle mouche l'avait donc piqué d'ouvrir la porte à ce jeune homme ?

Mais l'inconnu s'approcha et ouvrit la bouche. Il avait la voix de Will Coffin.

— Qu'y a-t-il ?

Olivia se laissa retomber sur sa chaise, médusée. Il s'était rasé la moustache, ce qui expliquait pourquoi elle ne l'avait pas tout de suite reconnu. La transformation était stupéfiante. Et troublante.

Si elle l'avait auparavant soupçonné d'être bel homme, elle en avait désormais la preuve. Will Coffin était même l'un des plus beaux hommes qu'il lui avait été donné de rencontrer. Elle ne s'étonnait plus, à présent, que leur baiser d'hier soir se soit révélé une expérience si merveilleuse. Sa bouche était parfaitement dessinée, à la fois masculine et sensuelle. Et sans sa moustache, bizarrement, ses yeux paraissaient plus clairs et en même temps d'un bleu plus intense.

Bonté divine ! Cet apollon avait donc dormi chez elle cette nuit ? Et elle l'avait embrassé hier soir ? Un désastre menaçait.

Will Coffin se méprit sur les raisons de son désarroi.

— Vous trouvez ça laid, hein ?

Passant devant un miroir, il s'observa d'un œil critique, touchant d'un doigt hésitant sa lèvre supérieure.

— Non, non, répliqua Olivia. Ce n'est pas laid du tout, monsieur Coffin. C'est même… c'est même joli, dit-elle, se détestant de se montrer aussi maladroite.

Il se regardait toujours dans la glace, tournant la tête de droite à gauche.

— Je ne sais pas ce qui m'a pris.

La salle à manger des petits déjeuners était saturée de sa présence masculine. Olivia songea qu'elle aurait dû prendre son thé dans la grande salle à manger, certes un peu trop formelle, mais tellement plus vaste… Se raser la moustache n'avait pas pour autant domestiqué Will Coffin. Il gardait un côté sauvage. Félin.

— Quel âge avez-vous, monsieur Coffin ? demanda-t-elle, mue par une soudaine curiosité.

Il se tourna vers elle avec un sourire.

— Appelez-moi Will, tout simplement. Me donner du « Monsieur » me fait l'impression d'être un patron de ranch, ce que je ne suis pas.

— Très bien, articula Olivia, qui sentait qu'elle perdait dangereusement le contrôle de la situation. Quel âge avez-vous, William ?

Il sourit encore, et le cœur d'Olivia se contracta. Elle n'aurait jamais imaginé qu'un homme puisse être aussi séduisant – et surtout pas celui-là !

— Juste Will, m'dame. Et pour répondre à votre question, je ne le sais pas moi-même avec exactitude. Ma naissance n'avait pas été enregistrée. Alors, je peux seulement estimer mon âge.

— Et quelle est votre estimation ?

— Environ vingt-sept ou vingt-huit ans. (Il haussa les épaules.) Peu importe, de toute façon. Tant que je reste capable de conduire les troupeaux, personne ne m'a jamais demandé mon âge. Ça va ? Vous n'avez pas l'air dans votre assiette.

Il s'approcha, et Olivia s'enfonça sur son siège.

— Tout va bien, merci, mentit-elle.

Elle essaya de se reprendre en buvant une gorgée de thé.

— C'est juste… que je ne vous pensais pas si jeune, avoua-t-elle.

Il s'esclaffa.

— D'où je viens, on me considère déjà presque comme un vieillard. Les gars comme moi ne font généralement pas de vieux os.

Olivia s'obligea à sourire, avant de plonger le nez dans son assiette, où son toast s'était refroidi. De toute façon, elle doutait fort d'être capable d'avaler une bouchée de plus. Malgré ce que prétendait Will, il était vraiment jeune – quatre ou cinq ans de moins qu'elle. Son jeune âge, ajouté à son physique parfait, rendait le plan qu'elle avait conçu de plus en plus délicat.

Mais avait-elle le choix ?

Elle s'obligea à se reprendre.

— Vous ne mangez rien, mons… Will ?

Il prit une assiette sur le buffet et la remplit d'œufs brouillés, de bacon, de pain grillé, de tomates et de petites saucisses chaudes. La porcelaine de Sèvres semblait si fragile dans ses grandes mains.

— Vous avez mangé de tout ça ? demanda-t-il en venant s'asseoir à côté d'elle. Vous m'étonnez, franchement, parce que vous n'êtes pas plus épaisse qu'une feuille d'arbre au printemps.

Olivia secoua la tête.

— Bien sûr que non. Mais j'ai pensé que vous apprécieriez une nourriture plus substantielle que mes toasts et ma marmelade habituels.

Le fait est qu'il semblait apprécier, en effet. Will vida le contenu de son assiette à la vitesse d'un cheminot enfournant du charbon dans la chaudière de sa locomotive. Puis, sentant sans doute qu'elle le regardait, il s'interrompit brusquement.

— Désolé, m'dame.

— Vous n'avez pas à vous excuser. Je suis ravie que vous aimiez ce que la cuisinière vous a préparé. Par ailleurs…

Elle hésita, avant de continuer avec plus de conviction :

— Vous pourriez peut-être m'appeler Olivia. Ces « m'dame » me donnent l'impression d'être une vieille femme.

— Vieille ? Vous ? (Il secoua la tête, incrédule.) Vous êtes aussi fraîche et ravissante qu'un champ de coquelicots. Mais si vous tenez à Olivia, je ne demande qu'à vous complaire.

Il goûta son café, et sourit.

— Ça c'est du café, bon sang !

Olivia décida de le laisser finir de manger avant de lui soumettre sa proposition. Aussi critique que la situation fût devenue, elle ne voulait pas déjà agresser son invité avec ses plans. Ils terminèrent donc tranquillement leur petit déjeuner – ou plus exactement il le dévora, pendant qu'elle buvait son thé. Olivia, en le regardant, songea un moment à lui faire corriger sa position. En effet, on aurait dit qu'il protégeait sa nourriture contre l'attaque d'un éventuel prédateur, et brandissait ses couverts comme des armes. Mais elle n'avait aucune intention de jouer au Pygmalion avec Will Coffin. En faire un gentleman n'était pas dans ses projets. De toute façon, même si ses manières à table laissaient à désirer, elle le préférait tel qu'il était – avec un reste de sauvagerie. Prendre le petit déjeuner avec lui devenait ainsi une expérience presque palpitante : c'était comme boire son thé à proximité d'un grizzly à peine domestiqué.

— Vous savez, dit-il après avoir avalé une dernière bouchée de bacon, je n'avais encore jamais fait un repas pareil, mais peut-être que mes ancêtres, oui.

Et, désignant l'élégante petite salle de la pointe de son couteau, il ajouta :

— C'est quand même étrange de penser que mes racines sont sans doute enfouies quelque part là-dedans.

— Dans une salle à manger de petits déjeuners ? demanda Olivia pour le railler.

Il sourit.

— Non. En Angleterre. J'ai été élevé au fin fond du Colorado mais, maintenant que je sais que du sang anglais coule dans mes veines, j'ai hâte d'en découvrir la source.

Olivia le détailla du regard. À supposer qu'il n'ait pas porté ces vêtements typiquement américains, qu'il n'ait pas brandi sa fourchette comme un poignard, qu'il n'ait pas eu cette carrure impressionnante et n'ait pas occupé tout l'espace par sa présence physique et sa personnalité, il aurait sans doute pu passer pour un Anglais.

Olivia n'avait jamais été admirative de l'archétype anglais. La fierté nationale avait beau dicter aux femmes d'aimer les hommes du pays, ceux-ci lui avaient toujours paru trop fades et délicats à son goût. Tenter de se représenter Will Coffin en culotte de velours, un tournesol à la main, comme dans une opérette de Gilbert et Sullivan, avait de quoi faire rire. Le spectacle en serait tout simplement absurde – et incongru.

Will, la voyant sourire, crut qu'elle se moquait.

— On dirait que ça vous amuse de savoir que j'ai du sang anglais ?

— Mais pas du tout, Will. Je pensais simplement...

Olivia ne voyait pas comment lui expliquer qu'elle avait souri en l'imaginant dans des vêtements trop sophistiqués pour lui.

— Je suis sûre que vous êtes très anglais, au fond de vous-même.

Son visage s'éclaira soudain, et elle réalisa que Will Coffin était décidément, sous bien des aspects, quelqu'un de très jeune.

— Vous croyez ?

— Oui. Mais, à votre place, je ne rejetterais pas mon côté américain. Il a ses charmes.

— Merci. De toute façon, je suis très heureux d'être un pur cow-boy. C'est simplement que parfois...

Il haussa les épaules et mordit dans un toast, laissant sa phrase en suspens.

— Je me demande ce qu'on peut bien ressentir lorsqu'on ne sait rien sur soi, murmura Olivia, songeuse. Ni père, ni mère, ni frères et sœurs. Juste un grand vide, une page blanche où vous êtes seul pour écrire votre histoire.

Elle pensait à sa propre famille, à celle de David, et à tout ce petit monde qui savait déjà qui elle serait et pratiquement ce qu'elle deviendrait avant même qu'elle n'arrive au monde.

— Je suppose qu'il y a des bons côtés, ajouta-t-elle. Cela vous confère une liberté immense.

— Certains jours, oui. Mais d'autres...

Il regarda un moment par la fenêtre qui ouvrait sur le jardin.

— Parfois, j'aurais voulu envoyer une photo à ma famille, comme le faisaient les autres gars à la fin d'une transhumance. Mais il n'y avait personne, sauf Jake.

Olivia avait envie de s'excuser pour sa solitude, même si elle n'en était pas responsable. Elle avait envie, aussi, de chasser cette tristesse qu'elle avait lue furtivement dans ses yeux, quand il avait regardé par la fenêtre.

— Si nous faisions un tour du jardin ? suggéra-t-elle. La plupart des fleurs ont disparu, mais c'est encore très joli, en cette saison.

Il s'ébroua, chassant sa mélancolie pour redevenir un cow-boy toujours prêt à l'action.

— Voilà encore une autre chose que je n'ai jamais faite, dit-il, amusé, en se levant. Me promener dans un jardin ! Mais l'idée me plaît.

Olivia espéra qu'il serait toujours aussi enthousiaste lorsqu'elle lui aurait dévoilé ce qu'elle avait en tête.

— Le mois d'octobre, à Londres, est souvent maussade, commenta Olivia.

Elle contemplait un arbuste qui venait de perdre ses dernières fleurs avec l'arrivée de l'automne.

— Ce n'est pas si grave, dit-il.

Mais il la regardait, elle, et non pas l'arbuste.

Ils arpentèrent les allées gravillonnées du petit jardin et, quoiqu'elle ne s'appuyât pas à son bras, ils marchaient côte à côte. Elle n'avait pas un dit un mot au sujet du baiser qu'ils avaient échangé la veille, et Will en savait assez sur les bonnes manières pour comprendre qu'il était préférable de ne pas mettre la question sur le tapis.

Cependant, ce baiser le taraudait, car l'expérience avait été différente de tout ce qu'il avait connu auparavant.

Ne te fais pas d'illusions, se morigéna-t-il. Il ne pouvait rien se passer entre lui et une authentique lady. D'autant qu'il devrait se chercher un nouveau toit.

— Si nous nous étions rencontrés au printemps, reprit-elle, vous auriez trouvé mon jardin beaucoup plus ravissant.

— Je l'aime tel qu'il est, insista Will. Il me rappelle le parc de Denver : joli et bien soigné. En plus petit, évidemment.

Au milieu de tous ces minuscules parterres tirés au cordeau, il se faisait l'effet d'être un géant, un peu comme le Gulliver du conte.

— Je m'en doute ! Si vous en avez l'occasion, je vous conseille de visiter Hyde Park. C'est tellement grand que les gens peuvent s'y promener à cheval. D'ailleurs, il m'arrive moi-même de le faire.

Will fut ravi d'apprendre qu'elle savait monter à cheval. Lui-même n'était pas monté depuis trois semaines, et cela lui manquait tellement qu'il en était presque malade. Un cow-boy qui se respectait ne pouvait pas rester plus de quelques heures d'affilée sur ses deux jambes.

— Oui, je retiens l'idée, dit-il.

— N'oubliez pas d'apporter votre selle. Vous pourrez constater qu'elle est très différente des selles anglaises.

— Parce que la mienne est conçue pour le travail.

Elle l'avait entraîné vers une fontaine en pierres, pour l'instant asséchée et dont le fond se couvrait déjà de feuilles mortes. Elle les enleva avec un tel zèle que Will la soupçonna d'avoir une idée derrière la tête.

— C'est mon coin préféré, annonça-t-elle.

— Je comprends. C'est très joli.

Elle voulait lui dire quelque chose, mais quelque chose qui avait du mal à sortir de sa bouche. Will, cependant, avait sa petite idée.

— Elle date du XVIIIe siècle, précisa-t-elle, sans quitter la fontaine des yeux.

La fontaine était jolie, à n'en pas douter, mais enfin, elle ne méritait tout de même pas une telle concentration. Will suspectait Olivia d'éviter de croiser son regard.

— Elle a d'abord appartenu à Sophie, la vicomtesse de Briarleigh, poursuivit-elle. C'était une célèbre botaniste. Certaines de ses théories sont encore enseignées aujourd'hui.

Et, avec un sourire un peu triste, elle ajouta :

— Elle a eu de la chance d'avoir un mari qui croyait en elle, et assez d'argent pour se moquer des règles de la société.

— Vous la décrivez comme une femme remarquable.

Olivia hocha la tête. Elle se mordillait la lèvre inférieure, et Will mourait d'envie de l'embrasser à nouveau. Mais elle ne le laisserait sans doute pas faire, cette fois, car il devinait qu'elle s'apprêtait à le prier de ne plus jamais prendre aucune liberté de ce genre avec elle.

— Lady Briarleigh était une femme remarquable, en effet. J'aimerais avoir son courage.

Will n'avait maintenant plus aucun doute sur ce qu'elle méditait de lui dire depuis tout à l'heure, mais que la politesse et la bonne éducation l'empêchaient de formuler à haute voix. Fatigué d'attendre, il décida de l'aider.

— Écoutez, lady Xavier, je vais récupérer mon sac dès que nous serons rentrés à l'intérieur. Vous n'avez donc pas à me demander de déguerpir.

Elle le regarda, à la fois choquée et profondément déroutée.

— Non ! s'empressa-t-elle de riposter. Ce n'est pas du tout ce que je souhaite. Je... j'espérais... Mon Dieu, asseyez-vous, Will, soupira-t-elle, désignant un banc en pierre. Je désire simplement m'entretenir quelques minutes avec vous.

Will s'assit obligeamment, soulagé, mais aussi désarçonné. Olivia se tenait toujours debout près de la fontaine, mais au moins elle le regardait, à présent. Baissant les yeux, il s'aperçut qu'il occupait toute la largeur du banc, qui avait sans doute été conçu pour deux personnes. Mais tout, en Angleterre, semblait tellement plus petit que chez lui ! Il se sentait comme un grand cheval sauvage égaré dans un pays de poneys.

— Que font les femmes, là où vous vivez, Will ? demanda-t-elle soudain.

Il fronça les sourcils.

— Ce qu'elles font ? Vous voulez dire, dans l'existence ?

Elle hocha la tête.

— Précisément. Restent-elles à la maison ? Travaillent-elles à l'extérieur ?

Will voulut instinctivement se caresser la moustache, pour réfléchir mais, quand son doigt toucha sa lèvre nue, il se souvint qu'il s'était rasé. Nom d'un chien ! C'était bien le geste le plus stupide qu'il ait commis depuis des années. En fait, il avait simplement voulu changer d'apparence pendant quelque temps, pour se donner l'impression d'un nouveau départ. Mais il aurait dû se douter qu'on ne changeait pas de peau comme cela.

— Certaines ont du travail, je suppose, dit-il, méditatif. Plus on s'enfonce dans le Far West, moins il y a de femmes, alors elles ont plus de liberté pour faire ce qu'elles désirent. Une fois, j'en ai rencontré une qui dirigeait le journal local. Et une autre possédait la quincaillerie. Mais évidemment, beaucoup travaillent dans des bordels. Ou en sont propriétaires.

Olivia s'esclaffa.

— Il n'en est jamais fait mention dans les romans de monsieur Ingraham.

— Je m'en doute ! Il ne voulait pas choquer les blanches colombes qui lisent ses livres.

— Vous avez raison. Mais diriez-vous que les femmes, dans le Colorado, sont libres ? Je veux dire, libres de mener une existence en dehors du foyer domestique ?

— Certaines, oui, avança prudemment Will.

Il ignorait où elle voulait l'entraîner, mais il se tenait de plus en plus sur ses gardes. Et il aurait bien aimé disposer d'un canif et d'un morceau de bois. Quand il était nerveux, il taillait le bois pour s'apaiser. Et dans l'état où il se trouvait présentement, il aurait façonné une armada entière de petits navires.

— Je... commença-t-elle, cherchant visiblement ses mots. (Puis elle secoua la tête.) Non, essayons autre chose. Dans ces romans que je lis, et qui parlent du Far West, on voit souvent des fermiers chassés de leurs terres par des ranchers sans scrupules, qui utilisent tous les moyens à leur disposition pour aboutir à leurs fins. Même s'ils ne sont pas forcément légaux.

— Je vois ce dont vous parlez, mais c'est dans les livres, et les livres ne correspondent jamais à la réalité.

Will connaissait cependant quelques fermiers qui avaient été dépouillés de leur domaine, mais le phénomène était beaucoup plus rare que ne le laissaient entendre ces romans.

— Sauf que pour moi, c'est la réalité, dit-elle.

Elle vint s'asseoir à côté de lui, sur le banc. Elle fut si rapide que Will n'eut pas le temps de se pousser, et il sentit sa cuisse pressée contre la sienne. Mais elle ne semblait pas s'en soucier, ni même s'en être aperçue.

— Ma brasserie est menacée, poursuivit-elle en le regardant droit dans les yeux. Ces hommes, contre lesquels vous m'avez défendue l'autre soir, ne représentaient qu'une petite partie du problème. Et j'ai peur que celui qui les a envoyés ne se montre de plus en plus dangereux. Il est déterminé à mettre la main sur la Greywell.

— Dans ce cas, pourquoi ne lui vendez-vous pas tout simplement l'entreprise ?

Elle bondit sur ses pieds, de colère.

— Parce qu'elle est à moi ! se récria-t-elle.

Elle se mit à faire les cent pas devant lui, et Will songea à un lion en cage.

— Parce que personne ne me défendra ! enchaîna-t-elle. Parce qu'ils pensent tous qu'une femme ne devrait pas se mêler de diriger une entreprise, et encore moins une femme de ma condition. Et parce que je refuse que quiconque me persécute ! Pas plus George Pryce qu'un autre.

On aurait cru une tornade filant à travers les prairies et dévastant tout sur son passage. Will avait envie de l'étreindre dans ses bras pour la réconforter. Mais un tel geste n'aurait pas été convenable de la part d'un homme tel que lui, envers une lady comme elle.

Elle inspira profondément, s'obligeant à se maîtriser.

— Pour résumer, la Greywell m'appartient, et je n'ai pas l'intention de laisser quelqu'un me la ravir.

— À vous entendre, on dirait que vous gardez le poulailler depuis déjà un moment, commenta Will.

— Sauf que George Pryce est bien plus dangereux qu'un renard, répliqua-t-elle. Au début, il a simplement tenté de me racheter la brasserie. Devant mon refus, il a commencé à me menacer. L'autre soir, il a pour la première fois mis ses menaces à exécution. Il pense que sa naissance peut tout lui permettre. Je sais, maintenant, que la situation ne pourra qu'empirer.

Will étira ses jambes devant lui. Il n'était pas habitué à rester aussi longtemps inactif.

— Pourquoi ne vous contentez-vous pas de dénoncer ses agissements au shérif, ou à ce qui en fait office dans votre pays ? Ils jetteront Pryce en prison, et votre problème sera résolu.

Elle soupira de frustration.

— Suivez-moi, dit-elle soudain, repartant vers la maison.

Will la suivit à distance. Par prudence, mais aussi – s'il devait être tout à fait honnête – pour s'empêcher tout geste déplacé. Il mourait plus que jamais d'envie de la serrer dans ses bras. Elle semblait forte, résolue, mais en même temps terriblement seule et vulnérable. Une combinaison qu'il trouvait irrésistible.

De retour dans la salle des petits déjeuners, elle ramassa un journal posé sur la table, en feuilleta les pages, puis le replia de façon à mettre en évidence un article qu'elle tendit à Will.

— Lisez cela, dit-elle, d'un ton qui ne supportait pas la contestation.

Il s'exécuta.

La galerie Kennford a été honorée, hier, de la visite de George Pryce, dernier fils du comte de Hessay. M. Pryce a inauguré la nouvelle exposition de la galerie, qui rassemble quelques peintres parmi les plus méritoires de la Royal Academy. Sa présence ne pouvait qu'augurer du succès de la manifestation : en effet, M. Pryce et sa vénérable famille sont des mécènes bien connus du monde des arts depuis près de deux siècles. Et ils ont toujours œuvré pour la défense des artistes.

— Si je comprends bien, tout le monde pense que ce Pryce est un type irréprochable, conclut Will en reposant le journal.

— Non seulement lui, mais toute sa famille. Des hommes comme lui peuvent aisément fouler au pied des gens comme moi. Et c'est justement ce qu'il est en train de faire.

— Mais vous êtes une lady.

Elle s'esclaffa d'un rire coupant.

— Mon mari avait acheté son titre. Il était devenu baronnet par l'argent, non par le sang.

— Au contraire de Pryce, devina Will.

Il se planta devant la fenêtre, contemplant le petit jardin si bien entretenu qu'ils venaient juste de quitter. Tout, en Angleterre, semblait parfaitement encadré – comme ces parterres tirés au cordeau. Sauf Olivia. Quand il se retourna, il vit assez de feu dans ses prunelles pour faire fondre les neiges du Dakota.

— Précisément. Et s'il y a une chose que vous devez savoir à propos de l'Angleterre, Will, c'est qu'elle vénère sa noblesse. David avait fait fortune dans le textile, et mon père était banquier. Nous sommes, en quelque sorte, des nouveaux riches. Même si mon père possédait plus d'argent que bien des aristocrates, ils nous passeront toujours devant. Croyez-moi, je suis bien placée pour le savoir.

Elle se laissa choir sur une chaise et sembla, tout à coup, vulnérable.

— Quand Pryce a commencé à me menacer, expliqua-t-elle, j'ai tout de suite voulu me plaindre à la police. Mais il leur avait déjà rendu visite. Et ils m'ont ri au nez.

Will alla récupérer le journal. Une illustration accompagnait l'article. On y voyait un gentleman en haut-de-forme, les joues mangées par d'abondants favoris. Il arborait un air de suffisance qui déplut instantanément à Will.

— C'est lui ? demanda-t-il.

Elle acquiesça.

— M'est avis qu'il aurait besoin d'une bonne correction.

Elle sourit.

— Si seulement j'étais capable de la lui donner !

— Quelqu'un devrait s'en charger.

— Pas moi. Du moins, pas toute seule. Par contre, je sais qui pourrait le faire, dit-elle, le regardant droit dans les yeux. J'ai besoin de vous, Will.

Il aurait préféré que sa requête porte sur autre chose, mais il comprit ce qu'elle lui demandait.

— Combattre Pryce ? Comment voulez-vous que je fasse ? Si vous êtes une nouvelle riche, moi je ne suis rien du tout. Sinon un pauvre cow-boy avec des trous à ses chaussettes.

— Je pourrais vous les faire repriser. Ou vous acheter de nouvelles chaussettes.

— Là n'est pas la question. Vous savez très bien ce que je veux dire : je passe le plus clair de mon temps sur une selle, et je n'ai aucun domicile fixe. En outre, j'ignore tout des usages de la bonne société.

Elle se releva pour venir se planter devant lui.

— C'est bien pour cela que j'ai besoin de vous. Je n'aurais que faire de quelqu'un connaissant les usages du monde. En revanche, vous m'avez débarrassée des gredins envoyés par Pryce. Et vous savez vous débrouiller partout. Vous pourriez m'aider à protéger ma brasserie.

— Mes deux poings ne peuvent suffire à venir à bout d'un aristocrate anglais, objecta Will.

— Ce n'est pas à votre force physique que je pensais. Mais à votre capacité d'affronter le danger. Et de le vaincre.

Will se mit à faire les cent pas.

— Je vous récompenserai généreusement, précisa-t-elle.

Il s'immobilisa.

— Je n'ai pas besoin de votre argent.

— Nous en avons déjà discuté l'autre soir, répliqua-t-elle, un petit sourire aux lèvres. Je pensais donc à une autre façon de vous payer.

5

Will Coffin la regardait comme si elle lui avait proposé de danser nue dans Oxford Street. Et cette idée ne semblait pas complètement lui déplaire.

— M'dame, dit-il, c'est une proposition intéressante, et croyez bien que j'y avais moi-même pensé. Mais sachant que vous êtes une lady, et moi un étranger sans toit, je ne pense pas que ce serait très raisonnable. Pour votre réputation.

Olivia piqua un fard en comprenant.

— Oh, mon Dieu, non...

Bonté divine ! Il croyait qu'elle voulait s'offrir à lui en échange de son aide pour la débarrasser de Pryce.

— Ce n'est pas du tout ce que j'ai voulu dire. Je suis navrée si j'ai...

Il leva la main pour l'interrompre. Et ce fut à son tour de rougir.

— Non, c'est moi qui dois m'excuser, pour avoir tiré de mauvaises conclusions de...

— Je n'ose imaginer ce que vous avez pu penser de moi, si je vous ai donné l'impression... Enfin, voilà, ce que j'avais en tête, c'était de vous aider à retrouver votre famille, expliqua-t-elle. Je n'ai pas des origines nobles comme George Pryce, mais j'ai tout de même de bonnes relations dans le monde. Ce serait beaucoup plus facile pour vous, si vous me laissiez vous épauler dans vos recherches.

Il semblait toujours très confus d'avoir mal interprété ses propos, mais il s'obligea à se ressaisir.

— Je doute que vous connaissiez ma famille. Ils vivent peut-être dans un taudis.

— Je ne les connais sans doute pas personnellement, mais une lady anglaise possédant des contacts dans toutes les franges de la société aura de toute façon plus de chances de succès qu'un Américain fraîchement débarqué à Londres. Et pour ce qui est du reste… comme pour ce qui s'est passé hier soir…

Will l'observait attentivement, curieux de savoir comment elle allait se dépêtrer de la situation. Olivia n'était pas prude, et elle ne pouvait pas nier qu'elle avait aimé leur baiser. Mais ni l'un ni l'autre ne pouvaient se permettre d'encourager cette attirance mutuelle. Il était important, au contraire, d'éteindre au plus vite le feu qui s'était allumé entre eux. Et pour plusieurs raisons.

Mais, dans l'immédiat, elle n'allait lui en donner qu'une seule.

— Si vous m'aidez à combattre George Pryce, et si nous collaborons pour retrouver votre famille, nous ne pouvons pas laisser ce qui s'est passé hier soir se reproduire. Cela ne ferait que compliquer une… association qui n'est déjà pas ordinaire.

Voilà, elle l'avait dit. Et sa voix n'avait pas tremblé.

Il croisa les bras sur sa poitrine. Une lueur amusée brillait dans ses prunelles.

— Bref, on ne doit plus faire d'étincelles ?

— Euh… non.

Le lit d'Olivia était resté vide depuis la mort de David, et ces années de solitude lui avaient paru bien longues. Parfois, elle aurait aimé sentir un homme à son côté. Et Will Coffin avait réveillé, hier soir, un appétit somme toute très naturel. Mais ce n'était pas avec lui qu'elle pourrait le satisfaire. C'était impossible.

— J'ai l'habitude, dit-il. Les cow-boys dorment dans les granges, jamais dans la maison du maître. Pour ne pas risquer de se mélanger avec la femme du patron.

— En l'occurrence, lui rappela-t-elle, le patron c'est moi. Et j'ai donc besoin de vous pour m'aider à me débarrasser de Pryce. J'arrive très bien à diriger la brasserie, ce qui en a surpris plus d'un – y compris moi-même, d'ailleurs. Mais je ne pourrai jamais affronter seule un homme comme Pryce.

— N'avez-vous pas des amis pour vous secourir ?

— Ils ont tous peur de lui. Et ils auraient tout à perdre en s'opposant à ses agissements. En revanche, vous possédez des talents qu'ils n'ont pas : l'instinct, l'adaptabilité, le non-conformisme.

Ce qui était la pure vérité. Mais il semblait toujours hésiter, et l'espace de quelques secondes Olivia paniqua à l'idée qu'il refuse son offre. Que ferait-elle, dans ce cas ? La prochaine offensive de Pryce serait probablement plus redoutable que celle de l'autre soir.

— Vous n'êtes pas obligé de me répondre tout de suite, lui proposa-t-elle. Prenez le temps de réfléchir. Et d'ici un jour ou deux…

Elle n'eut pas le temps de terminer sa phrase. Morton, depuis le seuil de la pièce, s'éclaircit la voix pour signifier sa présence.

— Un monsieur de la Greywell souhaite vous voir, annonça-t-il. Il dit que c'est urgent.

— Faites-le entrer.

Le visiteur n'attendit même pas l'autorisation du majordome. Il fit irruption dans la pièce, son chapeau serré dans ses mains. Olivia le reconnut aussitôt : c'était John Stevenson, l'un des livreurs de la société. Il semblait tout essoufflé.

— Monsieur Stevenson, que vous arrive-t-il ? Voulez-vous boire un peu d'eau ?

Stevenson, pantelant, secoua la tête.

— Non... merci, madame. Mais... je...

Il s'appuya au dossier d'une chaise pour reprendre son souffle.

— Du calme, l'ami, dit Will en lui donnant quelques tapes amicales dans le dos. Retiens ton souffle deux secondes et expire tranquillement.

Le pauvre Stevenson réussit à recouvrer ses esprits.

— Il y a des ennuis à la brasserie, madame.

— Quel genre d'ennuis ? demanda Olivia, déjà en alerte.

— Les charrettes de livraison ne peuvent pas faire la tournée des pubs. On les en empêche.

— Qui cela ?

— Je ne les connais pas, madame. Ce sont des types armés de bâtons qui attendent dans la rue. Ils menacent tous les livreurs de leur fracasser la tête s'ils sortent de l'enceinte de la brasserie. Alors, depuis ce matin, toutes les charrettes sont restées dans la cour.

Si elle n'avait pas été aussi bien éduquée, Olivia aurait lâché un juron. Et un gros.

— Encore un coup de George Pryce, se contenta-t-elle de marmonner.

Ses pires soupçons se confirmaient : Pryce était déterminé à la ruiner.

— Qu'allons-nous faire, madame ? geignit Stevenson.

Olivia réfléchit. Il devait bien exister une solution. Mais laquelle ?

— Les livreurs n'ont qu'à se défendre, lâcha tout à coup Will, dans le silence.

Olivia et Stevenson se tournèrent vers lui d'un même mouvement.

— Ces hommes sont armés de bâtons, lui rappela Stevenson.

Will roula des yeux.

— Eh bien, donnez des pistolets aux livreurs.

— Des pistolets ? répéta Stevenson, littéralement stupéfait.

— Oui, des pistolets. Vous savez, ces armes à feu avec un canon, des balles, une gâchette.

— Nous sommes en Angleterre, Will, intervint Olivia. Ici, les gens ne se servent d'armes à feu que pour chasser.

— Dans ce cas, répliqua Will avec le plus grand sérieux, il est temps d'ouvrir la chasse aux brutes.

— Vous n'allez quand même pas tuer quelqu'un, n'est-ce pas ? s'inquiéta Olivia, alors qu'ils roulaient à vive allure en direction de la Greywell.

Elle observait la carabine qui battait contre les cuisses de Will avec un mélange d'appréhension et de curiosité. Les seules armes à feu qu'elle ait vues de sa vie étaient les fusils à crosse gravée que son père gardait dans une vitrine de son bureau. Mais ces armes, toujours parfaitement astiquées, n'avaient qu'une fonction décorative. Tandis que la carabine de Will semblait, elle, réellement menaçante.

Il s'esclaffa.

— Évidemment que je ne vais tuer personne ! Je veux juste montrer à vos livreurs comment impressionner l'adversaire.

Olivia aurait aimé partager son insouciance sur le conflit qui n'allait pas manquer d'éclater.

— Vous êtes sûr ?

— Je ne me sers de cette winchester que pour protéger les troupeaux contre les animaux errants. Il a dû m'arriver une ou deux fois de tirer en l'air pour faire fuir un voleur de bétail.

— Et votre pistolet ?

— Mon colt ? C'est pareil. La plupart des villes vous interdisent de l'arborer à votre ceinture dans la rue. Sinon, le shérif vous le confisque aussitôt et ne vous le rend qu'à votre départ.

— Donc, pas de fusillade à redouter devant ma brasserie ?

Il s'esclaffa encore devant la mine vaguement déçue de la jeune femme.

— Vous lisez décidément trop de ces romans à quatre sous. Toutes ces histoires de fusillades en pleine rue, ce n'est que de la fiction.

— Vous n'avez jamais tiré sur quelqu'un ?

Son sourire s'évanouit brutalement.

— Je n'ai pas dit ça.

— Oh...

Olivia baissa les yeux et s'abîma dans la contemplation de ses mains, croisées dans son giron. Qu'allait-elle faire de cet homme ? se demanda-t-elle, angoissée. Elle n'avait pas vraiment peur de lui, cela dit, mais elle le soupçonnait, si les circonstances l'exigeaient, d'être plus redoutable qu'un loup.

Elle-même se faisait l'effet d'être un petit chien se nourrissant des miettes tombées de la table du maître. C'était du reste le sort de toutes les femmes de sa classe, d'être élevées comme des animaux de compagnie. Mais, depuis qu'elle travaillait à la brasserie, Olivia commençait de souscrire aux idées de ces féministes dont les écrits étaient vigoureusement condamnés lors des thés mondains. À présent, elle désirait davantage qu'une place aux pieds de son maître – même si ce maître avait été David – et elle était résolue à défendre ses nouvelles convictions. Malheureusement, c'était bien difficile. Surtout lorsqu'on était seule.

L'attelage franchit les grilles de la Greywell et s'arrêta dans la cour, où plus d'une dizaine de charrettes chargées de fûts de bière à destination des pubs de la ville demeuraient paralysées. Si la bière n'était pas livrée avant midi, l'heure à laquelle les employés prenaient leur déjeuner, le résultat serait désastreux pour l'image de marque de la Greywell. Une des premières règles du commerce était de toujours pouvoir approvisionner à temps ses clients.

Les chauffeurs le savaient bien, eux aussi. Ils se tenaient près de leurs véhicules, nerveux et impatients. Olivia vit leur soulagement quand ils reconnurent sa voiture. Elle pria le Ciel pour ne pas décevoir leur attente.

Arthur l'aida à descendre. Elle se tourna aussitôt vers les chauffeurs, qui dévisageaient Will Coffin, debout derrière elle. Elle pouvait difficilement les blâmer pour leur curiosité. Avec son Stetson et sa winchester, il incarnait jusqu'à la caricature le cowboy du Far West. Tandis que ces chauffeurs étaient l'image même de l'employé anglais.

— Messieurs, dit-elle d'une voix forte, obtenant aussitôt le silence. J'ai appris que vous rencontriez des difficultés pour livrer notre production.

— Ils ont tenté de me frapper en plein visage ! expliqua un chauffeur, aussitôt appuyé par un murmure d'assentiment.

— Je n'ai pas envie de continuer ce travail si je dois y risquer ma peau, lança un autre. Mais qui va nourrir ma femme et mes gosses ?

D'autres murmures s'ensuivirent, plus hostiles. Olivia comprit qu'il fallait à tout prix rassurer les livreurs, sinon leur colère pouvait les rendre imprévisibles. Et c'est sans doute ce qu'espérait Pryce.

— Calmez-vous, ordonna-t-elle fermement.

À sa grande surprise, elle se fit obéir sur-le-champ. Cela étonnait toujours Olivia de voir que les gens – et particulièrement des hommes – puissent accepter ses ordres. Mais elle commençait à réaliser qu'elle possédait plus d'autorité qu'elle ne l'aurait imaginé.

Désignant Will, elle ajouta :

— Voici monsieur Coffin. Il est ici pour nous aider à livrer la marchandise en temps et en heure.

— Et comment il va s'y prendre ? demanda une voix.

Will s'avança jusqu'au milieu de la cour. Aussitôt les chauffeurs, dont certains étaient pourtant plus costauds que lui, reculèrent de deux pas, par déférence. Il possédait une autorité naturelle qui cadrait mal avec la modestie du milieu où il avait grandi. Olivia se demanda tout à coup si ses origines étaient aussi humbles que lui-même le suspectait.

— Les gars, dit-il avec son sourire de cow-boy, laissez-moi vous présenter ma vieille amie, lady Winchester.

Pour un pays qui se targuait de régner sur un empire s'étendant aux quatre coins du monde, Will n'en revenait pas que personne n'ait jamais pensé à armer des livreurs pouvant être confrontés au danger. En Amérique, la Wells Fargo équipait ses convoyeurs de colts et de carabines depuis plus de trente ans.

— Il suffira que vous ayez un compagnon assis à côté de vous, avec une arme posée sur les genoux, expliqua-t-il aux chauffeurs rassemblés autour de lui. Si quelqu'un essaie de vous barrer la route, vous n'aurez qu'à lui montrer de quel bois vous vous chauffez.

— Il n'est pas question que je tire sur quelqu'un, objecta l'un des chauffeurs.

— Évidemment que non.

Bon sang ! Personne, dans ce pays, n'avait donc un peu de jugeote ? Ces Anglais semblaient tout ignorer du langage des armes.

— Tout au plus tirerez-vous en l'air, et cela suffira pour vous ouvrir la route.

Les chauffeurs paraissaient toujours sceptiques.

— Raisonnez un peu, reprit Will. Ces types pensent qu'ils vont faire la loi avec leurs bâtons, mais je ne connais rien de tel qu'une winchester pour clore le débat. Si vous le préférez, vous n'aurez même pas à la charger : vous vous contenterez de la pointer sur vos adversaires.

— Nous ne pouvons pas tous les armer, intervint Olivia. Cela coûterait beaucoup trop cher.

— Un seul équipage pourvu d'une carabine suffira pour passer le message, assura Will. Et maintenant, qui se porte volontaire ?

Personne ne bougea le petit doigt.

— Nom d'un chien ! pesta Will. Je vais vous montrer comment s'y prendre, moi.

Il désigna un chauffeur, bâti comme un Turc :

— Toi et moi, nous allons partir en livraison.

L'homme acquiesça, bien qu'il ne semblât pas complètement rassuré.

Au moment où Will allait monter s'asseoir à côté du chauffeur, Olivia s'approcha pour lui étreindre le bras, en signe d'encouragement. À ce contact, lui qui était prêt à partir en guerre sentit tout à coup des frissons dans la nuque.

— Soyez prudent, Will, murmura-t-elle. Si ça devient trop dangereux, revenez vous mettre à l'abri dans la cour. Et ne vous inquiétez pas pour la livraison. Nous trouverons bien un moyen de nous en sortir.

Il se demanda si elle était vraiment soucieuse de son sort, ou si elle cherchait simplement à le gagner à sa cause. Elle avait compris qu'on ne pouvait pas l'acheter avec de l'argent, mais elle savait qu'il avait un faible pour aider les femmes en détresse – puisqu'il l'avait fait une fois, pourquoi ne le referait-il pas une deuxième ?

Will avait vu assez de ravissantes créatures manipuler les hommes pour se tenir sur ses gardes. Il ne serait jamais dupe de quiconque, pas même d'une respectable lady anglaise. Mais, en regardant Olivia droit dans les yeux, il réalisa qu'elle ne jouait pas avec lui. Elle s'inquiétait pour de bon.

En dehors du vieux Jake, personne ne s'était jamais réellement intéressé à lui. Il était donc touché de voir que cette lady, qui le connaissait à peine, tienne un tant soit peu à lui. Quoi qu'il puisse se passer entre eux par la suite, il comprit qu'il ne l'oublierait jamais.

Mais Will n'aimait pas dévoiler ses émotions devant les autres. Aussi, au lieu de la remercier solennellement comme il en avait envie, se contenta-t-il de sourire.

— Tout se passera comme sur des roulettes. Et croyez-moi qu'avant midi, tous les amateurs de Greywell de cette ville seront servis.

Elle essaya de lui retourner son sourire, mais elle n'était visiblement pas rassurée. Coulant un regard autour d'elle et s'apercevant que personne ne prêtait attention à eux, elle déposa un baiser furtif sur sa joue, avant de tourner les talons et de s'éloigner.

Dieu du Ciel ! songea Will. Je suis fichu !

— Allez, c'est parti ! lança-t-il en sautant à côté du chauffeur.

Il serrait sa winchester à deux mains, pour s'empêcher de caresser l'endroit où Olivia avait posé ses lèvres. Ce n'était pas le moment de se laisser distraire alors qu'ils allaient passer à l'action.

Le chauffeur et lui n'échangèrent pas un mot au moment de franchir les grilles de la brasserie. Ils roulèrent tranquillement sur quelques centaines de mètres, avant de s'engager dans une rue plus étroite. Will se raidit instantanément. L'endroit était trop silencieux pour être honnête.

Quatre lascars surgirent d'une porte cochère pour leur barrer la route. Comme l'avaient expliqué les chauffeurs, ils brandissaient effectivement de solides bâtons. Will sourit, soulagé. Maintenant que ses adversaires s'étaient dévoilés, il savait comment les affronter. C'était l'attente du danger qui était toujours la plus périlleuse.

La voiture ralentit. Les types frappaient le bout de leurs bâtons dans leurs mains, d'un air menaçant.

— On ne t'avait pas déjà demandé de faire demi-tour ? lança l'un d'eux au chauffeur.

— Sinon, on te fracassait la tête, précisa un autre.

Will éclata de rire. Après tout ce qu'il avait vu dans l'Ouest, ces types lui faisaient l'effet de vrais amateurs.

— Avec ces petits joujoux ? railla-t-il. Allez plutôt vous amuser dans votre coin. Mon ami et moi, on a du travail.

Les gredins échangèrent des regards interloqués. Ils ne s'attendaient manifestement pas à cela.

— On fait quoi ? questionna un troisième.

— Bah, on tape.

Le premier brandit bien haut son bâton, prêt à l'abattre sur le chauffeur. Mais au même instant une détonation déchira l'air et le type ne se retrouva plus qu'avec un éclat de bois dans la main. Ouvrant des yeux ronds comme des soucoupes, il découvrit le canon de la winchester de Will braqué sur lui.

Celui-ci ouvrit sa carabine pour en déloger la cartouche vide. Elle tomba sur le pavé avec un bruit sinistre. Satisfait, Will enfourna une nouvelle cartouche et referma sa carabine.

— Je continue le tir aux pigeons ? demanda-t-il, narquois.

Un autre de leurs assaillants voulut s'avancer, mais Will braqua aussitôt son arme sur lui.

— N'essaie pas, l'ami. À moins que tu ne veuilles perdre ta cervelle. Déjà que tu n'en as pas beaucoup…

— Je n'ai pas accepté ce boulot pour me faire trouer la tête, dit le type qui tenait encore dans la main les restes piteux de son bâton.

— Moi non plus, renchérit un comparse.

Ils battirent tous les quatre en retraite, comme un vol d'étourneaux effarouchés.

— Dites à Pryce que lady Xavier n'aime pas beaucoup qu'on la menace ! leur cria Will, qui s'était dressé sur son siège pour que sa voix porte plus loin.

Quand il se rassit, il croisa le regard médusé du chauffeur.

— On s'est bien amusés, hein ?

— Vous êtes un sacré drôle de zigue, vous, commenta le chauffeur.

— Encore plus cinglé que tu ne l'imagines, mon gars, répliqua Will, amusé.

Il pensait à Olivia qui l'attendait à la brasserie, et son cœur se mit à battre plus vite.

— Complètement cinglé, même, ajouta-t-il.

Ils s'acquittèrent de leur livraison et rentrèrent vite à la brasserie, pour raconter leur succès. Mais, juste au moment où leur voiture pénétrait dans la cour, ils croisèrent celle d'Olivia qui en sortait. Elle fit arrêter son cocher et les deux attelages se retrouvèrent flanc contre flanc. Will sentit son cœur s'emballer en voyant la jeune femme ouvrir sa vitre. Elle était décidément ravissante. Il ne parvenait d'ailleurs pas à comprendre qu'elle ait pu rester veuve aussi longtemps. N'importe quel gentleman un peu sensé aurait dû se précipiter pour lui demander sa main.

— La bonne nouvelle est déjà arrivée jusqu'ici, dit-elle, les prunelles brillant d'excitation. Vous aviez raison : maintenant que ces gredins ont pris la poudre d'escampette, il est inutile d'armer tout le monde. Les charrettes sont toutes prêtes à partir. J'ai simplement décidé de doubler les équipages.

Will appréciait de plus en plus de lui faire plaisir. C'était entièrement nouveau chez lui : jusqu'ici, il n'avait jamais cherché à s'attirer les faveurs de quiconque. C'était bien la preuve qu'il était grand temps qu'il reprenne ses esprits.

— Vous rentrez à la maison ? demanda-t-il, se proposant déjà de l'accompagner pour récupérer ses affaires et poursuivre sa propre route.

Elle secoua la tête.

— On vient de m'avertir que d'autres gredins menacent un tenancier de pub qui vend ma bière. Je me rends sur place pour remettre les choses en ordre.

Will sursauta.

— Toute seule ?

— Tout le monde est occupé aux livraisons.

Étouffant un juron, il sauta de son siège et ouvrit la portière de l'attelage de la jeune femme.

— J'y vais, dit-il, avec un signe de la tête destiné à lui faire comprendre qu'elle devait descendre. Et vous restez ici.

— Ce tenancier est l'un de mes meilleurs clients, répliqua Olivia, qui regardait sa winchester. Il sera effrayé, s'il vous voit débarquer chez lui pour faire votre numéro de tireur d'élite. Et il risque de ne plus rien vouloir me commander ensuite.

— Olivia, je ne crois pas que…

— Ce n'est pas à vous de décider, le coupa-t-elle d'un ton sans appel. La Greywell est sous ma responsabilité, et il y a certaines choses que je dois faire moi-même.

Will lut, dans ses yeux, qu'argumenter serait peine perdue. Il renonça donc à la faire sortir de la voiture, mais s'assit en face d'elle et referma la portière.

— Dans ce cas, allons-y ensemble.

Et son ton aussi était sans appel.

Olivia lui sourit, amusée. Will se fit la réflexion qu'il pourrait passer des heures ainsi, enfermé avec elle dans une voiture, à simplement la regarder sourire. Le spectacle en était plus magnifique que la contemplation d'une belle nuit étoilée, et plus chaleureux que n'importe lequel des feux de camp. Olivia était capable de faire rêver un homme à des choses auxquelles il n'avait pas le droit de rêver. Et plus il passait de temps en sa compagnie, plus il se surprenait à espérer.

Ce n'était pourtant pas le moment de s'égarer. Ils approchaient du saloon – un pub, comme ils les appelaient ici – où Will devrait à nouveau se confronter aux hommes de Pryce.

— Laissez votre carabine ici, lui conseilla-t-elle alors qu'ils descendaient de voiture.

Il n'aimait pas cela, mais s'exécuta tout de même. De toute façon, si la situation tournait mal, il savait comment se battre avec ses poings, ou avec toute autre arme de circonstance qui lui tomberait sous la main. Mais, puisqu'elle voulait essayer de s'en sortir avec sa méthode, Will la laisserait faire – du moins pour commencer.

Ils pénétrèrent dans le pub comme deux promeneurs endimanchés, Olivia accrochée à son bras. Les murs de l'établissement étaient recouverts de panneaux de bois sombre, sauf derrière le bar où ils étaient remplacés par des miroirs. L'ameublement était constitué de banquettes en cuir disposées autour de tables en bois poli. C'était un lieu beaucoup plus raffiné que tous les saloons que Will avait pu connaître. Un gentleman aurait été moins déplacé ici qu'un cow-boy.

La salle était vide, à l'exception de l'homme qui tenait le bar et de deux types accoudés au comptoir, les yeux injectés de sang. Entendant Olivia lancer un « Bonjour » à la cantonade, tous trois se tournèrent dans sa direction.

— Ma… madame, commença le tavernier. Nous ne sommes pas encore ouverts à la clientèle…

Malgré la peur que trahissait sa voix, on voyait bien qu'il était stupéfait. Will en déduisit que même un établissement de cette classe n'était pas habitué à recevoir d'authentiques ladies.

— Je ne suis pas venue boire un verre, répliqua Olivia, s'avançant droit vers le comptoir, Will sur ses talons.

Si elle nourrissait la moindre frayeur, elle la cachait soigneusement. Arrivée au bar, elle serra la main du tenancier.

— Je suis lady Xavier, la propriétaire de la brasserie Greywell.

— Fred Cowling, répondit le patron, qui coulait des regards nerveux vers Will et les deux autres types, accoudés un peu plus loin.

— Et voici mon associé, Will Coffin, reprit-elle.

Will serra à son tour la main du tenancier. Puis Olivia pivota vers les sbires de Pryce. Will fut frappé de sa métamorphose. Autant tout à l'heure, dans la voiture, elle semblait chaleureuse et accessible, autant maintenant elle paraissait froide et hautaine, comme une reine sur son trône. Et le spectacle en était plus intimidant que n'importe quel canon de winchester.

— Messieurs, dit-elle, j'ai des affaires à traiter avec monsieur Cowling. Des affaires d'ordre privé.

Les deux types, interloqués, échangèrent un regard. De toute évidence, ils ne s'attendaient pas à devoir affronter une lady.

— Nous n'avons pas terminé notre bière, protesta l'un.

— Eh bien, faites comme si elle était terminée, répliqua Olivia d'une voix coupante.

— Mais...

— Si vous souhaitez discuter davantage, je vous suggère de vous adresser à monsieur Coffin.

Se coulant dans son rôle, Will prit son air le plus assassin. Les sbires de Pryce pâlirent aussitôt.

— Il sera ravi de s'entretenir avec vous, ajouta Olivia. Mais... dehors.

— Je crois que c'est le type qui a failli brûler la cervelle de Jimmy, murmura l'un des gredins à son compagnon.

On les entendit déglutir péniblement.

Le tavernier regardait tour à tour Will, Olivia et les deux voyous. Il semblait dans ses petits souliers, alors qu'Olivia, au contraire, paraissait parfaitement maîtresse d'elle-même. Un silence de mort s'était abattu dans la salle.

— Eh bien ? lança la jeune femme, toujours aussi glaciale.

L'un des deux lascars fila vers la porte.

— Je m'en vais, dit-il.

— Moi aussi ! lui cria son comparse, qui courut pour le rattraper.

Après leur départ, Olivia se tourna vers M. Cowling.

— Je vous suggère d'aller chercher vos carnets de commandes, lui dit-elle d'un ton plus chaleureux, mais très femme d'affaires. J'aimerais savoir si nos livraisons de Greywell sont suffisantes. Je ne voudrais pas mécontenter les consommateurs, vous comprenez.

Le tavernier s'empressa d'aller chercher les documents dans son bureau. Aussitôt qu'il eut disparu, Olivia exhala un long soupir et Will s'aperçut que ses mains tremblaient légèrement.

— Je crois qu'au poker, on appelle ça le bluff... murmura-t-elle en s'appuyant au comptoir, comme si ses jambes menaçaient de ne plus la porter.

Will secoua la tête, médusé.

— Je ferais bien de me souvenir de ne jamais parier contre vous.

6

Crawcook, le valet de chambre de Pryce, terminait d'ajuster la cravate de ce dernier. Son maître était difficile à satisfaire et il n'hésiterait pas à l'obliger à recommencer s'il était mécontent du résultat.

Par chance, monsieur était trop préoccupé, aujourd'hui, pour s'intéresser de près à son nœud de cravate. Sinon, il aurait probablement exigé que Crawcook le refasse, juste pour le plaisir de lui montrer qu'il avait le pouvoir d'agir ainsi.

Son valet lui présenta ensuite l'écrin à montres. Pryce en choisit une, ainsi qu'une chaîne, que Crawcook épingla à son gilet. Puis il lui tendit sa veste. C'est à ce moment précis que Len Banks, un valet de pied, frappa à la porte.

— Excusez-moi, monsieur, dit-il en passant la tête par l'entrebâillement, mais il y a en bas deux... euh, deux messieurs qui souhaitent vous parler. Ils attendent dans le bureau.

— Dites-leur que je suis occupé, répliqua Pryce.

— Ils disent que c'est urgent et qu'ils ne partiront pas tant qu'ils ne se seront pas entretenus avec vous.

Pryce s'empourpra de rage.

— Je descends, grommela-t-il.

Il enfila sa veste, tira nerveusement sur ses manches pour les ajuster et quitta sa chambre sans ajouter un mot.

Len et Crawcook échangèrent un regard, avant de suivre leur employeur à distance, attendant qu'il ait pénétré dans le bureau pour coller leur oreille contre la porte. L'épaisseur du battant étouffait les sons, mais Crawcook avait l'habitude d'écouter aux portes, aussi réussit-il à reconstituer la conversation.

— Enfin, qu'est-ce que c'est que cette histoire ? rugissait monsieur.

— Il était armé, patron, répondit une voix à l'accent faubourien de Whitechapel.

— Il a bien failli me brûler la cervelle, renchérit une autre voix, avec un accent similaire.

Len et Crawcook se regardèrent. Deux hommes des faubourgs de l'East End – le quartier le plus mal famé de la ville – rendant visite à monsieur : voilà qui alimenterait les commérages des domestiques, ce soir à l'office.

Monsieur lança un juron, et Crawcook crut entendre un objet s'écraser contre un mur.

— Bande d'incapables ! hurlait-il. Vous laisser intimider par un bougre d'Américain et une veuve… une traînée, oui ! Nous allons tenter autre chose.

— Quoi ?

— Maddox.

Len et Crawcook sursautèrent. Ce Maddox traînait une réputation de brute sanguinaire, sans foi, ni loi.

Mais ils ne purent en écouter davantage, car la vieille comtesse traversait le hall. Ils se faufilèrent dans un couloir et s'immobilisèrent, dos au mur, à l'abri des regards.

La comtesse frappa à la porte du bureau.

— George, nous devons partir tout de suite, si nous voulons arriver à l'heure au thé de la duchesse de Walford.

— J'arrive dans quelques instants, mère, lui répondit monsieur, derrière la porte.

— Non, George. *Tout de suite !* insista-t-elle, sur un ton d'impérieux commandement que Len et Crawcook ne connaissaient que trop bien.

Elle repartit vers le hall, mais les deux valets restèrent dans leur cachette, pour ne pas être vus de monsieur quand il ouvrit la porte.

— Nous reparlerons de tout cela plus tard, lança-t-il à ses deux visiteurs. Mais pas ici. Sortez par l'entrée de service.

Monsieur rejoignit sa mère, qui l'attendait près de la porte du hall. Les deux visiteurs de l'East End quittèrent à leur tour le bureau et disparurent, comme monsieur le leur avait demandé, par l'entrée de service.

Len et Crawcook durent attendre que monsieur et son dragon de mère furent sortis sur le perron pour descendre à l'office raconter leur histoire. Et quelle histoire ! Qui aurait pensé qu'un fils de comte pouvait s'acoquiner avec des gredins de Whitechapel ? Et qui étaient donc cet Américain et cette veuve dont avait parlé monsieur ? Et pourquoi voulait-il faire appel à Maddox ? Autant de mystères qui alimenteraient la conversation pour toute la soirée.

— Depuis le temps que vous entendez parler de cet endroit, il serait bon que vous sachiez à quoi cela ressemble, commenta Olivia, qui entraîna Will à l'intérieur de la brasserie. Voici monsieur Huntworth, le directeur de production, ajouta-t-elle alors qu'un homme rondouillard venait à leur rencontre. Comment vont les affaires aujourd'hui, monsieur Huntworth ?

— Beaucoup mieux, merci, depuis que vous avez résolu notre problème de livraisons, lady Xavier.

Olivia fit brièvement les présentations. Huntworth ne songea pas à questionner Will sur les raisons de sa présence. C'était tant mieux, car la jeune femme n'aurait pas su elle-même quoi répondre. Pour dire la vérité, elle se sentait un peu perdue.

Elle avait été tellement heureuse de le voir revenir sain et sauf de sa livraison, qu'elle avait dû se retenir de ne pas se jeter dans ses bras et lui couvrir le visage de baisers. L'avoir à ses côtés pour défendre la brasserie n'était peut-être pas une aussi bonne idée que cela, finalement. Car elle commençait à l'apprécier un peu trop. D'un autre côté, la lassitude qu'elle éprouvait ces derniers temps avait disparu, et c'était grâce à Will Coffin. Non seulement il l'épaulait pour lutter contre les agissements de Pryce, mais en outre il ne critiquait pas, comme la plupart des gens, le fait qu'elle puisse diriger une brasserie. Et c'était un vrai soulagement.

Cependant, Will n'aurait pas pu être plus éloigné d'elle – à la fois financièrement, socialement et géographiquement. Leur relation ne pouvait être que temporaire. Quand ils se seraient débarrassés de Pryce, elle reprendrait seule les rênes de la Greywell. L'ennui, c'est que cette perspective ne la ravissait plus autant qu'autrefois.

— Je vais faire mon petit tour du propriétaire, monsieur Huntworth, afin de m'assurer que tout va bien, annonça-t-elle.

— Bien sûr, lady Xavier, répliqua Huntworth. Laissez-moi vous accompagner.

— Vous venez, Will ? Comme cela, vous verrez comment se fabrique la bière.

Il parut hésiter. Il n'avait pas encore officiellement accepté de l'aider. Et Olivia était elle-même partagée. Son concours serait bien sûr précieux, mais plus elle passerait de temps avec lui, plus elle risquait d'être attirée par lui. Or elle n'avait pas besoin de provoquer un nouveau scandale. Diriger la brasserie lui compliquait déjà assez ses relations mondaines.

Le problème, c'est que, sans Will, elle risquait de perdre la Greywell. Il devait donc rester.

— D'accord, répondit-il finalement.

Elle fit son inspection avec M. Huntworth. Will, un peu en retrait, observait les ateliers et les machines.

— C'est immense, lâcha-t-il à un moment, sur un ton d'admiration.

— Oui, acquiesça Olivia, qui vérifiait la pression d'une chaudière. Quand j'ai découvert que David me laissait la brasserie en héritage, j'ignorais tout du métier. J'ai donc commencé par visiter l'usine, et sa taille m'a aussi impressionnée. Mais ce qui m'a le plus frappée, c'est l'odeur.

Will renifla.

— C'est vrai, c'est bizarre : ça sent le pain ! Une sacrée odeur de pain, même. Comme dans un fournil.

Olivia hocha la tête.

— Je ne m'en aperçois même plus, maintenant. Mais heureusement que l'odeur n'imprègne pas mes vêtements.

Elle se souvint alors que Will, lors de leur deuxième rencontre, lui avait parlé de son parfum. Elle se sentit rougir.

Il devait partager son embarras, car il se détourna soudain pour désigner les grands tonneaux cerclés d'acier, disposés au centre de la salle.

— À quoi ça sert ? demanda-t-il.

— Ce sont les tonneaux de brassage, expliqua-t-elle, ravie de cette diversion. Nous y déversons le malt, c'est-à-dire l'orge que nous avons précédemment fait germer, et nous le mélangeons à de l'eau. Puis nous chauffons le tout pendant environ deux heures.

— Un dispositif ultramoderne nous permet de maintenir une température constante à l'intérieur des tonneaux, ajouta fièrement M. Huntworth.

Avec son Stetson et sa chemise à carreaux, Will paraissait complètement incongru dans ce décor industriel. Tout cela devait d'ailleurs lui paraître bien absurde et vaniteux, comparé aux paysages sauvages d'où il venait, songea Olivia tandis que M. Huntworth lui faisait la démonstration d'un thermomètre.

Elle savait, cependant, que la Greywell avait de quoi impressionner, car elle n'avait pas ménagé ses efforts pour en faire l'une des brasseries les plus modernes du pays.

— Laissez-moi maintenant vous montrer notre fierté, dit-elle, entraînant Will vers une petite pièce fermée par une porte en fer. L'eau est une matière première indispensable pour le brassage, expliqua-t-elle, cependant que Huntworth ouvrait la porte en fer. Et nous avons la chance de posséder notre propre forage.

La porte abritait un puits, lui-même fermé par un couvercle en bois, verrouillé au moyen d'un cadenas. Huntworth sortit une clé de sa poche, ouvrit le cadenas et souleva le couvercle.

— Ne vous penchez pas trop, dit-il. La profondeur dépasse les soixante mètres !

— Chaque jour, nous procédons à des analyses pour nous assurer que l'eau possède toutes les propriétés minérales requises pour nos différentes bières, poursuivit Olivia.

— Je croyais qu'il n'y avait qu'un genre de bière ?

— Moi aussi, au début. Mais c'est loin d'être le cas. Ici, nous en fabriquons cinq différentes : bière blonde, bière brune, *porter*…

— Les Londoniens sont très amateurs de *porter*, qui est une bière fruitée et presque noire, commenta Huntworth.

— Mais contrairement à ce que pourrait faire croire sa couleur, elle est très digeste, précisa Olivia.

— Lady Xavier est devenue une grande connaisseuse, approuva Huntworth.

Elle haussa les épaules, comme pour atténuer le compliment, mais en réalité il lui faisait très plaisir. Au début, gagner la confiance de Lawrence Huntworth n'avait pas été chose facile. Et obtenir que les employés l'écoutent, avait réclamé toute l'énergie et la détermination qu'elle possédait. Mais, après avoir convaincu le personnel de sa légitimité, il lui avait fallu affronter les réprobations de la bonne société. Et maintenant, les menaces de George Pryce.

Coulant un regard vers Will, elle lut dans ses prunelles bleues quelque chose qui ressemblait à de la franche admiration. Cette découverte lui réchauffa le cœur.

Ils ressortirent du local abritant le forage. Huntworth, appelé par un ouvrier, les quitta.

— Vous avez l'air d'en savoir beaucoup, en effet, dit Will quand ils se retrouvèrent tous les deux. J'ignorais que des ladies pouvaient faire ce genre de métier.

— Après la mort de mon mari, j'ai dû passer une année entière de deuil, et une autre de demi-deuil. Je devais refuser toutes les invitations et ne voir personne, à l'exception des parents proches. C'est de règle, dans la bonne société.

— La bonne société ! ironisa Will. Je ne vois pas ce qu'il y a de bon là-dedans. Vous n'auriez pas dû les écouter.

Olivia secoua la tête.

— C'était impossible. On m'aurait ostracisée. Plus personne n'aurait voulu m'adresser la parole, et je n'aurais pas pu me rendre quelque part sans traîner avec moi un parfum de scandale. Mon mari me manquait, bien sûr, mais ces deux années d'inactivité m'ont terriblement pesé. Les jours passaient, et je n'avais rien d'autre à faire que de contempler ma solitude. C'était comme si… comme si j'avais été enterrée, moi aussi. Vivante.

Elle baissa les yeux, un peu honteuse.

— Je ne devrais pas dire des choses pareilles…

— Pourquoi pas ? C'est la vérité, non ?

— C'est justement ce qui rend mes propos si choquants.

Will se planta devant elle.

— C'est une bêtise que d'obliger une femme en bonne santé et en pleine possession de ses moyens à se retirer du monde, comme si elle ne valait pas plus qu'une vieille couverture de selle, dit-il, aussi surpris qu'elle par la chaleur de son ton. Les Indiens navajos observent quatre jours de deuil. Puis ils se lavent les cheveux avec un mélange d'eau et de racine de yucca, et leur deuil est terminé. Ils sont libres alors de rejoindre la communauté. Je trouve cela très bien ainsi. Et je me fiche que quelqu'un soit d'un autre avis. Surtout la prétendue « bonne société ».

Les ouvriers les plus proches s'étaient arrêtés de travailler, stupéfaits par sa véhémence. La jeune femme lui prit le bras et l'entraîna à l'écart des oreilles indiscrètes.

Ce Will Coffin n'était pas seulement fort physiquement. Il l'était aussi dans ses convictions. Et, contrairement à beaucoup de gens qu'elle connaissait, il n'avait pas peur d'en faire étalage. Mais Olivia n'aurait pas su dire si sa colère était davantage inspirée par les diktats stupides de la bonne société, ou par l'idée qu'elle ait porté aussi longtemps le deuil de David.

— Quoi qu'il en soit, reprit-elle, puisque j'avais hérité d'une brasserie, j'ai commencé à me documenter à leur sujet, lisant tout ce qui était disponible à propos de l'histoire de la bière ou des nouvelles techniques de brassage. Quand mon deuil s'est achevé, j'avais déjà pris la décision de faire de cette petite brasserie qui vivotait, un établissement moderne et très rentable.

— Et elle y a réussi, intervint Huntworth qui les avait de nouveau rejoints. Nous étions sceptiques, au début, c'est vrai. Mais lady Xavier a triplé le chiffre d'affaires. Et les salaires en ont profité.

— J'ai eu de la chance, dit-elle modestement.

— Non, lady Xavier, objecta Huntworth. Bien que je ne l'eusse jamais admis autrefois, vous avez prouvé qu'une femme peut posséder les mêmes talents qu'un homme.

Ils étaient arrivés au bout de l'immense atelier, et se retrouvèrent face à une grande double porte sur laquelle on pouvait lire *Laboratoire* en lettres dorées.

— C'est une autre des innovations de lady Xavier, expliqua Huntworth en ouvrant la porte.

Des étagères tapissaient les murs de la pièce. Elles étaient encombrées de toutes sortes d'instruments scientifiques ou de boîtes marquées d'étiquettes. Deux hommes en blouse blanche étaient penchés sur une longue table en bois. Will paraissait encore plus incongru au milieu de tout ce fragile équipement.

— Bonjour, monsieur Maidford, lança Olivia à l'un des deux hommes. Comment avancent vos recherches ?

— Très bien, lady Xavier. D'ici quelques jours, je devrais avoir isolé un nouveau spécimen de levure.

— La brasserie Carlsberg, au Danemark, est la plus en pointe sur les levures, expliqua Huntworth à l'intention de Will. Mais nous ne sommes pas très loin derrière, n'est-ce pas, lady Xavier ?

— Grâce aux travaux de monsieur Maidford, acquiesça-t-elle.

Will siffla d'admiration.

— J'ignorais que la chimie avait rapport avec la bière.

— Le brassage n'est qu'une succession d'opérations chimiques, répondit Olivia.

Elle se pencha sur la lentille d'un microscope et fit signe à Will de l'imiter. Retroussant son Stetson sur sa nuque, il regarda à son tour par la lentille et sursauta.

— Incroyable ! s'exclama-t-il. Des petites bêtes vivent là-dedans !

— Il y a quelques années, Louis Pasteur, en France, a écrit un livre magistral consacré à la bière. Il y exposait ses travaux sur les levures et la reproduction d'organismes microscopiques.

— Ce livre est notre bible à tous, renchérit Maidford, avant de retourner à ses travaux.

Will prit une éprouvette, qui semblait un jouet dans ses mains, pour en examiner le contenu.

— C'est drôle, murmura-t-il. Je ne me serais jamais douté de tout cela en entrant dans un saloon pour commander une bière.

— La science et le progrès sont fascinants, observa Olivia.

Il replaça l'éprouvette dans son support avec des gestes précautionneux.

— Peut-être. Mais la science et le progrès poussent aussi des gars comme moi vers le chômage.

— Je n'y avais jamais pensé, avoua la jeune femme.

— Forcément. On n'écrit jamais cela, dans vos romans à deux sous.

— Si vous voulez bien m'excuser, lady Xavier, dit Huntworth, je retourne dans l'atelier.

— Bien sûr. monsieur Coffin et moi avons terminé la visite, de toute façon.

Après le départ de Huntworth, Olivia et Will regagnèrent lentement la sortie.

— Vous êtes une joueuse, commenta Will. Vous avez joué le destin de cette entreprise comme une partie de dés.

— Je n'aurais pas songé à considérer les choses sous cet angle, murmura-t-elle, pensive.

— Mais vous avez visiblement gagné la partie.

— Monsieur Huntworth exagère beaucoup ma contribution.

— Je ne crois pas.

— C'est vrai que j'ai investi quantité de temps et d'énergie dans cette brasserie, concéda Olivia. Au début, je l'ai fait pour occuper mes journées. Mais, assez vite, je me suis mise à aimer ce travail. J'avais l'impression de m'être trouvé un but dans la vie. Et si jamais je devais perdre tout cela…

Sa voix mourut dans sa gorge.

— Olivia…

— Pryce veut la Greywell parce qu'il s'est persuadé qu'une brasserie rapporte facilement de l'argent, le coupa-t-elle. Du moins, c'est ce qu'il a prétendu la seule fois où nous nous sommes rencontrés. Mais je crois qu'il est comme un enfant, à toujours désirer ce qui ne lui appartient pas. Le problème, c'est qu'il est bien plus dangereux qu'un enfant.

Will s'immobilisa pour s'adosser au mur et contempler, par la baie vitrée, la cour de la brasserie. Des magasiniers déchargeaient les tonneaux vides des charrettes rentrant de livraison, et les roulaient sur le pavé jusqu'à l'entrepôt où ils seraient de nouveau remplis. Olivia se planta à côté de lui. Il semblait s'être retiré tout au fond de lui-même et ne regardait le spectacle que d'un œil distrait.

— Will ?

Il se tourna vers elle. La lumière découpait les angles de son visage.

— Vous me mettez dans l'embarras, Olivia. C'est votre combat, pas le mien.

Elle essaya tant bien que mal de cacher sa déception.

— Je vois, dit-elle, mais sa voix faillit s'étrangler dans sa gorge.

Elle devrait donc affronter Pryce toute seule. La lassitude qui l'accablait ces derniers temps commençait déjà à revenir.

Il reporta son attention sur la cour, toujours débordante d'activité.

— Mais, reprit-il, je ne serais pas un homme si je me détournais d'une lady en détresse. Je ne veux pas vous tourner le dos, Olivia. Ce serait mal. Et… le moins que je puisse faire, avec tous ces romans de cow-boys que vous lisez, c'est de respecter les vrais codes de l'Ouest. Je vaux mieux que ce vantard de Bill Cody, pour sûr.

Olivia le regarda un moment sans rien dire, avant de nouer les bras à son cou.

— Merci, Will, murmura-t-elle à son oreille.

Au début, elle n'éprouva qu'une immense gratitude, et son geste n'avait d'autre sens que de la lui témoigner. Mais, peu à peu, un autre sentiment se fit jour : elle mourait d'envie de laisser courir sa langue sur son cou et sa nuque.

Ne joue pas avec le feu ! se rappela-t-elle. La situation est déjà bien assez compliquée comme cela.

Elle laissa retomber ses bras et recula.

— Nous devrions essayer tout de suite de localiser votre famille, ajouta-t-elle, en priant le Ciel pour qu'il ne remarque pas le feu qu'elle sentait à ses joues.

Cependant, elle crut bien constater que lui aussi avait rougi.

Ils reprirent leur chemin.

— Je vous ai promis de vous aider à les retrouver, ajouta-t-elle. Peu m'importe qu'ils soient marquis ou cantonniers. Nous remonterons leurs traces.

Elle s'arrêta devant une porte marquée *Bureau*.

— J'ai un ami, Graham Lawford, qui pourrait nous être très utile. Il connaît du monde dans toutes les couches de la société.

— Que fait-il, dans la vie ?

— Graham ? Je l'ignore, en fait. Il travaille pour le gouvernement, ou quelque chose comme ça. Mais, pour tout vous avouer, il est très secret.

— Pensez-vous que nous puissions lui faire confiance ?

— Bien sûr, répliqua-t-elle sans hésiter. Je le connais depuis des années. C'était un camarade d'école de mon frère aîné, et il venait souvent passer une partie de ses vacances chez nous. Nous l'aimions tous beaucoup.

— Si vous le dites…

Elle ouvrit la porte du bureau… et se retrouva nez à nez avec Graham. Il portait l'un de ses éternels costumes gris anthracite, coupés sur mesure, et privés de toute ornementation inutile, à l'exception de la montre de gousset en argent accrochée à son gilet de satin. Avec ses cheveux noirs, ses yeux lumineux, son nez aquilin, sa haute stature et son penchant pour les vêtements sombres, Graham ne manquait jamais d'impressionner ceux qu'il croisait. Si elle ne l'avait pas fréquenté depuis tant d'années, Olivia aurait probablement été elle-même intimidée.

Il regardait Will avec pénétration. Et celui-ci s'était instinctivement raidi. Un instant, Olivia crut que les deux hommes allaient se jeter l'un sur l'autre, comme des loups.

— Graham ! s'exclama-t-elle d'une voix joviale, s'avançant pour lui serrer la main, dans l'espoir de faire retomber la tension. Je comptais justement vous écrire. Quel bon vent vous amène ?

— Mes informateurs m'ont appris qu'il y avait eu du grabuge ici, répondit-il sans quitter Will des yeux.

Puis, se décidant à reporter son attention sur la jeune femme, son regard se fit plus chaleureux, et même affectueux.

— Je suis venu aussi vite que j'ai pu, ajouta-t-il. Rien de grave, j'espère ?

— Non, tout va très bien. Will... monsieur Coffin était là, et il a parfaitement maîtrisé la situation.

Se tournant vers Will, elle lui fit signe de les rejoindre, mais celui-ci resta prudemment quelques pas en arrière.

— Graham, je vous présente monsieur Will Coffin, qui vient du Colorado. Will, voici mon vieil ami dont je vous parlais à l'instant, Graham Lawford.

— Enchanté, lâcha sèchement Will en serrant la main de l'autre.

— De même, répliqua Graham d'un ton aussi peu amène.

Leur poignée de main se brisa brutalement.

— Vous disiez que vous alliez m'écrire ? reprit Graham, se tournant de nouveau vers Olivia, avec cette fois un air de grand frère protecteur. Auriez-vous besoin de mon aide ?

— Il se trouve que oui. Monsieur Coffin et moi-même serions ravis de pouvoir recourir à vos services, si vous en avez le temps.

— J'ai toujours le temps pour vous, assura-t-il.

Elle lui expliqua, en termes concis, pourquoi Will était venu à Londres, et ce qu'il cherchait. Graham écouta attentivement, posant au passage quelques questions. Will accepta de lui montrer, non sans réticence, le morceau de lettre laissé par son père. Il fut soulagé de voir Graham s'en saisir délicatement, comprenant qu'il s'agissait, malgré son piteux état, d'un inestimable souvenir de famille.

— Cela ne nous conduit pas bien loin, commenta-t-il après avoir lu la lettre.

Voyant la déception d'Olivia, il s'empressa d'ajouter :

— Mais il m'est déjà arrivé de partir d'indices encore plus minces. Je vais vous emprunter cette lettre pendant quelques jours, pour la faire analyser.

— Qu'y a-t-il à analyser ? demanda Will, soupçonneux. Ce n'est qu'une lettre.

— Le papier utilisé pour l'écrire peut nous livrer des renseignements précieux : son âge, sa provenance éventuelle. Pareil pour l'encre, expliqua Graham. Il est possible aussi d'examiner l'écriture en détail, pour tenter de percer le caractère de celui qui a tenu la plume. C'est une nouvelle science, appelé graphologie, mais elle a déjà été employée dans quelques enquêtes par Scotland Yard.

— Très bien, concéda Will, que ces explications avaient impressionné. Mais je tiens à la récupérer.

Graham glissa la lettre dans sa poche.

— Comme vous êtes un ami d'Olivia, je ferai tout ce qui est en mon pouvoir pour vous aider. Et bien sûr, votre lettre vous sera restituée, intacte. Maintenant, si vous voulez bien m'excuser, je souhaiterais m'entretenir en privé avec lady Xavier.

Will parut hésiter, comme s'il répugnait à l'idée de la laisser seule avec un homme que, de toute évidence, il n'appréciait pas. Olivia crut donc utile de le rassurer :

— Vous pouvez m'attendre dans le couloir, si vous le souhaitez, proposa-t-elle. Ou ma voiture vous conduira à la maison, et Graham me raccompagnera.

— Je vais vous attendre, répliqua Will. Et *nous* rentrerons ensemble à la maison.

Olivia aurait juré que ces derniers mots étaient surtout destinés à Graham. Il croisa longuement le regard de celui-ci, puis sortit du bureau en refermant la porte derrière lui.

Will aurait pu rester dans le couloir, à tendre l'oreille pour tenter d'entendre ce qu'ils se disaient dans son dos. Mais il n'était pas du genre à écouter aux portes, aussi préféra-t-il regagner la cour.

Il ne tarda pas à comprendre que sa mauvaise humeur n'avait qu'une seule et unique raison : la jalousie. Il n'avait encore jamais expérimenté ce sentiment, n'ayant pas connu, dans son existence de cow-boy errant, de raison d'être jaloux. Les quelques femmes qu'il avait fréquentées ne valaient pas qu'on se donne cette peine.

Mais voir Olivia avec Lawford avait tout changé. Ils étaient aussi beaux et élégants l'un que l'autre, au point qu'ils auraient pu faire la couverture d'un magazine de mode. Ils appartenaient de toute évidence au même monde. Et ils s'appréciaient depuis longtemps. La façon dont Lawford avait toisé Will ne laissait du reste aucun doute : il avait voulu lui faire comprendre qu'Olivia lui appartenait. Le message était limpide : « Propriété privée. Défense d'entrer. »

Will avait été cow-boy toute son existence et s'était toujours satisfait de son état. Mais, depuis la mort de Jake, il avait le sentiment de désirer autre chose. Quoi ? Il n'aurait pas su l'expliquer. Tout était encore très confus dans son esprit. Le fait de chercher sa famille lui avait paru un bon moyen de trouver la réponse, en l'aidant à découvrir qui il était vraiment. Il pourrait ensuite rentrer dans le Colorado, apaisé. Et même s'y marier, s'il trouvait la candidate idéale.

Ce plan lui avait paru parfait... jusqu'à ce qu'il rencontre Olivia. Elle nourrissait une véritable passion pour son travail, qu'il admirait. Et elle le fascinait comme aucune femme ne l'avait encore fasciné. Belle, intelligente, volontaire...

Quelle ironie, quand même ! Il était venu en Angleterre pour se trouver une famille, un sens à sa vie et, au lieu de cela, il était tombé sur une femme qu'il ne pourrait jamais posséder.

7

— Bonté divine ! *Un cow-boy !*

Charlotte Gough, l'une des femmes les plus stylées qu'Olivia connaissait, ne put s'empêcher de manifester sa stupéfaction en voyant Will pénétrer dans le salon.

— Je suis navrée, s'empressa de s'excuser Charlotte. Pardonnez ma rudesse…

— Y a pas de mal, m'dame, répliqua Will, très affable.

— Charlotte, je te présente Will Coffin, fit Olivia.

Elle retira ses gants qu'elle tendit, ainsi que son chapeau, à Morton. Le majordome prit ensuite le chapeau et le manteau de Will, puis s'éclipsa discrètement.

— Will, reprit Olivia après le départ du domestique, voici Charlotte Gough. Nous avons été à l'école ensemble. Et nous sommes de si bonnes amies que, parfois, elle se permet de débarquer à la maison sans s'être fait annoncer, ajouta-t-elle, sarcastique.

Charlotte ne put qu'acquiescer.

— Je sais, ce n'est pas très protocolaire. Mais, Olivia, j'avais entendu de telles rumeurs à ton sujet que j'ai voulu t'en parler sans délai.

— Quel genre de rumeurs ? demanda Olivia qui connaissait, hélas, déjà la réponse.

Ils rentraient juste de la Greywell, et elle avait encore la tête bourdonnante du sermon de Graham

Lawford. Il lui avait reproché d'héberger sous son toit un étranger – un étranger d'Amérique, ce qui était encore pire – au mépris du scandale que cela pouvait entraîner. Et maintenant, sa meilleure amie et confidente s'invitait chez elle, sans doute pour confirmer les inquiétudes de Graham. La venue impromptue de Charlotte prouvait que le Tout-Londres était probablement déjà au courant de l'existence de Will.

Olivia avait sans doute été bien naïve de s'imaginer qu'elle pourrait cacher quoi que ce soit à la bonne société – après tout, c'était un monde si petit !

— Eh bien… commença Charlotte, mal à l'aise, en coulant furtivement un regard vers Will.

— Tu peux parler librement, Charlotte, l'encouragea Olivia.

— On raconte que tu entretiens un cow-boy du Texas sous ton toit.

— Du Colorado, m'dame, rectifia Will. Je viens du Colorado, pas du Texas.

— Quoi qu'en pense la rumeur, la différence est de taille, précisa Olivia, non sans humour. Denver est à des milliers de kilomètres de San Antonio.

Charlotte, qui ignorait totalement où ces deux villes pouvaient bien se trouver, était cependant trop bien éduquée pour avouer son ignorance.

— Bien sûr. Mais on parle toujours des cow-boys du Texas. C'est de là qu'ils viennent tous.

— Il existe des cow-boys dans tout plein d'États, m'dame, expliqua poliment Will. Le Texas, le Kansas, le Missouri… énuméra-t-il. Et… le Colorado, conclut-il avec un sourire pour Olivia.

Celle-ci ne put s'empêcher de lui retourner son sourire. Puis, se souvenant qu'ils n'étaient pas seuls, elle s'empressa de se composer un air plus sérieux et s'installa dans un fauteuil, face au divan où trônait son amie.

Will vint se planter derrière elle, les mains posées sur le dossier du fauteuil dans une attitude protectrice, comme s'il entendait monter la garde.

— Monsieur Coffin est en Angleterre pour tenter de retrouver sa famille, expliqua Olivia, tandis que Morton revenait apporter le thé.

Elle se chargea elle-même du service, offrant une tasse à Charlotte, et en proposant une autre à Will. Mais il marmonna une réponse qui signifiait qu'un cow-boy digne de ce nom ne buvait pas d'eau bouillie avec des herbes.

— Je vois, fit Charlotte, après avoir goûté son thé.

Mais, de toute évidence, elle n'était toujours pas revenue de sa stupéfaction.

— Et je l'aide à la brasserie, ajouta Will.

— J'ignorais tout cela, répondit Charlotte. Ce qu'on raconte sur toi et monsieur Coffin n'est bien sûr que pures conjectures, puisque personne n'a encore rencontré monsieur Coffin. Mais avoue que la situation se prête à toutes les spéculations.

— Quel genre de spéculations ? demanda Olivia, soudain très inquiète.

Son amie coula de nouveau un regard embarrassé vers Will.

— Eh bien… euh… commença-t-elle avant de s'arrêter, le feu aux joues.

Olivia devina que Charlotte n'était pas habituée à parler librement en compagnie d'un homme. Elle se leva de son fauteuil et posa une main sur le bras de Will. Leurs regards s'accrochèrent avec fièvre.

— Le salon d'une lady est souvent un endroit ennuyeux pour les hommes, dit-elle.

Par chance, il comprit aussitôt l'allusion.

— Appelez-moi si vous avez besoin de quelque chose, murmura-t-il.

Puis, plus fort, à l'intention de Charlotte :

— J'ai été ravi de vous rencontrer, m'dame.

Il fit mine de toquer un invisible Stetson, puis tourna les talons et quitta la pièce. Olivia s'aperçut qu'il marchait les jambes légèrement arquées – le résultat, sans doute, d'années d'équitation. Il devait avoir fière allure, sur un cheval. Peut-être trouveraient-ils le temps de chevaucher ensemble dans Hyde Park.

Après son départ, elle retourna à son siège.

— Maintenant, tu peux parler ouvertement, Charlotte.

Soulagée de ne plus avoir Will pour témoin, son amie délia sa langue.

— Figure-toi que j'ai reçu, ce matin, une visite de Frances Hadlow. Elle m'a parlé d'un Américain rustique qui *vivrait* sous ton toit. J'ai bien sûr cru qu'elle racontait n'importe quoi mais, à présent, je vois qu'il n'en était rien. Enfin, Olivia, que se passe-t-il ici ?

Devant l'inquiétude de son amie, Olivia décida de lui dire l'entière vérité. D'abord, parce que si Charlotte adorait écouter les ragots, elle n'avait pas pour habitude de les colporter. En outre, elle était du reste déjà un peu au courant des manœuvres de George Pryce pour s'emparer de la Greywell. Malheureusement, Pryce était si puissant que ni Charlotte ni son mari Frederick, qui siégeait pourtant au Parlement, ne pouvaient rien contre lui.

Aussi consciencieusement que possible, Olivia lui raconta donc par le menu ce qui s'était passé ces derniers jours : l'agression dont elle avait été victime ; son sauvetage par Will ; la proposition qu'elle lui avait faite ; l'épisode des livreurs qu'on voulait empêcher de travailler, et le reste. Elle omit, en revanche, d'évoquer l'attirance qu'ils éprouvaient l'un pour l'autre.

À la fin de son récit, Charlotte roulait des yeux ronds comme des soucoupes.

— Mon Dieu ! Quelle existence folle tu mènes, Olivia ! On se croirait dans un de ces romans d'aventures à deux sous.

Olivia éclata de rire. C'était justement son amour de la littérature populaire qui avait scellé sa rencontre avec Will.

— J'avoue que, pour une veuve, je mène une existence plus trépidante que je ne l'aurais imaginé.

— Mais est-ce que tu vas bien, au moins, ma chérie ? s'enquit Charlotte.

— Très, très bien, répondit Olivia sans hésiter. Je trouve même toutes ces aventures plutôt excitantes.

Charlotte serra les poings.

— Si au moins nous pouvions dévoiler publiquement les agissements de ce maudit Pryce !

— C'est malheureusement sans espoir, objecta Olivia. Il est trop puissant. Mais Will et moi ne nous laisserons pas faire. Ne t'inquiète pas.

Charlotte la regarda soudain bizarrement. Olivia réalisa, un peu tard, qu'elle avait parlé de Will avec trop de conviction. Et elle n'aurait pas dû l'appeler par son prénom.

— Qui est vraiment ce Will Coffin ? questionna Charlotte.

— Je te l'ai déjà expliqué : un Américain venu chercher sa famille. Il m'aide à lutter contre Pryce, et en échange je l'aide à retrouver ses proches.

— J'espère que ce n'est pas un de ces cow-boys buveurs de whisky, qui entrent à cheval dans les salles de bal et tirent sur les chandeliers ?

Olivia pouffa.

— Si. Il massacre aussi les tapis persans avec ses éperons, crache sa chique dans les vases Ming et capture la viande du dîner au lasso.

Charlotte ne partagea pas son humour.

— Je suis sérieuse, Olivia. Quel genre d'homme est-il ?

— Il est... commença Olivia, avant de s'interrompre pour réfléchir.

Elle laissa son regard errer dans la pièce, essayant de se figurer Will devant elle. Le simple fait de penser à lui suffisait à lui réchauffer le cœur.

— Il est honnête, répondit-elle finalement. Et travailleur. Très intelligent, aussi. Et très fort. Pas seulement physiquement : il possède une formidable énergie morale. Enfin, bref, je le trouve extraordinaire.

Le long silence de Charlotte finit par interpeller Olivia. Sortant de sa rêverie, elle se tourna vers son amie et sursauta en voyant son expression.

— Qu'y a-t-il ?

— Olivia, sois prudente, répliqua Charlotte, visiblement soucieuse.

— Will est un gentleman, protesta Olivia, qui s'abstint évidemment de mentionner le baiser qu'ils avaient échangé. Il ne vient pas de notre monde, mais son comportement est parfaitement honorable.

— Ce n'est pas Will Coffin qui m'inquiète, fit valoir Charlotte. C'est toi. Si tu n'es pas plus prudente, tu risques d'avoir le cœur brisé.

— Morton m'a dit que je vous trouverais ici.

Will se tourna vers Olivia, sans cesser de panser la jument noisette qu'il tenait par la bride. Le cocher de la jeune femme veillait quotidiennement sur ses quatre chevaux, rendant sa tâche inutile, mais Will semblait absorbé dans son travail et ne prit même pas la peine de répondre. Elle resta à le regarder faire, depuis le seuil de l'écurie.

Après qu'Olivia l'eut congédié du salon, Will savait qu'il n'aurait pas pu remonter dans sa chambre pour attendre. Il n'avait pourtant jamais disposé pour lui seul d'une pièce aussi spacieuse mais, malgré ses dimensions, son lit à colonnes et son cabinet de toilette attenant, sa chambre lui aurait paru trop étouffante. Il détestait vivre enfermé – c'est surtout qu'il n'y était pas habitué. Il avait donc rallié le seul endroit de la maison où il se sentirait à peu près à l'aise : l'écurie.

— Cela doit vous manquer, de ne plus monter à cheval, commenta Olivia.

— Les cow-boys n'aiment pas marcher, avoua-t-il. C'est bon pour les gens des villes.

La jeune femme laissa passer un silence, puis demanda :

— Avez-vous vendu votre cheval avant de vous embarquer pour l'Angleterre ?

— Je n'ai jamais eu de cheval à moi. Ce sont toujours les patrons des ranchs qui nous les fournissent, le temps que nous travaillons à leur service.

— Mais vous avez emporté votre selle.

Il laissa courir sa main sur l'échine de la jument.

— Une selle est un objet intime. Un cow-boy, souvent, ne possède rien d'autre que sa selle, mais il y met toute sa fierté. Et il ne s'en sépare que lorsqu'il renonce à conduire les troupeaux. Ce jour-là, il la vend.

— La vôtre est très belle. J'espère que vous n'avez pas l'intention de la vendre bientôt.

Soudain mal à l'aise, Will se replongea dans sa tâche. La défiance manifeste de Graham Lawford et de Charlotte Gough à son égard lui avait brutalement rappelé qu'il n'était pas, ici, dans son élément naturel. Il ne devait cependant pas oublier qu'il était venu en Angleterre pour retrouver ses racines. Mais seule la présence d'Olivia lui rendait l'épreuve supportable.

— Charlotte s'excuse pour tout à l'heure, dit-elle en s'approchant.

— Elle n'a pas à s'excuser de quoi que ce soit, répliqua Will instinctivement.

— Elle a été un peu surprise de vous voir. Elle en a oublié les bonnes manières.

Olivia passait sa main dans la crinière du cheval voisin, à la robe noire. Il fut fasciné par le spectacle de ses longs doigts si blancs, contrastant avec la noirceur du crin de l'animal.

— Les mots me blessent rarement, assura-t-il.

— Ce n'est pas parce que vous n'êtes pas membre du Jockey Club que vous n'avez pas droit au respect et à la courtoisie. Mais la bonne société est ainsi faite qu'elle condamne sans jugement ceux qui n'adhèrent pas à son code de bienséance.

— Comme les cow-boys.

— Ou les femmes qui dirigent une brasserie, compléta Olivia.

Elle contemplait toujours Will. La lumière du jour qui filtrait par la porte de l'écurie donnait à ses prunelles des lueurs d'améthyste.

— Pour se faire pardonner, reprit-elle, Charlotte nous invite à dîner chez elle ce soir. Ce sera en petit comité, mais elle pense que plus vous resterez mystérieux, plus les spéculations à votre sujet iront bon train.

— Si je comprends bien, vous voulez m'exhiber en public ?

Olivia sourit.

— Il y a un peu de ça, admit-elle. Mais ce sera aussi une occasion d'envoyer un message à George

Pryce, pour lui faire comprendre qu'il ne nous intimide pas le moins du monde.

Son sourire s'évanouit, et elle ajouta solennellement :

— J'ai accepté son invitation. Mais si l'idée vous déplaît, je peux très bien envoyer un mot d'excuse à Charlotte.

Will n'avait aucune envie de passer la soirée avec des types du genre de Graham Lawford, qui l'observeraient comme une bête curieuse. Mais il s'était pris au jeu de Pryce et il était impatient de le mettre hors d'état de nuire. En outre, bien qu'elle prétendît le contraire, Olivia tenait manifestement beaucoup à ce dîner – il le lisait dans ses yeux. Et il ne voulait surtout pas décevoir la jeune femme...

— O.K., dit-il. Je mettrai mon plus beau costume.

Olivia lui étreignit la main. Will ne comprenait pas comment une main aussi fine et douce pouvait lui brûler la paume comme un tison ardent.

— Merci, Will. Je suis sûre que vous apprécierez la soirée. Mais... si je ne suis pas trop curieuse, en quoi consiste exactement votre plus beau costume ?

— Vous l'avez déjà vu, en fait. Je n'ai que deux ou trois chemises de rechange. Mais je mettrai un bandana que je n'ai encore jamais porté ici.

Elle fit la grimace.

— Je pense qu'il est grand temps que nous partions en expédition du côté de Saville Row.

Olivia conduisit Will chez Roddam & Sons, un tailleur très chic installé sur Saville Row – la rue où venaient s'habiller tous les gentlemen de la capitale –, qui avait été le fournisseur de David. C'était d'ailleurs dans un complet de laine noire, spécialement fourni pour la circonstance par la maison Roddam, qu'il avait été enterré.

Elle n'était plus entrée dans la boutique depuis près de cinq ans, mais la maison Roddam étant connue pour son sens de la tradition et de la continuité, rien n'avait changé. Ni les casiers en chêne foncé où s'alignaient des centaines de cravates en soie ; ni les murs ornés de scènes de chasse à courre ; ni bien sûr la sollicitude des employés, qui se précipitèrent dès qu'elle franchit la porte.

— Lady Xavier ! Cela faisait si longtemps !

— Nous sommes ravis de vous revoir, lady Xavier.

— En quoi pourrions-nous vous être utiles aujourd'hui ?

Will contempla, un peu inquiet, ce décor si raffiné et ces employés tirés à quatre épingles. Aucun d'eux, cependant, ne lui prêtait la moindre attention. Ses vêtements usés, en grosse toile, indiquaient trop clairement qu'il n'était pas le genre de clients avec lequel traitait la maison Roddam & Sons.

— J'ai besoin d'un habit de soirée pour mon ami, monsieur Coffin, dit-elle, leur désignant Will. Et il devra être prêt d'ici la fin de l'après-midi.

Les vendeurs parurent déconcertés par une telle demande. Ils échangèrent des regards perplexes. Quelques-uns des autres clients présents dans le magasin tournèrent leur regard dans leur direction.

— Y a-t-il un problème, messieurs ? s'enquit Olivia du ton le plus urbain possible.

— Aucun, lady Xavier, dit soudain une voix.

Les employés s'écartèrent pour laisser passer Gilbert Roddam, le petit-fils du fondateur, et actuel propriétaire de l'établissement.

— Mes assistants étaient simplement interpellés par la stature de monsieur Coffin, expliqua-t-il.

Ajustant son pince-nez, il détailla Will de la tête aux pieds, avant de lâcher avec un sourire patelin :

— Vous êtes très grand, monsieur. Et très large d'épaules. Ce sera pour nous un défi, mais aussi un honneur de vous vêtir.

— Pensez-vous que le costume puisse être prêt pour ce soir ? demanda Olivia.

— J'ai peur que la facture n'en soit considérablement alourdie, commenta Roddam. Mais oui, c'est possible.

— Vous m'enverrez la note, répliqua Olivia, qui avait toujours procédé ainsi.

— Non, c'est moi qui paierai, intervint Will.

Olivia et Roddam le regardèrent avec le même étonnement.

— Cela va coûter très cher, lui expliqua la jeune femme. La maison Roddam est l'une des plus raffinées de Londres en matière d'habillement masculin.

Gilbert Roddam sourit du compliment.

— Il n'est pas question que je vous laisse payer, s'entêta Will.

— Mais...

— La dernière fois que quelqu'un m'a acheté mes vêtements, j'étais encore en culottes courtes, rétorqua-t-il à voix basse, afin qu'elle seule pût entendre.

Olivia comprit qu'il n'était pas question de discuter sur un tel sujet.

— Entendu, dit-elle.

Il hocha la tête, puis se tourna vers Roddam :

— Bon. Comment procède-t-on ?

— Je vous invite à me suivre, monsieur, répondit Roddam en désignant le salon d'essayage, à l'arrière.

Olivia eut beaucoup de mal à ne pas éclater de rire en voyant Will, avec son Stetson et sa démarche chaloupée, se faire suivre par les employés de la maison Roddam, tous plus petits que lui et vêtus comme des garçons d'honneur. Il avait sans doute conscience lui aussi du ridicule de leur procession, car il se retourna et lui adressa un clin d'œil complice, avant de disparaître derrière les portes battantes qui menaient au salon d'essayage.

Un employé proposa à Olivia des rafraîchissements, qu'elle refusa. Pour passer le temps, elle erra entre les comptoirs, admirant tour à tour les manteaux, les chapeaux, ou les gants coupés dans des étoffes de différentes couleurs. Bien sûr, les sous-vêtements n'étaient pas exposés, pour ne pas heurter la sensibilité des jeunes personnes qui pourraient pénétrer dans le magasin, mais Olivia se surprit à se demander ce que Will pouvait bien porter en la matière. Des caleçons en lin très fin, comme les affectionnait David ? Ou de la flanelle ? Peut-être ne portait-il pas du tout de sous-vêtements…

Elle fit semblant de s'abîmer dans la contemplation de guêtres pour la chasse, afin de masquer le feu à ses joues.

Au milieu de ce décor qu'elle avait si souvent fréquenté avec David, elle réalisait tout à coup qu'elle était en train de penser à un autre homme. Un homme *plus jeune,* et tellement éloigné d'elle socialement que même ses domestiques s'inquiétaient de sa présence sous son toit.

Perdue dans ses pensées, elle n'entendit pas la clochette de l'entrée tinter pour signaler l'arrivée d'un nouveau client. Et elle ne s'aperçut pas davantage que ce nouveau client, l'ayant reconnue, avançait droit sur elle.

— Que faites-vous ici ? lui demanda soudain une voix, qui la fit sursauter.

Relevant la tête, elle se trouva face à George Pryce. Avec son haut-de-forme et son manteau bordé de fourrure au col, dans le style Chesterfield, il incarnait à la perfection la sophistication aristocratique. Olivia ne l'avait plus croisé depuis leur précédente rencontre, deux mois plus tôt, mais elle sentit son sang s'échauffer en voyant devant elle l'homme qui lui causait tant de soucis. Si seulement elle avait pu le gifler en pleine figure, comme elle en brûlait d'envie !

— Ça ne vous regarde pas, répliqua-t-elle. Du reste, *rien* de ce qui me concerne ne vous regarde.

Pryce s'avança d'un pas, l'air menaçant, avant de paraître se maîtriser et s'immobiliser de nouveau. Quelques clients et employés regardaient déjà dans leur direction.

— Vous devriez renoncer à vous battre, *madame* Xavier, dit-il, s'obligeant à un sourire de pure façade. Personne ne peut rien me refuser. Je finirai, tôt ou tard, par gagner. Alors, soit vous me vendez tout de suite la Greywell, soit je vous ruinerai.

— Aucun de ces deux choix ne m'agrée, rétorqua Olivia, glaciale.

— Estimez-vous heureuse d'avoir encore le choix. Car ça ne durera pas.

— Vos menaces ne m'impressionnent pas, lui lança Olivia, avant de se détourner afin d'examiner les foulards.

Pryce l'attrapa par l'épaule pour la forcer à se retourner. La colère vibrait sur son visage.

— Personne ne tourne jamais le dos à George Pryce, siffla-t-il.

L'instant d'après, il se retrouva affalé par terre, et saignant du nez. Will, vêtu d'une moitié de costume, le poing encore serré, le surplombait de toute sa hauteur.

— Ne la touchez plus jamais, rugit-il.

Les employés s'étaient précipités pour les entourer, tandis qu'un murmure excité parcourait la clientèle.

Quelqu'un aida Pryce à se relever et lui tendit un mouchoir pour s'essuyer le nez.

— Que se passe-t-il ? s'inquiéta Gilbert Roddam qui accourait. (Voyant le sang qui tachait déjà le mouchoir, il blêmit.) Mon Dieu ! Un pugilat ? Chez Roddam & Sons ?

— Je veux qu'on arrête cet homme ! s'écria Pryce.

— Je vais tellement te défigurer, que même ta mère ne te reconnaîtra plus, le menaça Will, qui s'avançait déjà vers lui.

Pryce recula instinctivement, et Olivia retint Will par le bras. Si elle le laissait faire, il était capable de tuer Pryce avec ses deux poings. Et il n'en nourrirait aucun remords.

— Will, ne faites pas ça, murmura-t-elle. Ce n'est pas la bonne tactique.

— Appelez immédiatement la police ! ordonna Pryce.

— Oui, renchérit Olivia. Je suis sûre qu'ils seront intéressés d'apprendre que vous avez porté la main sur moi.

— Je n'ai rien fait de tel !

— Oseriez-vous me traiter de menteuse, *monsieur* Pryce ?

Un murmure suffoqué parcourut l'assistance. Rien n'était pire que d'offenser une lady en public, et Pryce savait Olivia capable de bluffer jusqu'au bout. Il détourna le regard.

— Disposez-vous de tous les éléments pour terminer le costume de monsieur Coffin ? demanda Olivia à Roddam.

— Nous avons noté ses mensurations, répondit celui-ci, au comble de la confusion. Mais, hum, lady Xavier...

— Faites-le porter à mon domicile dès qu'il sera terminé, merci.

En deux minutes, Will troqua sa moitié de costume pour ses anciens vêtements et suivit la jeune femme jusqu'à la voiture.

— Pourquoi ne m'avez-vous pas laissé boxer ce bâtard ? s'enquit-il, exaspéré, alors qu'ils roulaient déjà vers Bayswater.

— Parce que c'est justement ce qu'il souhaitait, répliqua Olivia. Une attaque frontale. Personnelle. Dans ce cas, nous n'aurions plus aucune chance de nous défendre. Il est bien trop puissant.

— Dommage. On a raté un bon moment, marmonna Will.

— Je sais. Rien ne m'aurait fait plus plaisir, à moi aussi. Mais il nous faudra trouver un autre moyen de le mettre en échec. Peut-être moins satisfaisant, mais plus efficace. Et, Will… merci.

— Ce costume qu'ils m'ont fait essayer était atroce. Qui peut bien porter des horreurs pareilles ?

— Il n'était pas terminé, Will, expliqua Olivia, songeuse et mélancolique.

Et, pour elle-même, elle ajouta : « Et nous non plus, nous n'en avons pas terminé. »

8

Olivia contemplait les invités rassemblés autour de la table. Elle les connaissait tous depuis des années : Charlotte, qu'elle avait rencontrée au collège ; son mari, Frederick, ainsi que les huit autres – les deux associés de Frederick et leurs épouses, un évêque, un critique dramatique du *Times,* sa nièce et une militante pour l'instruction supérieure des jeunes filles. Un groupe soudé, amical, qui adorait ces soirées où l'on se retrouvait pour converser tout en faisant bonne chère.

Pourtant, ce soir, aucun de ces visages familiers n'intéressait autant Olivia que celui de Will, placé en bout de table, entre Mme Paula Creed et Mlle Juliette Southchurch. Ses deux voisines le détaillaient comme s'il était un marbre antique soudain ramené à la vie. Et qui aurait pu les en blâmer ? Le visage rasé de frais, les cheveux coiffés en arrière, dans un somptueux habit de soirée taillé sur mesure, Will ressemblait aux réclames pour ces produits miracles qui promettaient aux hommes un idéal de virilité. Malgré son élégance impeccable, sa chemise d'un blanc immaculé et sa cravate, blanche elle aussi, il gardait en lui un fond de sauvagerie qui était précisément ce qui attirait les regards des autres convives.

Mais plus encore les femmes. Un discret tour de table confirma à Olivia qu'aussi bien Charlotte que les autres épouses contemplaient Will avec une fascination à peine dissimulée. Attendaient-elles qu'il commette une autre erreur d'étiquette ? Tout à l'heure, quelqu'un lui avait fait observer qu'il s'était trompé de fourchette pour manger son entrée. Il avait répliqué, imperturbable, que ça n'empêcherait pas la nourriture de lui descendre dans le gosier. Un autre incident du même genre avait suivi un peu plus tard, mais ces dérapages innocents ne faisaient qu'ajouter à son charme.

— Avez-vous déjà rencontré des Peaux-Rouges ? lui demanda Paula Creed. Est-il vrai que ces sauvages vivent... (Elle gloussa.)... tout nus ?

— J'ai connu beaucoup d'Indiens, m'dame, répondit Will. Certains sont, comme vous les appelez, des sauvages. Mais l'immense majorité d'entre eux désire simplement qu'on les laisse en paix.

Et, désignant son décolleté plongeant, il précisa avec un sourire :

— Vous en portez moins sur vous que la plupart des squaws.

Paula gloussa de nouveau, imitée par Juliette et les autres femmes. Seule, Olivia ne rit pas. Elle avait baissé les yeux sur son assiette, où elle avait à peine touché à son canard à la rouennaise. Elle avait beau savoir qu'en plaçant Will à l'autre bout de la table, Charlotte n'avait fait qu'éviter de nourrir toute spéculation sur leur relation, la jeune femme avait la désagréable sensation qu'en étant ainsi reléguée loin de lui, elle ne profitait plus de sa chaleur réconfortante.

— Votre monsieur Coffin a un langage direct et coloré, observa Edward Baffin, le critique du *Times*, assis à sa gauche. J'ignorais que les Américains savaient se montrer aussi charmants.

Olivia reporta son attention sur son voisin.

— Oui, il est charmant, acquiesça-t-elle avec un sourire.

Elle essayait de se dire que son malaise était provoqué par la crainte que Will ne commette un impair, mais elle savait, au fond d'elle-même, que ce n'était pas vrai.

Elle avait assisté à d'innombrables dîners comme celui-ci, au point qu'ils faisaient partie de son existence. Mais, ce soir, elle voyait les choses avec les yeux de Will et trouvait que tout sonnait creux : le cérémonial du repas ; les valets de pied qui se tenaient, en silence, derrière chaque invité ; la parade des mets, aussi nombreux qu'extravagants... Ce qu'elle appréciait d'ordinaire lui semblait tout à coup frivole, vide. Sans aucun lien avec la réalité.

Elle s'obligea pourtant à engager la conversation avec la femme assise près d'elle.

— Je serais très curieuse d'entendre votre opinion sur l'éducation des femmes, madame Davis, dit-elle.

Lenore Davis était une femme entre deux âges, mais portée par ses convictions.

— Une université comme Girton représente un pas dans la bonne direction, répliqua-t-elle d'une voix animée. Mais son avenir financier n'est pas assuré.

— Pourquoi aurions-nous besoin d'universités pour les femmes ? intervint l'évêque. Pour leur enseigner les mathématiques, les sciences ou le grec ancien ? Les femmes n'ont pas besoin de savoir tout cela.

— Elles ont autant besoin de connaissances que les hommes, le contra Olivia. J'aurais moi-même beaucoup aimé fréquenter l'université. Mais mes parents ne l'ont pas voulu, et j'ai été obligée d'apprendre par moi-même tout ce qui a de l'importance.

— Tout ce dont les femmes ont besoin de savoir dans la vie leur est enseigné par leurs mères ou leurs gouvernantes, s'entêta l'évêque. L'éducation des enfants, le confort de leur époux, comment tenir une maison... À quoi bon leur remplir la tête avec des notions qui ne trouveront aucune application dans leur existence quotidienne ? Pourquoi leur faire miroiter des choses qu'elles ne pourront jamais posséder ?

— Comme diriger sa propre entreprise, par exemple ? suggéra Olivia.

— Exactement, répondit l'évêque avant de se souvenir, en rougissant, qu'Olivia dirigeait une brasserie.

Mme Davis et Olivia échangèrent un regard exaspéré, qui traduisait ce qu'elles pensaient de l'évêque.

— Les femmes sont douées des mêmes facultés que les hommes, fit valoir Mme Davis.

— Que pensez-vous de l'éducation des femmes, monsieur Coffin ? interrogea Frederick Gough.

Tous les regards se tournèrent vers Will, qui reposa son verre de vin.

Mon Dieu ! s'inquiéta Olivia. Elle devait trouver au plus vite une diversion, qui le dispenserait d'avoir à répondre.

Mais Will la prit de vitesse.

— J'estime que les femmes méritent d'en savoir autant que les hommes, lâcha-t-il. Chez moi, en Amérique, les femmes savent conduire une ferme, soigner les maladies, tirer à la carabine et élever les enfants. Elles doivent être au moins trois fois plus intelligentes que les hommes, car elles en font deux fois plus qu'eux.

— Bonté divine ! s'exclama Paula Creed. Elles font vraiment tout cela ?

— Ce n'est pas une existence facile, convint Will. Mais je préférerais voir ma femme travailler à mes côtés, plutôt qu'elle reste assise dans le salon à se tourner les pouces.

Sa femme. Olivia se sentit rougir en l'entendant prononcer ces mots. Mais qui serait donc l'heureuse élue ? Elle la détestait d'avance.

— Vous aimeriez ne rien faire de votre journée ? demanda Will à Paula.

C'était précisément le cas de Paula – et de toutes les autres épouses présentes autour de la table. Elles remplissaient leurs journées en futilités – faire les magasins, recevoir pour le thé, participer à des œuvres de charité – pour tenter d'oublier qu'elles n'accomplissaient jamais rien de concret. Quand David vivait encore, Olivia avait fait de même. Et David en était ravi. Elle incarnait à ses yeux l'épouse modèle, toujours à la mode et parfaitement superficielle. Mais elle s'était terriblement ennuyée, pendant toutes ces années.

Prendre la direction de Greywell avait tout changé. À présent, Olivia se sentait davantage une étrangère dans l'élégante salle à manger de Charlotte que dans les ateliers de la brasserie. Et cependant personne, parmi ses employés, n'oubliait qu'elle était une veuve de condition. Elle en arrivait à se demander si elle se trouverait un jour complètement à sa place quelque part. En tout cas, pas tant que George Pryce continuerait de lui rendre la vie insupportable.

— Vous êtes donc favorable à l'instruction des femmes, conclut Frederick.

— L'ignorance est un danger, d'où je viens. Ce qui n'empêche pas quantité de gens d'être quand même dangereux.

Il y eut des rires. Olivia se détendit. Will arrivait toujours à se sortir des situations difficiles par une pirouette.

— Et que pensez-vous de l'instruction en général ? questionna Edward Baffin.

Will fronça les sourcils, comme s'il réfléchissait.

— Rien de ce qui mérite d'être appris n'est jamais enseigné, répondit-il finalement.

— N'est-ce pas Oscar Wilde qui a dit cela ? s'étonna Juliette.

— Oui, m'dame, c'est lui.

Olivia était aussi stupéfaite que le reste de la tablée, mais elle réussit cependant à ne pas le montrer.

— Qu'est-ce qu'un Américain, conducteur de bétail, peut connaître d'Oscar Wilde ? s'enquit l'un des associés de Frederick.

La question était presque grossière, mais Will ne s'en offensa nullement.

— Je l'ai entendu parler l'année dernière à Leadville, dans le Colorado.

— Wilde a donné une série de conférences en Amérique, se rappela Olivia.

Will hocha la tête.

— Il est passé par Denver. Et il a poussé jusqu'à Leadville, une petite ville de mineurs dans les Rocheuses.

— J'ai du mal à me représenter ce que cet amoureux de la beauté pouvait faire dans un endroit pareil ! s'exclama Paula.

— Il s'est bien amusé, répliqua Will. Il est notamment descendu au fond d'une mine, et il a passé la nuit à boire avec les mineurs. Il sait tenir l'alcool, à ce qu'il paraît. Et, en partant, il a dit que les Rocheuses étaient la plus belle région de l'Ouest, conclut-il avec fierté.

Un brouhaha animé s'ensuivit. Aucun des invités, cependant, n'aurait su dire ce qui le stupéfiait le plus : que le chef de file des esthètes londoniens ait aimé s'enivrer avec des mineurs, ou qu'un cow-boy puisse s'intéresser à un personnage aussi sophistiqué qu'Oscar Wilde. Olivia était fascinée. Will ne cessait de la surprendre. Et plus elle découvrait de facettes en lui, plus elle l'appréciait.

Leurs regards s'accrochèrent soudain. Elle se sentit rougir devant l'éclat de ses prunelles. C'était la première fois qu'il la voyait en robe du soir, et il semblait ravi de pouvoir contempler ses épaules dénudées.

Mais ce n'était pas seulement cette histoire de toilette qui la faisait rougir. Will s'était peu à peu insinué dans son esprit, jusqu'à y occuper une place de choix. Elle savait qu'elle aurait dû l'en écarter, mais c'était plus fort qu'elle. Sa présence lui redonnait des forces. Elle avait enfin rencontré quelqu'un qui puisse à la fois être un ami et un partenaire. Quelqu'un qui l'acceptait telle qu'elle était.

Pour la première fois depuis bien longtemps, Olivia ne se sentait plus seule.

Will regarda les femmes se lever de table et quitter la salle à manger. Olivia lui avait expliqué, avant qu'ils n'arrivent, qu'à la fin du repas les dames se retiraient toujours au salon, pour converser entre elles, pendant que les hommes restaient à table ou passaient au fumoir. Savourant cognac et cigares, ils en profitaient pour évoquer des sujets qu'il n'aurait pas forcément été convenable d'aborder devant la gent féminine.

Peu lui importait, au fond, que les femmes s'éloignent. En dehors de Mme Davis, aucune des invitées présentes à ce dîner ne lui avait inspiré la moindre curiosité. Considérant ce que Lenore Davis lui avait dit du piètre état d'avancement de l'éducation féminine en Angleterre, il n'était pas étonné de découvrir qu'elles ne savaient guère parler que de toilettes, de réceptions ou de leurs enfants.

En revanche, il était chagriné qu'Olivia suive les autres. Il n'avait pu lui parler de tout le dîner, chacun occupant un bout de table. Pourtant, à de multiples reprises, il aurait aimé échanger avec elle ses impressions sur le menu, les invités ou les sujets de conversation abordés.

Et maintenant, elle s'en allait.

— À très bientôt, messieurs, promit Charlotte, qui entraînait Olivia à son bras.

Tandis qu'elles s'éloignaient, Will se fit la réflexion qu'il aurait préféré dévorer Olivia pour son dîner, plutôt que la douzaine de mets sophistiqués inscrits au menu. La nourriture avait été excellente, certes, mais Olivia incarnait un spectacle encore plus appétissant. Ses épaules au teint crémeux contrastaient joliment avec sa robe de soie rose, et Will mourait d'envie de faire courir ses doigts sur cette partie dénudée de son anatomie.

Olivia se tourna furtivement vers lui au moment de franchir la porte. Il se raidit instinctivement. Avait-elle deviné ses pensées ? Tout à l'heure, à table, après qu'il eut évoqué Oscar Wilde, il aurait pu jurer que, malgré la distance qui les séparait, ils s'étaient parlé, simplement par la force des regards qu'ils avaient échangés. Il n'avait encore jamais ressenti une telle sensation de communion, ni avec aucune femme ni avec qui que ce soit d'autre.

— Nous voilà libres, les gars, commenta plaisamment Frederick.

Les autres convives rirent de sa plaisanterie et Will se crut obligé de les imiter, bien qu'il ne se jugeât pas particulièrement libre – surtout dans ce costume qui l'emprisonnait. Il avait l'impression de ne pas pouvoir bouger les bras avec l'aisance dont il avait l'habitude.

Quelques-uns des invités se saisirent des cigares que leur proposaient les domestiques. Will ne fumait que des cigarettes qu'il roulait lui-même, mais il se décida à essayer un cigare et savoura la richesse de sa fumée. Une carafe de cognac commença à tourner sur la table.

— Ne vous méprenez pas, ajouta Gough en tirant sur son cigare. J'adore la compagnie de mon épouse, mais il y a certaines choses qu'un homme ne peut décemment dire devant une femme.

— Je ne parle jamais de mes affaires à Elizabeth, renchérit l'un de ses associés. Ni de sport ou de politique.

— Alors de quoi parlez-vous avec elle ? questionna Will.

Le mari d'Elizabeth contempla son verre d'un air songeur.

— Elle me demande comment s'est passée ma journée. Je lui réponds que tout s'est bien passé. Ensuite elle m'explique que les enfants vont bien, et nous montons nous coucher.

Les convives rirent, et Will préféra de nouveau les imiter. Mais, en son for intérieur, il se demandait si Olivia avait vécu la même chose avec son mari. Lorsqu'ils étaient tous les deux, en tout cas, il avait le sentiment qu'ils pouvaient parler de n'importe quel sujet. Sur ce point aussi, elle était différente de toutes les femmes qu'il avait connues jusqu'ici.

— Racontez-nous donc, Coffin, comment sont les femmes dans le Far West ? demanda le critique du *Times*.

— Il y en a de différentes sortes, répondit Will, circonspect. Des épouses au foyer, des institutrices, des fermières...

— Mais pour les plus délurées ? interrogea l'autre associé de Gough. Celles qu'on appelle ici les demimondaines ?

Will avait la désagréable impression que tout le monde, en Angleterre, ne cherchait à connaître que la face scandaleuse de l'Amérique.

— Chaque ville, même la plus petite, compte au moins un bordel. Comme il n'y a pas beaucoup de femmes à l'ouest du Mississippi, nous faisons avec ce que nous avons.

Tout le monde éclata encore de rire.

— Tiverton et moi, reprit l'associé de Gough, avons l'intention de nous rendre au Saint Johns, après dîner. Peut-être aimeriez-vous vous joindre à nous ?

— Qu'est-ce que le Saint Johns ? demanda Will.

Les autres convives échangèrent des regards entendus.

— Une maison charmante, où nous connaissons quelques jeunes ladies qui sont nos protégées, expliqua Tiverton. Elles ont souvent des camarades disposées à tenir compagnie aux amis que nous invitons.

— J'imagine qu'elles ne sont pas là pour chanter en s'accompagnant au piano ? ironisa Will.

Cette fois, toute la tablée éclata d'un rire gras.

— Elles ont d'autres talents, assura Tiverton.

— Venez donc avec nous, Coffin. Vous verrez que c'est aussi plaisant que de monter un mustang. Ces jeunes filles ont de l'expérience.

— Non, merci, répliqua Will sans la moindre hésitation.

— Lady Xavier vous tiendrait-elle par la bride ? s'enquit Edward Baffin. Mais je suppose que ça n'est pas désagréable. Diriger cette brasserie a dû la rendre plus… instruite que beaucoup de ladies.

Dans un saloon du Colorado, Will se serait immédiatement jeté sur ce goujat. Mais il se doutait bien que boxer les relations mondaines d'Olivia nuirait à la réputation de la jeune femme. Il s'obligea donc à se contenir.

— Personne ne me tient par la bride. C'est simplement que je n'ai pas envie de la compagnie que vous me proposez.

— Vous êtes un rabat-joie, Coffin, railla Tiverton.

— Je n'ai pas pour habitude de traiter les femmes comme des objets, rétorqua Will. Et si j'étais marié encore moins.

Ses compagnons se turent, gênés. La bonne humeur de la tablée s'était brutalement évanouie.

— J'aimerais que vous visitiez mes écuries, quand vous aurez le temps, Coffin, relança Gough. Je viens d'acheter de nouveaux chevaux, et je souhaiterais recueillir l'avis d'un connaisseur.

Will lui fut reconnaissant d'avoir su dévier la conversation pour la ramener sur un terrain où il ne risquait pas d'offenser quiconque. Les autres convives se détendirent, et bientôt tout le monde parla en même temps, sans plus se soucier de ce qui venait de se produire.

Mais l'incident avait marqué Will. Il n'était décidément pas certain d'aimer l'Angleterre. Les gens, ici, semblaient dire une chose et en faire une autre, masquant toujours leurs véritables intentions. Alors qu'en Amérique, tout le monde se félicitait de voir la franchise la plus brutale régner, aussi bien dans les affaires que dans la vie privée. Il se demandait à quoi pouvait bien ressembler sa famille – à supposer qu'il en retrouve la trace ? Étaient-ils comme les convives de ce soir, offrant une façade soigneusement amidonnée, à l'image de leur col de chemise, mais cachant en dessous leur jeu ? Ou étaient-ils comme ces valets de pied, qui se tenaient en silence derrière chaque invité pendant le repas, et lavaient ensuite la vaisselle sale ?

— Allons rejoindre les dames, suggéra Gough au bout d'un moment.

Will, ravi, se leva de table et suivit les autres dans le salon. En chemin, il croisa son reflet dans un miroir et crut regarder un étranger. Dans son élégant

– et luxueux – habit de soirée, il se faisait l'impression d'être un de ces gros propriétaires terriens possédant des milliers de têtes de bétail, ou même l'un de ces rupins de Denver. Il aimait son costume, dont il appréciait la finesse – d'autant qu'il n'avait jamais rien porté d'aussi beau de sa vie –, mais ce n'était que cela : un costume.

Qu'il n'avait accepté d'endosser que parce que c'était le seul moyen de pénétrer dans l'univers d'Olivia.

Ses divagations mélancoliques cessèrent à l'instant où il entra dans le salon et aperçut la jeune femme. Elle était assise sur un grand sofa, entre Charlotte et Lenore Davis, et toutes les trois semblaient plongées dans une conversation animée. Mais, croisant son regard, Olivia cessa aussitôt de parler, lui adressant un sourire qui aurait suffi à le réchauffer durant les longues nuits d'hiver dans les Rocheuses. Will en avait connu beaucoup, de ces nuits glaciales. Réfugié dans un cabanon pour se protéger du vent et de la neige, il avait souvent rêvé à la compagnie d'une femme. Pas seulement pour le plaisir charnel, mais pour sentir sa présence réconfortante à son côté. Avoir quelqu'un avec qui parler, ou simplement rester ensemble sans rien se dire, mais en communiquant silencieusement. Mais il n'avait jamais rencontré une seule femme avec laquelle il aurait désiré partager cette expérience. Jusqu'à Olivia.

— Avez-vous passé un bon moment ? demanda-t-elle lorsqu'il la rejoignit.

— Plus ou moins.

Elle se releva.

— J'aurais voulu vous préparer à cette épreuve, malheureusement j'ignore totalement de quoi peuvent bien parler les hommes à la fin d'un dîner.

Will n'avait aucunement l'intention de lui dévoiler ce qui s'était dit. Il profita de ce qu'un valet passait avec un plateau chargé de tasses de café, pour en prendre une, afin de faire diversion. Mais il n'arrivait pas à s'habituer à ce qu'on lui serve ainsi sa nourriture et ses boissons, comme s'il n'était qu'une sorte de grand bébé qui n'aurait pu se débrouiller seul pour manger.

— Est-ce ainsi que vous occupez ordinairement vos soirées ? demanda-t-il, après qu'ils se furent un peu éloignés du cercle des invités.

— Autrefois, oui, répondit-elle. Quand David vivait encore, nous recevions beaucoup à dîner. Il prétendait que c'était utile pour ses affaires. Mais depuis sa mort… j'ai perdu mon appétit pour ce genre de réjouissances, avoua-t-elle en contemplant les autres couples comme s'ils relevaient d'un spectacle parfaitement orchestré, mais sans signification profonde.

— Je n'aime pas cette idée que les femmes se séparent des hommes après dîner, dit-il. Quand je serai marié, je veux que ma femme reste auprès de moi tout du long. Et que nous parlions librement devant nos invités de ce dont nous avons envie.

— Vous avez donc l'intention de vous marier ?

Will eut l'impression que sa voix s'était un peu étranglée en formulant cette question, mais il n'aurait pas été prêt à le jurer.

— Un jour ou l'autre, oui.

Il essaya de se représenter sa future épouse, sans succès. À la place, il se surprit à contempler la chevelure sombre d'Olivia et la courbe gracieuse de sa nuque.

— Un jour, répéta-t-il. Mais pas tout de suite. J'ai d'autres projets dans l'immédiat.

9

La soirée, d'après Charlotte, avait été un franc succès. Les invités avaient tous apprécié la compagnie de Will. Ils avaient trouvé sa profession de conducteur de troupeaux charmante, rustique et terriblement exotique. Du coup, ils ne s'étaient pas offusqués que durant son séjour à Londres il aide Olivia à la Greywell, pendant que celle-ci l'assisterait dans ses recherches généalogiques. C'était un point de plus marqué contre George Pryce : la présence de Will aux côtés d'Olivia dans la brasserie était désormais une chose publique et reconnue.

Olivia et Will auraient donc dû être parfaitement satisfaits en rentrant à la maison. Pourtant, l'un comme l'autre se sentaient d'humeur maussade au moment de tendre leurs manteaux et leurs chapeaux à Morton.

— Vous vous retirez dans votre chambre ? demanda-t-elle.

Il secoua la tête.

— Je n'ai pas sommeil. Je crois plutôt que je vais profiter de votre bibliothèque pour me trouver un bon livre.

Olivia le contempla dans son habit de soirée. Roddam & Sons avait accompli, comme d'habitude, un merveilleux travail. Pourtant, maintenant qu'elle commençait à bien connaître Will, elle devinait qu'il ne se sentait pas à son aise dans ce costume.

Pour ce soir, leurs chemins étaient supposés s'arrêter là. Olivia gagnerait l'escalier, tandis qu'il rejoindrait la bibliothèque. Mais la jeune femme repensait à sa conversation avec Charlotte. Son amie l'avait prise quelques instants à part, quand les femmes avaient quitté la table après le dessert.

— Will semble très bien se débrouiller, avait-elle commenté.

— Il a une facilité naturelle pour se faire des amis, avait répondu Olivia. Et je suis bien placée pour en parler.

— N'oublie pas mon conseil, Olivia. J'ai vu la façon dont vous vous regardiez, à table. Le doute n'est plus permis.

Elle ne s'était pas sentie capable de contredire Charlotte avec la vigueur qu'elle aurait souhaitée. Mon Dieu, était-elle donc – étaient-ils si transparents ?

— Le prendre pour amant mettrait ta réputation en grave péril, avait enchaîné Charlotte.

— Peut-être que j'attends plus de sa part qu'une simple liaison, s'était entendue répondre Olivia.

— J'aime beaucoup monsieur Coffin, mais tu ne peux pas espérer avec lui plus qu'une liaison. Tant pis si cela ne te fait pas plaisir à entendre, mais tu dois bien te douter que votre relation ne pourrait déboucher sur rien de durable. En revanche, ta réputation serait ternie.

Les paroles de Charlotte résonnant dans sa tête, Olivia savait ce qu'elle aurait dû faire : monter directement dans sa chambre. Et seule.

— Aimeriez-vous entendre un peu de musique ? demanda-t-elle pourtant.

Le visage de Will s'éclaira.

— Oui.

Elle l'entraîna dans le salon de musique. La pièce, aménagée par ses soins, était décorée avec sobriété : papier peint aux murs et meubles de style campagnard en bois brut. David jugeait cela trop grossier, mais Olivia appréciait au contraire le simple travail du bois, sans ornementation inutile. Un piano trônait au milieu des chaises et des sofas.

Elle n'avait encore jamais montré à Will cet endroit qui portait sa marque. Peu de gens, d'ailleurs, connaissaient l'existence de cette pièce, et là encore, c'était délibéré de sa part. Mais elle savait que si quelqu'un devait en apprécier le dépouillement, c'était bien Will.

— Nom d'un chien ! s'exclama-t-il, béat d'admiration, en découvrant le piano laqué de noir.

Il le caressa d'une main révérencieuse. Le contraste était saisissant entre ses doigts solides, habitués aux travaux de force, et l'instrument d'un raffinement extrême.

— Il a été fabriqué à Vienne, expliqua Olivia, ravie de son enthousiasme. Voulez-vous que je vous en joue un peu ?

— Oui, m'dame, acquiesça-t-il aussitôt, lui tirant même le tabouret.

Elle s'assit, ajustant les plis de sa robe, avant d'effleurer les touches de ses doigts. Au début de son mariage, elle avait souvent joué pour David, le soir après dîner. Il s'installait alors dans un fauteuil et l'écoutait religieusement. Puis il avait commencé à apporter ses journaux avec lui, ne lui prêtant plus qu'une oreille distraite, et finalement elle avait renoncé à jouer pour lui. Cela faisait des années, maintenant, qu'elle n'avait plus joué pour personne.

Elle se livra à quelques gammes, pour s'échauffer les doigts, avant d'attaquer un nocturne de Chopin, qu'elle avait appris dans l'adolescence. Au bout d'un moment, se sentant à son aise, elle risqua un regard vers Will.

Il observait ses mains, suivant leur progression sur le clavier. Il semblait tellement absorbé dans sa contemplation qu'Olivia eut l'impression qu'il essayait de mémoriser le morceau.

Son regard intense lui fit perdre un peu de son assurance. Malgré le bracelet de diamants qu'elle portait au poignet, elle sentait ses mains et ses avant-bras exposés à son attention, comme nus. Finalement, elle trébucha sur une note et laissa retomber ses mains sur ses genoux.

— Je suis désolée, murmura-t-elle. Je n'ai pas eu de public depuis trop longtemps.

Will sortit de son hypnose pour lui sourire chaleureusement.

— C'était très beau, Olivia. J'aimerais vous entendre jouer encore. Si cela vous gêne que je vous regarde, je peux contempler les plantes vertes.

Olivia éclata de rire.

— Vous pouvez continuer à me regarder, si vous en avez envie.

Elle replaça ses mains sur le clavier et attaqua cette fois une sonate de Beethoven.

Will l'observait toujours aussi attentivement. Cependant, elle n'osait pas s'avouer à quel point elle trouvait gratifiant d'attirer ainsi son attention. Certes, il était très séduisant, et n'importe quelle femme aurait apprécié d'être couvée des yeux par un si bel homme. Mais il n'y avait pas que cela. Olivia se sentait beaucoup mieux, maintenant, seule avec Will, que pendant le dîner chez Charlotte. Pour tout avouer, elle ne s'était jamais sentie aussi libre et aussi elle-même depuis fort longtemps.

Elle communiqua ses sentiments au piano, laissant la musique exprimer ce qu'elle n'arriverait pas à dire avec des mots. Après Beethoven, elle enchaîna sur une sonate de Mozart. Totalement gagnée par la musique, elle jouait penchée sur son clavier, d'une manière qu'aurait sans doute réprouvée son professeur de musique.

Quand elle en eut fini avec Mozart, elle laissa ses doigts reposer sur les touches.

— Vous ne vous êtes pas ennuyé ? demanda-t-elle, ne plaisantant qu'à moitié.

Will, l'air solennel, lui étreignit la main.

— Je pourrais rester toute la nuit à vous écouter, dit-il.

Et, soulevant un chapeau imaginaire, il ajouta :

— Entre la musique et la femme, je lève mon Stetson à la beauté.

Olivia rougit comme une collégienne.

— Verriez-vous une objection à ce que j'essaie, moi aussi ? s'enquit-il après un silence.

Elle haussa les sourcils de surprise.

— Le piano ?

Il parut gêné, et rougit à son tour.

— Oubliez ça. J'ai été bête...

— Non, non ! protesta Olivia, se levant si rapidement qu'elle faillit renverser le tabouret. Prenez ma place, je vous en prie.

Will s'installa sur le siège avec un air consciencieux. Faisant jouer les jointures de ses doigts, il produisit un son qui provoqua une grimace de la part d'Olivia.

— Navré, marmonna-t-il. Les copains, dans le Colorado, disaient qu'on pouvait entendre craquer mes jointures jusque dans le golfe du Mexique.

Il étudia longuement le clavier, comme s'il tentait de déchiffrer la carte d'un pays étranger. Puis, tout à coup, il commença à jouer.

C'était un petit refrain entraînant, très rythmé, dont Olivia aima aussitôt la joyeuse exubérance. Ce genre de musique était évidemment très éloigné du raffinement mozartien, mais il collait parfaitement avec l'homme qui en jouait.

— Vous avez décidément toute sorte de talents, lui fit-elle remarquer.

— Oui, m'dame, acquiesça-t-il avec un clin d'œil, sans cesser de faire courir ses doigts sur le clavier. L'hiver, les cow-boys n'ont pas beaucoup de travail dans les ranchs, alors je joue du piano dans les saloons, et parfois j'accompagne les troupes de théâtre qui passent en ville.

— Vous m'étonnez, Will Coffin, murmura-t-elle, sincèrement admirative.

— Ce piano est autrement plus magnifique que les espèces de boîtes en bois dont je dois me contenter à Leadville. Mais asseyez-vous donc, Olivia. Je n'ai pas l'habitude de jouer pour des gens debout.

Au lieu de prendre une chaise, comme il aurait été logique, Olivia se surprit à s'asseoir sur le tabouret, tout contre Will. S'il en fut surpris, il ne le montra pas et continua à jouer.

— Cet air s'appelle *L'Horloge de grand-père,* expliqua-t-il, alors qu'il attaquait un morceau visiblement comique. Mais je ne vais pas vous casser les oreilles en vous chantant les paroles. D'habitude, ce sont des professionnelles qui s'en chargent, et je me contente de les accompagner.

Olivia avait sa petite idée sur le genre de filles que devaient être ces « professionnelles », mais elle préféra s'abstenir de tout commentaire.

— Et ce morceau, comment s'appelle-t-il ? demanda-t-elle tandis que Will enchaînait sur un autre air.

Il eut un petit sourire malicieux.

— *Smick, Smack, Smuck.*
— Je suppose que c'est très leste ?
Il hocha la tête.
— Mieux vaut que vous n'entendiez pas les paroles.
Puis il changea brusquement de rythme, s'attaquant à une mélodie plus lente, teintée de nostalgie.
— Quand les mineurs ou les cow-boys ressentent le mal du pays, ils réclament toujours celle-ci. Surtout les Irlandais. C'est l'histoire d'un type qui promet à sa chérie de la ramener un jour chez elle.
L'air suivant fut encore plus surprenant. Il irradiait une mélancolie qui serra le cœur d'Olivia. Will l'interpréta très concentré et, à la fin, il y eut un long silence entre eux.
— Co… comment s'appelait cette romance ? s'enquit-elle, la voix nouée par l'émotion.
— Je ne sais pas, répondit Will. Je ne lui ai pas encore trouvé de titre.
Elle sursauta.
— C'est *vous* qui l'avez écrite ?
Il hocha la tête.
— Je ne sais ni lire ni écrire la musique. Mais cet air me trottait dans la tête depuis longtemps. Et sur votre piano, je trouve qu'il rend plutôt bien.
— Ce n'est pas le piano, murmura Olivia. C'est vous. Je n'avais encore jamais rien entendu d'aussi émouvant, Will. Et vous aviez ça dans votre cœur. Je… je ne sais plus quoi dire.
Leurs regards s'accrochèrent. Ils étaient si proches que chacun pouvait sentir le souffle de la respiration de l'autre.
— Je ne suis qu'un homme, Olivia.
— Je sais…
Il posa sa main sur sa nuque. Aussitôt, la chaleur de sa paume se communiqua à tout son corps, comme si un brasier s'était allumé dans ses veines.

Will se pencha vers elle. Elle accompagna son mouvement, impatiente de s'abandonner à ce qui ne pouvait plus manquer d'arriver.

Leurs lèvres ne firent d'abord que se frôler, mais très vite leur baiser devint fiévreux. Olivia s'agrippait aux biceps de Will, qui avait enfoui une main dans ses cheveux et de l'autre lui caressait la poitrine.

Olivia détesta soudain cette robe et ce corset qui faisaient barrage entre eux. Grands dieux, pourquoi portait-elle tout cela, alors que chaque parcelle de son corps brûlait du désir de se mêler à la chair de Will ?

Il la souleva doucement dans ses bras, pour qu'elle puisse s'asseoir sur ses genoux. Les bras noués à sa nuque, Olivia sentit le désir la submerger. Tout à coup, l'univers entier semblait s'être réduit à Will, à sa bouche, à ses mains.

Il avait déboutonné le haut de sa robe, et glissait maintenant la main dans son corsage. Ces mêmes doigts, qu'elle avait vus tout à l'heure courir sur les touches du piano, exploraient à présent la chair de ses seins. Quand il titilla un téton, la jeune femme, chavirée de plaisir, s'arqua en arrière. Dans le mouvement, son coude heurta le clavier du piano.

Un bruit de cacophonie retentit soudain aux oreilles de Will. Il sursauta et faillit tomber du tabouret. Olivia, elle-même, dut s'accrocher à l'instrument pour retrouver son équilibre. Le charme était rompu.

— Will… commença-t-elle.

Il s'était déjà relevé.

— Je… je… balbutia-t-il, tandis que la bosse déformant son pantalon traduisait son état. J'ai besoin de boire un verre.

Il tourna brusquement les talons et quitta la pièce en claquant la porte derrière lui.

Will se retrouva dans la rue sans même l'avoir prémédité. Il marchait comme un automate au milieu du brouillard, ignorant la direction qu'il prenait. Au bout d'un moment, il atteignit un immense espace vert, et comprit qu'il s'agissait de Hyde Park, dont Olivia lui avait parlé mais qu'il n'avait toujours pas visité. Personne ne semblait hanter les parages. Il s'enfonça dans les allées, avec l'espoir d'y retrouver ses esprits.

Il découvrit un étang et s'arrêta au bord, pour contempler le spectacle du vent à sa surface. Combien de temps resta-t-il à cet endroit ? Il n'aurait su le dire. Malgré la brise d'octobre, il se sentait brûlant.

— Bonsoir, monsieur, dit tout à coup une voix dans son dos.

Il se retourna et se retrouva face à un policier.

— Bonsoir, répondit prudemment Will, qui se demandait s'il n'avait pas enfreint le règlement en pénétrant de nuit dans le parc.

— Il est tard pour une promenade, fit remarquer le policier. Et vous ne portez ni chapeau ni manteau.

Will s'aperçut qu'il était sorti de la maison sans même songer à s'habiller.

— J'étais pressé, dit-il.

— Êtes-vous perdu ? Voulez-vous un renseignement ?

— Où pourrais-je boire un verre à cette heure-ci ?

— Eh bien… réfléchit le policier. Il y a la taverne du Moine. C'est un endroit tout à fait distingué.

— Je préférerais un endroit où les gens du peuple vont lever le coude, objecta Will. (Il désigna son habit de soirée.) Ce ne sont pas mes vêtements habituels.

Le policier esquissa un sourire amical.

— Oh, alors vous aimerez le pub McNeil's. C'est près de Covent Garden. Si vous voulez, je peux vous y accompagner. Je viens juste de terminer mon service et une bière chez McNeil's me paraît une bonne idée.

— Merci.

Ils se mirent en marche vers l'est de la ville.

— Vous êtes le genre de type avec qui on aimerait remonter le cours d'une rivière à dos de cheval, dit Will.

Le policier s'esclaffa.

— J'ignorais l'expression, mais je la prends comme un compliment. Je m'appelle Ernie, au fait. Ernie Portbury.

— Will Coffin.

— Vous venez du Texas ?

— Du Colorado.

Portbury soupira, déçu.

— Dommage. J'ai toujours rêvé de rencontrer un vrai cow-boy du Texas.

Portbury était bavard pour deux, ce qui dispensa Will d'avoir à lui répondre. Ça tombait bien : il n'était pas d'humeur à parler. Ils traversèrent un lacis de petites rues, avant d'aboutir devant un pub encore allumé. De la musique et des rires s'échappaient de la porte. Portbury l'ouvrit, poussant Will devant lui, et aussitôt plusieurs voix lancèrent un « Salut, Ernie ! » chaleureux.

Will comprit au premier regard que Portbury l'avait amené au bon endroit. Le McNeil's était un bar pour les gens de *sa* condition – des travailleurs. À l'inverse du pub qu'il avait visité la veille en compagnie d'Olivia, ici le décor était sommaire et le mobilier rustique. Mais il y avait quand même un piano droit accolé à l'un des murs, et un portrait de la famille royale – du moins, il supposa qu'il s'agissait d'elle – accroché derrière le bar. À maints égards, le McNeil's ressemblait beaucoup aux saloons qu'il avait fréquentés dans l'Ouest.

— Comment s'appelle ton compagnon, Ernie ? questionna le barman.

— Will Coffin. Et il vient du Texas, précisa Portbury avec une pointe de fierté dans la voix.

Will préféra ne pas démentir. Il serra la main du barman et tira quelques pièces de ses poches pour les jeter sur le comptoir.

— Une pinte de bière pour mon nouvel ami, dit-il. Et une pour moi.

Deux chopes se matérialisèrent bientôt devant eux.

— C'est de la Greywell, expliqua le barman. Nous venons juste de commencer à la vendre, mais les clients l'ont déjà adoptée.

Will n'avait encore jamais goûté à la bière d'Olivia. Une seule gorgée suffit à le convaincre qu'elle avait raison d'être fière de son entreprise. Et raison également de ne pas vouloir laisser George Pryce s'en emparer.

Il sourit en songeant qu'il raconterait demain à la jeune femme la popularité de la Greywell. Mais son sourire s'évanouit à l'idée de la revoir. Il avait été à deux doigts de la dénuder sur le tabouret du piano. Si jamais un domestique était entré, le scandale aurait été inévitable. Il savait que les ragots circulaient plus vite qu'un torrent du Nebraska. En quelques heures, la nouvelle se répandrait à travers Londres que lady Xavier se donnait à un cow-boy, et sa réputation serait anéantie. Sa disgrâce lui coûterait sans doute sa brasserie : Pryce n'aurait plus qu'à se baisser pour la ramasser.

Mais Will n'irait pas s'excuser, car il ne regrettait pas de l'avoir embrassée. S'il avait su qu'il en tirerait autant de plaisir, il s'y serait même pris plus tôt ! Cela faisait bien longtemps qu'embrasser une femme ne lui avait pas procuré de telles sensations.

Plusieurs clients du pub demandèrent à Portbury de les présenter à Will. Il fut obligé de serrer des mains, à des hommes comme à des femmes, les premiers s'appelant Barney, Bill ou Jinks, les secondes Kitty ou Dinah. Des gens simples, qui travaillaient pour vivre. Comme lui.

Il conversa joyeusement avec eux, riant de leurs plaisanteries bon enfant sur l'Amérique et ses cow-boys. C'était la première fois qu'il se sentait aussi à l'aise depuis son arrivée en Angleterre. Cependant, il continuait de penser à Olivia, qui n'était jamais entrée dans un endroit comme celui-ci, alors qu'elle produisait pourtant la bière qu'on y consommait. Et qui embrassait comme si un feu ardent couvait dans ses veines...

— Si nous dansions ensemble, cow-boy ? lui proposa Kitty.

Il n'avait pas envie de danser avec elle, bien qu'elle fût plutôt mignonne. Mais il était un gentleman, et un gentleman ne pouvait refuser une invitation aussi aimable.

— Avec plaisir, m'dame.

Kitty l'entraîna en gloussant jusqu'au milieu de la salle, où d'autres couples dansaient déjà.

Ils étaient dans les bras l'un de l'autre depuis plusieurs minutes lorsque Kitty s'enquit, à voix si basse que Will crut avoir mal entendu :

— Alors, comment s'appelle l'heureuse élue, cow-boy ?

— Je vous demande pardon, m'dame ?

— Tu me souris depuis tout à l'heure, mais je vois bien que ton esprit est ailleurs, expliqua Kitty, sans la moindre récrimination. Et quand un gars a ce genre de regard absent, c'est qu'il pense à une femme. Je te demandais donc qui elle était.

— Quelqu'un que je ne peux pas avoir.

— Pourquoi non ? Un gars comme toi, ça ne se refuse pas. Ou alors, il faut être idiote.

Will sourit du compliment.

— Merci. Mais je ne suis pas de sa condition.

— Pourtant, t'es habillé comme un rupin, remarqua Kitty.

— Ce n'est qu'un costume. Pour le reste, je suis un type tout ce qu'il y a d'ordinaire.

— Et elle, c'est une lady, je parie ?

Comme il ne répondait pas, Kitty hocha la tête d'un air entendu.

— Donc, c'est une lady. Dans ce cas, t'as raison, mon gars. Si tu visais trop haut, tu risquerais d'y perdre des plumes. Les gens comme nous, vaut mieux qu'ils restent à leur place.

Will demeurait silencieux, mais les paroles de Kitty étaient venues confirmer ses craintes. La société, en Angleterre, était figée. Les riches et les puissants vivaient d'un côté, les travailleurs de l'autre, et ils ne se rencontraient jamais, à moins de devoir en payer les conséquences. De toute façon, même s'il tentait d'approfondir sa relation avec Olivia, il finirait tôt ou tard par rentrer en Amérique. La jeune femme resterait seule pour affronter la honte qui s'ensuivrait inévitablement. Qu'elle regrette ou non son geste, sa classe sociale lui tournerait le dos. Et Pryce la ruinerait.

— Fais pas cette tête, cow-boy, gronda gentiment Kitty. Ici, tu as des amis. Et un piano qui fait de la bonne musique. Ne pense pas à ce qui arrivera demain. Profite de ta soirée.

— Vous avez raison, dit-il.

Et il fit virevolter sa cavalière, qui rayonnait, à travers la salle. Mais Will savait qu'il aurait beau tout tenter, il ne parviendrait jamais à oublier Olivia.

10

George Pryce jetait de temps à autre des regards furtifs de droite et de gauche, pour s'assurer que personne ne prêtait attention à sa présence dans ce restaurant populaire.

— Vous attendez quelqu'un ? railla Maddox, assis face à lui.

Personne ne connaissait son prénom. On ne l'appelait pas autrement que Maddox. Quand Pryce s'était laissé dire qu'il était l'homme de la situation – celui qui réussissait là où tous les autres avaient échoué –, il avait bien essayé d'en savoir plus sur son compte, mais en pure perte. Maddox protégeait à la perfection ses origines et son identité.

— J'aimerais autant qu'on ne m'aperçoive pas avec vous.

Maddox lissa sa moustache avec humour. Il ressemblait à ces boxeurs qu'on voyait parfois combattre dans des salles plus ou moins clandestines. Il n'était pas très grand, mais solidement bâti et tout en muscles. Une cicatrice lui griffait un sourcil, témoignage de l'existence dangereuse qu'il menait.

— Je doute qu'aucun de vos amis ne fréquente ce genre de restaurant, dit-il. C'est bien pour ça que je l'ai choisi pour notre rendez-vous. Moi non plus, je n'aime pas étaler mes affaires en public.

Glissant une frite dans sa bouche, il ajouta :

— Vous êtes sûr que vous n'en voulez pas ?

Pryce regarda d'un air dégoûté les frites grasses qui s'étalaient dans une assiette.

— Non, merci.

Maddox haussa les épaules.

— Comme vous voudrez. Après tout, c'est vous qui payez.

— Vous connaissez tous les détails de l'affaire, résuma Pryce, impatient d'en finir avec cet entretien. Pensez-vous pouvoir m'aider ?

— Vous vous en êtes trop longtemps tenu à des jeux de gamins. Si vous voulez parvenir à vos fins, vous n'avez plus d'autre choix que de suivre la voie que je vous indiquerai. Nous sommes bien d'accord ?

Pryce hocha la tête. Il était décidé à en finir avec lady Xavier.

— Que proposez-vous ?

Maddox sortit de sa poche un roman à trois sous.

— Je me suis procuré de la lecture, expliqua-t-il. Ce bouquin a été écrit par un certain Ned Buntline. Il raconte la vie des hommes ressemblant à cet Américain qui vous donne du fil à retordre : les cow-boys.

— Je suis disposé à vous payer pour me débarrasser de lui et de cette femme, pas pour lire des romans, marmonna Pryce.

Maddox croisa les bras sur sa poitrine.

— Avant de partir en guerre, j'ai besoin de connaître mes ennemis. Comment fonctionne leur esprit, quelles sont leurs règles…

— Et alors ? Qu'avez-vous appris ?

Maddox prit une autre frite, qu'il dégusta avec une satisfaction visible.

— J'ai appris qu'au Far West, les types comme moi sont appelés des chasseurs de primes. Et ils ont toujours à cœur de remplir leur contrat.

Même après une nuit passée à boire, Will était capable de se lever tôt. Et même épuisé comme maintenant, il gardait l'habitude de se réveiller avec les premières lueurs de l'aube.

Après avoir quitté le McNeil's, il avait réussi, tant bien que mal, à retrouver le chemin de la maison, où il était rentré à trois heures du matin. Il s'était aussitôt déshabillé et s'était écroulé sur son lit.

Une fois levé, il se rasa puis retrouva avec bonheur ses anciens vêtements, avant de descendre dans la salle des petits déjeuners, où il pensait trouver Olivia.

— Elle est déjà partie pour la brasserie, monsieur, l'informa Morton.

— Pourquoi si tôt ? s'étonna Will, qui se servit une tasse de café brûlant.

— J'ai cru comprendre qu'il y avait des problèmes là-bas, monsieur. Voulez-vous que je vous apporte une assiette ?

— Non, merci.

Il but son café d'un trait.

— J'y vais, moi aussi, décréta-t-il.

Si Olivia avait des ennuis, il voulait être là. Plus il pensait au mal que pouvait lui faire George Pryce, plus il sentait la colère l'envahir. Si seulement il avait pu régler son compte à ce gredin hier, dans la boutique du tailleur !

Mais pourquoi diable était-elle sortie sans lui ? Elle lui avait pourtant demandé de l'aider ! Qu'avait-il bien pu se produire, pour qu'elle parte ainsi à l'aurore dans le froid ? S'était-elle imaginé qu'il refuserait de venir à son secours ?

Morton lui apportait déjà son Stetson et sa grosse veste. Le majordome avait aussi hélé un fiacre, dans lequel Will s'engouffra aussitôt, de plus en plus furieux. Olivia pensait-elle qu'après ce qui s'était passé hier soir, il refuserait de faire son travail ? Bon sang ! Quand il promettait quelque chose, il tenait parole !

Huntworth l'accueillit à l'entrée de la brasserie.

— Où est Oliv... lady Xavier ?

— Dans son bureau.

Will la trouva penchée sur un gros registre et entourée d'employés tenant des télégrammes. Elle leva les yeux au bruit de ses bottes, et Will sentit sa colère s'estomper en la voyant si soucieuse.

— Pourquoi ne m'avez-vous pas réveillé ? grommela-t-il cependant. Je suis ici pour faire mon travail.

Elle secoua la tête.

— Vous ne pouvez rien faire. Pryce a trouvé un moyen de me contrer sans recourir à l'intimidation physique.

— Je ne sais pas seulement me servir de mes poings, riposta-t-il.

Elle esquissa un sourire fatigué.

— Je sais. Mais je ne vois vraiment pas comment vous pourriez m'aider.

Et elle retourna à la consultation de son registre.

Will en fut très vexé. Même s'il était impuissant, il détestait être tenu à l'écart. Il jugea cependant préférable de laisser sa fierté de côté. S'approchant du bureau, il constata que le registre était en réalité une sorte d'annuaire.

— Que s'est-il passé ?

— Pryce a racheté mon fournisseur de houblon, expliqua Olivia. Et le houblon est un ingrédient essentiel de la brasserie. C'est lui qui donne à la bière son arôme et son amertume. Sans houblon, je n'ai plus qu'à mettre la clé sous la porte.

— Prenez un autre fournisseur.

— C'est ce que j'essaie de faire, répliqua-t-elle, désignant le registre ouvert sous ses yeux. J'ai ici une liste de fournisseurs, que nous essayons de contacter depuis tout à l'heure. Mais la plupart ont déjà vendu leur récolte à d'autres brasseurs – ou à Pryce. Et puis, il y a houblon et houblon. J'ai toujours exigé la meilleure qualité pour la Greywell, et je n'utiliserai pas d'autre variété que le *fuggles*.

— Laissez-moi vous aider, insista Will. J'ai une idée.

Il crut qu'elle allait refuser. Mais elle acquiesça finalement, et se leva de son siège. Il recula aussitôt d'un pas, pour ne pas être tenté de la prendre dans ses bras. Eu égard aux circonstances, il n'était pas certain qu'elle aurait apprécié son geste.

Chaque nouvelle journée s'avérait plus difficile que la précédente. Olivia était bien consciente qu'ils devaient tous deux renoncer à leur attirance mutuelle – de toute façon sans espoir. Will l'avait sans doute compris tout autant qu'elle, puisqu'il s'était enfui hier soir, pour ne rentrer que très tard dans la nuit. Elle savait l'heure exacte de son retour, n'ayant pu elle-même trouver le sommeil. Elle était restée allongée dans son lit, les yeux ouverts, à se demander où il avait bien pu passer la nuit. Et en quelle compagnie... À en juger par son air soucieux, il ne paraissait pas avoir pris du bon temps, mais Olivia ne pouvait s'empêcher d'éprouver un petit pincement de jalousie. Et la nouvelle offensive de Pryce ajoutait un peu plus au chaos de ses sentiments.

Ils passèrent toute la journée, et même une partie de la soirée, à chercher un producteur de houblon dont la moisson n'aurait pas encore été vendue. Télégramme après télégramme, les questions partaient et les réponses revenaient. Le processus prenait beaucoup de temps et Olivia commençait à penser que le téléphone, cette invention récente, lui aurait rendu de grands services. Il faudrait qu'elle songe à s'en équiper.

Elle était émerveillée, en revanche, de la ténacité de Will dans un domaine qui n'avait rien de physique. Il participait aux démarches, tout autant qu'elle ou Huntworth et les autres employés des bureaux, avec une détermination qui la laissa penser qu'il pourrait un jour se lancer dans les affaires.

Huntworth venait juste de leur procurer un souper froid, quand Olivia annonça enfin :

— J'ai trouvé quelqu'un !

Tout le monde fit cercle autour d'elle. Elle relut le télégramme qu'elle venait de recevoir.

— C'est un fermier du Kent. Il est prêt à me céder sa récolte de *fuggles* si je me rends demain chez lui avec une traite de banque. Sa famille ayant un vieux différend avec le comte de Hessay, il ne vendra jamais à Pryce.

On se congratula, et Will lança des cris de cow-boy. La jeune femme se sentit immensément soulagée : une autre crise venait d'être surmontée.

Cependant, un peu plus tard, alors qu'ils rentraient tous deux à la maison en attelage, Will s'exclama soudain :

— Je n'aime pas ça.

Olivia haussa les sourcils. Elle ignorait à quoi il faisait allusion.

— C'est quand même bizarre, expliqua-t-il. Tous les fermiers que nous avons contactés n'avaient rien à nous proposer. Et tout à coup, celui-là possède exactement ce que nous cherchons, dans la qualité que nous désirons. Je trouve ça louche.

— Je n'ai pas le choix, objecta Olivia. J'ai besoin de ce houblon.

— Dans ce cas, je viens avec vous demain.

— D'accord.

Elle put constater, à son regard, qu'il s'était préparé à argumenter contre un refus. Cela l'amusa.

— Parfait, fit-il, croisant les bras sur sa poitrine.

— Pour ce matin… commença Olivia, désireuse de rectifier tout malentendu. Je sais que vous étiez rentré tard et je ne voulais pas vous réveiller. D'autant que je ne pensais pas que vous puissiez m'être d'une quelconque utilité dans cette affaire. Mais je me trompais.

N'osant croiser son regard, elle tourna la tête vers la vitre et contempla la rue d'un œil distrait.

— La vérité, Will, reprit-elle, c'est que je me sens un peu perdue par ce qui se passe entre nous. Et que je ne sais plus quoi faire. Alors, si je commets des erreurs, je veux croire que vous saurez vous montrer patient.

— Je ne vous ferai jamais aucun mal, Olivia, dit-il d'une voix profonde.

— Je sais, répondit-elle, sans cesser de regarder par la vitre, comme si elle espérait trouver une solution à son problème dans les devantures des boutiques qui longeaient la rue.

Au bout d'un moment, un léger ronflement lui fit tourner la tête. Will s'était assoupi. Pourtant, on voyait qu'il restait tendu, comme sur le qui-vive. Même s'il était plus jeune qu'Olivia, il avait grandi plus vite, dans un environnement où le danger pouvait surgir de partout.

Elle avait envie de lui caresser une mèche de cheveux, mais se retint. Ils étaient tous les deux épuisés, leurs défenses mises à rude épreuve, et qui sait sur quoi pourrait déboucher le moindre contact entre eux.

— Où sont vos montagnes ? demanda Will, qui découvrait par les vitres du fiacre les champs impeccablement cultivés du Kent. Je n'en ai pas aperçu une seule de tout le voyage en train, et ce n'est apparemment pas ici que j'en verrai.

— Nous en avons au pays de Galles et en Écosse, répondit Olivia. Mais l'Angleterre elle-même est trop policée pour avoir des montagnes. Ça ne ferait pas convenable.

Il sourit, et reprit sa contemplation du paysage. Le trajet les conduisant de la gare jusqu'au producteur de houblon leur permettait d'apercevoir une contrée habituellement désignée comme « le jardin de l'Angleterre », tant elle était riche et fertile.

— Je me demandais à quoi pouvait ressembler la campagne anglaise, reprit-il. Maintenant, je sais. Des champs à perte de vue. N'y a-t-il donc nulle part de coin resté un peu sauvage ?

— Non. Vous êtes le seul sauvage alentour.

Il sourit encore.

— C'est peut-être ce que cherchaient vos parents en quittant l'Angleterre, suggéra Olivia. Un endroit qui ne soit pas clos. Où ils pourraient vivre sans barrières.

— Pour sûr qu'il y en a beaucoup trop en Angleterre, grommela-t-il.

Elle comprit qu'il ne faisait pas seulement allusion aux barrières entourant les propriétés agricoles.

— Will… commença-t-elle.

— J'aurais préféré vous rencontrer à Denver, la coupa-t-il, se tournant pour accrocher son regard. J'aurais pu vous courtiser dans les règles, et j'aurais eu une chance de gagner votre cœur. En Amérique, quand on veut très fort quelque chose, il est toujours possible de l'obtenir.

Olivia sentit sa gorge se serrer.

— Will…

— Mais ici, je me sens comme une mule attachée à son piquet. Et pourtant je vous veux, Olivia. Plus fort que je n'ai jamais voulu aucune femme.

L'habitacle du fiacre était réduit. Will l'emplissait de toute sa présence physique.

— Personne ne m'avait encore jamais parlé ainsi, murmura-t-elle, la poitrine oppressée par l'émotion.

Il prit son visage dans sa main.

— Je m'oblige à faire ce qui est le mieux pour vous, Olivia. Mais cela me coûte terriblement.

Elle abandonna sa joue contre sa paume.

— J'essaie moi aussi d'obéir à la voix de la raison. Mais cela me coûte tout autant que vous.

Will retira sa main.

— Je ne peux pas vous toucher sans en désirer aussitôt davantage.

Il se rencogna à contrecœur contre la portière du fiacre.

— C'est quoi, ces drôles de choses ? s'enquit-il soudain.

Olivia suivit son regard et aperçut une rangée de toits coniques en chaume.

— On les appelle les cloches, expliqua-t-elle. On y sèche dessous le houblon.

C'était atroce de devoir ainsi changer de conversation, pour ne plus sc limiter qu'à des sujets anodins, mais Will avait raison. Ils ne pouvaient pas continuer sur le même mode sans courir au désastre.

Il hocha la tête, mais elle comprit, à son expression, qu'il avait à peine entendu sa réponse. Elle-même avait l'esprit ailleurs. Elle sentait naître dans ses entrailles un désir qui menaçait de tout emporter. Jamais encore elle n'avait éprouvé cela – ni pour aucun des jeunes gens qui l'avaient courtisée avant son mariage, ni même pour David. Au mieux avait-elle éprouvé pour son mari une solide affection – réciproque, du reste –, mais rien qui ressemblât à ce désir dévastateur.

Le fiacre s'arrêta enfin dans la cour de la ferme. Olivia, soulagée de cette diversion, laissa Will l'aider à descendre de voiture. Puis elle demanda au cocher de les attendre, le temps de leur entrevue avec le fermier, pour qu'il les ramène ensuite à la gare.

Le maître des lieux arrivait déjà à leur rencontre. Il salua respectueusement Olivia, serra la main de Will avec un peu de réserve, et les entraîna voir sa récolte.

Bien qu'elle eût apporté une traite de banque libellée du montant convenu par télégramme, la négociation fut plus longue que prévu. Voyant que Will s'impatientait, elle lui suggéra d'aller visiter l'écurie.

Quelque temps après, elle ressortit et le découvrit contemplant, bras croisés, un groupe de juments broutant dans une pâture.

— Sa femme veut nous garder à déjeuner, annonça-t-elle. Ce qui va nous obliger à rester un peu plus longtemps.

Will mâchouillait un brin d'herbe. Il secoua la tête.

— Je n'aime pas ça. On dirait qu'il cherche à nous retarder. Nous devrions y aller tout de suite.

— J'ai besoin de ce houblon.

— D'accord, d'accord. Mais je vais ouvrir l'œil.

Après déjeuner, Olivia et le fermier parvinrent enfin à un accord détaillé. Il ne restait plus qu'à convenir des modalités de transport de la récolte. Quand ce dernier point fut à son tour résolu, le crépuscule commençait à tomber sur la campagne. Le fermier les salua sur le pas de sa porte, tandis que Will aidait Olivia à monter dans le fiacre, qui n'avait pas cessé de les attendre.

La jeune femme, cependant, eut la vague impression, au moment de prendre place sur la banquette, que le cocher n'était plus le même que ce matin. Celui-ci portait une moustache, alors qu'elle ne se souvenait pas d'en avoir vu sur l'autre. Mais sans doute se trompait-elle : après tout, elle ne lui avait pas prêté plus attention que cela.

Mais comme Will s'apprêtait à la rejoindre dans l'habitacle, elle l'entendit soudain s'exclamer :

— Olivia ! Le cocher a changé !

Au même instant, le cocher donna un coup de fouet à ses bêtes et l'attelage s'élança portière ouverte, laissant Will derrière eux.

— Arrêtez, cocher ! cria Olivia.

Mais il ne l'écouta pas et fonça sur la route.

Bonté divine ! Elle avait été kidnappée !

11

Will ne resta pas plus d'une seconde interdit, à regarder le fiacre s'éloigner, sa portière grande ouverte battant avec le vent. Il se reprit en un éclair, agissant sans même réfléchir, n'obéissant qu'à son instinct.

Courant vers la pâture où il avait admiré les juments plus tôt dans la journée, il décrocha une bride pendue à un poteau et s'empara d'une jument qu'il enfourcha à cru. Le temps de lui assujettir la bride, et quelques secondes plus tard ils sautaient ensemble la barrière de la pâture pour prendre le fiacre en chasse.

En d'autres circonstances, Will aurait apprécié de se retrouver à nouveau sur un cheval. Cela lui semblait si naturel – plus naturel, encore, que de marcher sur ses deux jambes. Mais l'occasion n'était pas idéale pour savourer les plaisirs de l'équitation, et il gardait les yeux rivés sur le fiacre dont Olivia était prisonnière.

Penché sur l'encolure de sa monture, il pouvait entendre la jeune femme hurler au cocher de s'arrêter. Elle ne semblait pas paniquée – plutôt furieuse – et il la vit tendre le bras par la portière toujours ouverte, pour tenter de frapper son ravisseur. Celuici, avec son fouet, l'obligea à rentrer prestement dans l'habitacle. La rage de Will monta d'un cran et il pressa les flancs de son cheval.

Le cocher jeta un coup d'œil par-dessus son épaule. Will ne pouvait pas voir ses traits avec précision, à cause de l'obscurité grandissante, mais une froide détermination se lisait dans ses yeux.

Il n'était pas difficile de deviner qui avait embauché cette crapule : George Pryce. Le gredin avait franchi une étape dans l'escalade de la violence.

Tout à coup, une détonation retentit et Will sentit une balle siffler à ses oreilles. Une seconde détonation suivit. Il se pencha un peu plus pour éviter les projectiles et fit zigzaguer sa monture sur la route. Il n'avait pas peur des coups de feu – il avait grandi avec –, mais c'était la première fois qu'il voyait quelqu'un tirer en Angleterre. Ce qui voulait dire une chose : Pryce était décidé à en finir, par tous les moyens, fût-ce au prix de la vie d'Olivia et de la sienne. Ce qui voulait dire également qu'il fallait riposter avec intelligence.

Il laissa son cheval perdre un peu de terrain, afin de donner l'illusion au cocher que les coups de feu l'avaient intimidé. Mais il continua la chasse, suivant à distance le fiacre quand celui-ci quitta la route pour s'engager dans un chemin forestier.

Au bout d'un moment, le cocher cessa de regarder derrière lui, comme s'il s'était convaincu d'avoir semé son adversaire. Will en profita pour relancer son cheval. En quelques secondes, il arriva à hauteur du fiacre. Le cocher, le voyant, arma son pistolet. Will lui frappa le bras juste au moment où il tirait. Il sentit une douleur lui vriller l'avant-bras – signe qu'il avait été touché. Il allait frapper de nouveau quand Olivia passa la tête par la portière.

— Reculez-vous à l'intérieur, bon sang ! lui cria-t-il.

Mais elle avait un autre projet en tête. Tandis que le cocher armait de nouveau son pistolet, elle lui attrapa la main et la tira le plus fort possible vers elle.

— Lâchez-moi ! cria l'homme, furieux, qui essayait de se libérer.

Elle s'obstina, au contraire. Will, stupéfait, la vit mordre sévèrement la main du cocher. Celui-ci poussa un hurlement et lâcha son arme, qui ricocha sur le chemin et disparut dans l'obscurité.

Mais le vaurien était enragé. De sa main libre, il frappa violemment Olivia en plein visage. Elle réussit de justesse à se rattraper au montant de la portière, mais son équilibre était précaire et les cahots du chemin menaçaient à tout instant de la faire lâcher prise.

Will aurait voulu étrangler le gredin pour avoir osé frapper Olivia. Mais il devait choisir : régler son compte au cocher, ou se porter au secours de la jeune femme. Il décocha un coup de poing dans les côtes de l'homme, puis approcha son cheval d'Olivia.

— Venez ! cria-t-il, tendant un bras pour l'accueillir.

Elle jaugea d'un œil critique l'espace entre le fiacre et le cheval lancé au galop.

— Faites-moi confiance ! l'encouragea Will.

Elle le laissa approcher son bras de sa taille, puis se décida à lâcher la portière pour s'agripper à son cou. Dieu merci, elle était légère, et Will réussit à la soulever et la jucher devant lui sur sa monture. Le fiacre, entre-temps, était déjà loin.

Will ralentit son cheval.

— Que faites-vous ? protesta Olivia. Il faut le poursuivre !

— Non, répliqua-t-il d'une voix sans appel. Avec deux cavaliers, cette bête va vite s'épuiser. Et je ne veux pas prendre le risque de vous mettre à nouveau en danger, alors que ce bandit possède peut-être un autre pistolet.

— Ne vous inquiétez pas pour moi. Nous devons nous saisir de cet homme.

Le fiacre s'était déjà fondu dans l'obscurité. Will fit stopper sa monture.

— Il reviendra, assura-t-il avec une grimace. Pour finir son travail. Mais cette fois, je l'attendrai.

Puis, laissant soudain éclater sa colère, il s'emporta :

— Quelle mouche vous a donc piquée de vouloir lui voler son arme ?

— Il tirait sur vous, Will ! Je ne pouvais quand même pas le laisser faire sans réagir !

— La prochaine fois, ne vous souciez pas de moi, mais de votre sécurité.

— Ne soyez pas idiot. Vous ne pouvez pas m'empêcher de m'inquiéter pour vous.

En d'autres circonstances, Will aurait probablement savouré pareil commentaire. De même qu'il aurait apprécié de tenir la jeune femme ainsi dans ses bras, ses lèvres au niveau de sa nuque. Malheureusement, ils n'étaient pas au bout de leurs peines.

— Nom d'un chien ! pesta-t-il, jetant des coups d'œil de droite et de gauche. Où sommes-nous ?

Olivia regarda aussi autour d'elle. Ils étaient au beau milieu d'une forêt, entourés d'arbres dont Will ne connaissait même pas les noms, où éclataient parfois des cris d'animaux qu'il n'avait jamais entendus. Et cette fois, la nuit était tout à fait tombée.

Olivia se mit à rire. D'abord d'un petit rire perlé, mais qui s'amplifia jusqu'à résonner dans tout son corps.

— Je crois que nous avons réussi à trouver l'endroit le plus sauvage du Kent, lâcha-t-elle. Et nous sommes perdus.

Will ne partageait pas son hilarité. Dieu merci, pour l'instant elle était saine et sauve. Mais pour combien de temps ? Ils étaient égarés à des milliers de lieues du monde feutré des salons et des dîners en ville, dans lequel elle avait toujours vécu.

Et si leur assaillant avait disparu, les barrières de la société qui retenaient Will avaient disparu également. Depuis son arrivée à Londres, il rêvait de retrouver la pleine nature. Mais, avec Olivia dans ses bras, tout se compliquait diablement…

— Nous allons y arriver, assura Will pour la centième fois.

Olivia, épuisée, le ventre creux et les reins en compote à cause de cette chevauchée à cru, s'obligea à ne pas soupirer. Cela faisait maintenant plus d'une heure qu'ils erraient à travers la forêt, et ils n'avaient pas aperçu la moindre trace de civilisation. Will restait cependant déterminé à les ramener jusqu'à la ferme – à défaut de la gare.

— J'essaie de retrouver notre chemin, expliqua-t-il. Mais je ne connais pas le pays, et il y fait plus noir qu'au fond d'une tasse de café.

— Si nous faisions une halte pour la nuit ? suggéra Olivia.

— Non, impossible ! répliqua-t-il violemment, comme si cette idée le faisait soudain paniquer. Nous devons rentrer ce soir.

Mais la jeune femme en avait assez.

— Reposez-moi par terre, s'il vous plaît.

Voyant qu'il ne s'exécutait pas, elle se laissa glisser jusqu'au sol.

— Je ne peux pas aller plus loin, Will, ajouta-t-elle en s'étirant. En tout cas, pas sur le dos d'un cheval.

Il mit à son tour pied à terre.

— Dans ce cas, nous marcherons.

— Dans le noir ? C'est encore plus risqué que de chevaucher. Le cheval, lui au moins, sait apercevoir les obstacles.

— Et alors ? rétorqua-t-il, furieux. Vous avez une autre proposition ?

Olivia sursauta. Elle ne comprenait pas pourquoi il l'attaquait ainsi. Sans doute était-il aussi épuisé et affamé qu'elle.

— Reposons-nous un peu. Nous retrouverons plus facilement notre chemin quand le jour sera levé.

— Vous voulez passer la nuit ici ? demanda-t-il, incrédule. Dans la poussière ?

— J'ignorais que les cow-boys s'inquiétaient pour de la poussière.

— Je pensais à vous.

— C'est parfait, alors. Car la poussière ne me gêne pas plus que vous.

Il ne répondit pas. Olivia sentait bien qu'il hésitait toujours.

— Tout va bien, Will, le rassura-t-elle. Je trouve même l'aventure plutôt excitante. Figurez-vous que je n'avais encore jamais dormi à la belle étoile.

— Dormir sous un vrai toit est préférable. C'est plus chaud.

— Eh bien, nous pouvons toujours allumer un feu, proposa-t-elle avec un sourire encourageant, même si elle ne se sentait pas vraiment le cœur allègre. Nous devrions vivre cela comme une aventure.

— Vous avez été kidnappée et on m'a tiré dessus. C'est assez d'aventures pour une journée.

Il avait raison. Olivia avait lu d'innombrables récits où il était question de jeunes filles enlevées, de chasse à l'homme et autres bagarres avec des armes à feu, et elle avait souvent rêvé de connaître une existence aussi trépidante que Lorna Jane. Mais quand elle lisait ses aventures, elle-même était parfaitement à l'abri du danger. Et elle savait que Lorna Jane n'était pas vraiment en péril. C'était la loi de ce genre de romans : l'héroïne ne devait jamais mourir.

Cette fois, il ne s'agissait plus d'un roman dont le dénouement serait forcément heureux. Elle aurait pu perdre la vie, tout à l'heure. Et Will aussi. Cette idée la rendait malade.

Mais elle était trop épuisée pour aller de l'avant. Si elle ne s'asseyait pas maintenant, elle redoutait d'éclater en sanglots. La journée avait été éprouvante – la plus éprouvante, même, qu'il lui ait jamais été donné de vivre.

— S'il vous plaît... l'implora-t-elle.

Il marmonna un juron, mais consentit finalement à sa requête.

— Bon, d'accord. Mais au premier rayon de soleil, hop, on rentre.

Olivia rassembla ses souvenirs de lecture pour l'aider à préparer leur campement. Pendant que Will attachait le cheval à un arbre, elle ramassa des feuilles et des brindilles, dont elle forma un tas au centre d'une petite clairière. Puis elle y ajouta des plus grosses branches.

Une lady digne de ce nom ne dormait jamais à la belle étoile, sauf peut-être lors d'un safari. Mais, même dans ces circonstances, elle avait toujours à sa disposition au moins une tente, un lit de camp et des serviteurs pour veiller sur son confort. Olivia ne pouvait compter sur rien de tout cela. Ayant toujours vécu à Londres, c'était la première fois qu'elle passait autant de temps dans la nature. L'aventure l'excitait en même temps qu'elle l'effrayait. Mais Will était à ses côtés. Et savoir qu'il avait l'expérience de ce genre de situations la réconfortait grandement.

Après s'être occupé de leur monture, il commença d'allumer le feu au moyen d'une boîte d'allumettes qu'il tira d'une des nombreuses poches de sa grosse veste en toile. Olivia avait un peu espéré qu'il ferait surgir les flammes en frottant deux pierres l'une contre l'autre, mais il semblait logique qu'un cow-boy moderne n'ait plus recours à des techniques aussi aléatoires...

Les flammes jaillirent des brindilles, illuminant d'un coup son visage. Il avait la mine sombre, et Olivia en déduisit qu'il n'appréciait pas autant qu'elle la perspective de cette soirée en pleine nature. Sans doute en avait-il suffisamment vécu de semblables, dans son existence, pour regretter son lit douillet à Londres.

Elle se demanda ce que David penserait d'un pareil spectacle : son épouse perdue en plein bois, de nuit, avec pour toute compagnie un authentique cow-boy d'Amérique ! Probablement serait-il même incapable de s'imaginer la scène, la jugeant impossible. Mais sans doute n'avait-il pas davantage imaginé qu'elle puisse diriger la Greywell.

Elle voulut s'asseoir dans l'herbe. La tournure qu'elle portait sous sa robe pour lui donner forme l'en empêcha.

— Tournez-vous, Will, s'il vous plaît.

Il leva les yeux de sa contemplation des flammes.

— Quoi ?

— Il faut que j'enlève la tournure de ma robe, mais je n'y arriverai pas si vous me regardez, expliqua-t-elle.

Quelle que soit l'attirance qu'elle éprouvait pour lui, elle ne pouvait pas jeter aux orties des années de pudeur et se déshabiller devant lui.

Will marmonna quelque chose au sujet des femmes et de leurs toilettes ridicules, mais il accepta de lui tourner le dos. Et baissa même son Stetson sur ses yeux.

— Ça vous va, comme ça ?

— Vous êtes parfait ainsi, répliqua Olivia d'un ton sardonique.

Elle entreprit alors la tâche délicate d'ôter sa tournure, dissimulée sous plusieurs épaisseurs de jupons, sans enlever le moindre vêtement et sans l'aide de sa chambrière, Sarah.

L'opération lui arracha quelques exclamations d'impatience, provoquant les gloussements de Will.

— Être une femme oblige à beaucoup de contraintes, lui lança-t-elle. J'aimerais bien voir ces nobles messieurs de la Chambre des lords se livrer à leur travail, affublés de corsets et de tournures. Ils commenceraient probablement par voter une loi interdisant le port de ces horreurs… Ah, voilà ! Ça y est enfin !

La tournure tomba à ses pieds, comme une cage vide. Même une tournure réduite comme celle-ci, dessinée pour le voyage, ne pouvait pas se supporter plus de quelques heures. Olivia s'empressa de la cacher derrière un arbre, pour la soustraire à la vue de Will. L'arrière de sa robe, qui n'était plus soutenu, retombait désormais en une masse informe, lui donnant une allure ridicule. Mais au moins, elle se sentait plus à l'aise. Si seulement elle avait pu aussi se débarrasser de son corset…

— Vous pouvez vous retourner, à présent.

Will s'exécuta. Il paraissait de mauvaise humeur. Elle s'assit face à lui, de l'autre côté du feu.

— C'est évidemment Pryce qui nous a envoyé ce cocher, lâcha-t-il abruptement.

Olivia y avait bien sûr pensé, mais elle avait préféré l'oublier, tellement la réalité lui semblait terrifiante.

— Je n'aurais jamais cru qu'il irait jusque-là.

— Ce n'est plus seulement une histoire de brasserie. S'il ne cherchait qu'à s'emparer de la Greywell, il n'irait pas embaucher des types armés. De toute évidence, c'est devenu une affaire personnelle.

— Qu'allons-nous faire ?

— Répondre sur le même ton. Désormais, c'est la guerre.

Olivia ne put se retenir de frissonner.

— Je me sens très désemparée, avoua-t-elle. Ma bonne éducation m'a appris à lire, à écrire, à danser la valse et à organiser des dîners. Prendre la tête de la brasserie était déjà un gros défi pour moi. Et maintenant, je me retrouve confrontée à des hommes qui sont prêts à tout pour me ruiner. Et qui n'hésiteraient pas à vous tuer. Je suis perdue, Will.

Il accrocha son regard par-dessus les flammes.

— Personne ne vous fera de mal, assura-t-il d'un ton solennel.

Olivia comprit qu'il était prêt à la protéger au péril de sa propre vie. Mais son émotion fut soudain balayée par une frayeur.

— Vous êtes blessé ! s'exclama-t-elle, remarquant la traînée noire sur sa manche.

Il baissa les yeux.

— Non, c'est juste une brûlure de poudre.

— Vous ne voulez pas vous déshabiller, pour vérifier ?

Il haussa les épaules.

— De toute façon, nous n'avons pas de bandages.

Olivia arracha une bande de tissu à ses jupons en coton.

— Laissez-moi faire, dit-elle, se relevant pour le rejoindre.

Mais Will l'arrêta.

— Je vais m'en charger moi-même, répliqua-t-il, lui prenant le chiffon des mains.

La jeune femme eut l'impression qu'il se retenait de la toucher. Elle se rassit et le regarda dénuder son avant-bras.

Elle n'aurait pas su dire ce qui la bouleversa le plus : la beauté de ce bras musclé, recouvert d'un fin duvet blond, ou la tache sanguinolente qui prouvait que la balle l'avait touché.

Il enroula le chiffon autour de sa blessure avec des gestes précis et sûrs.

— Vous avez déjà fait cela par le passé, devina Olivia.

Il continuait de bander sa blessure et gardait les yeux rivés dessus.

— Pendant les transhumances, il vaut mieux savoir se soigner soi-même en cas de blessure. Nous n'avons pas de médecin sous la main. Ça n'empêche pas certains gars d'y passer quand même.

Elle frissonna à l'idée qu'il aurait pu être du nombre.

— Ils sont tués par balle ?

— Non. Le plus souvent, ils sont piétinés par le bétail affolé, ou sont victimes d'une mauvaise chute de cheval. Parfois, ils sont simplement emportés par une rivière en crue. Mais il y a aussi toute sorte d'autres raisons : fièvres, morsures de serpent...

Cette existence paraissait maintenant à Olivia beaucoup plus précaire et dangereuse que dans les romans qu'elle lisait.

— Je ne m'étonne plus que vous portiez tous des armes à feu.

— Nous nous en servons surtout pour effrayer les voleurs de bétail.

— Juste les effrayer ?

Il releva la tête, mais son regard était distant.

— Il arrive que nous soyons obligés d'en toucher un.

— Racontez-moi, Will, demanda Olivia d'une voix douce.

Il contemplait le feu, comme s'il avait déjà oublié sa blessure.

— Une nuit où je montais la garde, j'ai surpris des types en train d'essayer de nous voler des bêtes. J'ai commencé par tirer en l'air, pour les faire partir. Mais l'un d'eux s'est pris pour un vrai bandit et a riposté. Je lui ai tiré directement dessus et il est mort.

Il croisa le regard de la jeune femme, et elle put lire qu'il ne s'en était toujours pas remis.

— Prendre la vie d'autrui n'est pas chose facile, Olivia. Ce n'est pas du tout comme ce qu'on raconte dans vos romans. C'est une expérience qui marque un homme.

— Je suis désolée...

— Moi pas. J'ai fait mon travail, un point c'est tout. Voler du bétail est un crime. Mais ça n'est pas pour autant que c'est facile à supporter.

— Pourriez-vous... recommencer ?

— Si j'y étais obligé, oui.

Olivia fut à la fois effrayée et rassurée. Elle n'aimait pas l'idée que Will puisse tuer quelqu'un, mais d'un autre côté elle appréciait de savoir qu'elle pourrait compter sur lui.

La fraîcheur était tombée avec la nuit, comme souvent en octobre. La tenue de voyage d'Olivia n'était guère adaptée aux circonstances. Elle se frictionna les bras pour se réchauffer.

Aussitôt, Will se releva pour poser sa grosse veste sur ses épaules. Ignorant ses objections, il retourna ensuite s'asseoir à sa place devant le feu. Elle se sentit enveloppée par la chaleur de son corps viril, qui se réverbérait à travers l'étoffe de la veste. Sans même s'en rendre compte, elle ferma les yeux et abandonna sa joue dans le col du vêtement. Un petit soupir de contentement s'échappa de ses lèvres.

— Bon sang, Olivia ! s'exclama-t-il, la tirant de sa rêverie. Ne faites jamais cela à un homme !

— Je... commença-t-elle, mais sa voix mourut dans sa gorge.

Que pouvait-elle dire ? Qu'elle le désirait, malgré sa raison qui le lui interdisait ? Qu'aucun homme, à part lui, n'avait encore risqué sa vie pour elle ? Qu'elle avait le sentiment de n'avoir connu que la solitude avant de le rencontrer ?

Il avait réveillé en elle des émotions depuis longtemps taries – et même, bien avant la mort de David. Cependant, elle ne pouvait rien lui avouer de tout cela.

Il sortit son coutelas, s'empara d'un bout de bois et commença à le tailler. Puis il le jeta dans le feu et recommença avec un autre morceau de bois, et encore un autre, comme s'il avait besoin de s'occuper les doigts.

Olivia le contempla un long moment, fascinée par l'adresse de ses mains puissantes. Elle les imagina la caresser, à la fois rudes et douces, et ne put retenir un petit soupir frustré. Les cinq années qu'elle avait traversées sans avoir d'homme dans son lit lui paraissaient tout à coup bien supportables, en comparaison de la semaine qu'elle venait de vivre auprès de Will, à brûler de désir pour lui.

Il fallait qu'elle trouve elle aussi à se distraire. Sinon, elle risquait de se jeter à son cou.

— Parlez-moi du Colorado, dit-elle soudain, rompant le silence qui s'était installé entre eux.

Il leva les yeux vers elle.

— J'ai le mal du pays, avoua-t-il. C'est toujours un tel plaisir, après avoir terminé une mission, de retrouver les montagnes.

— Elles doivent être magnifiques.

Will eut un sourire d'une incroyable chaleur.

— Oui, elles sont magnifiques. Grandes comme des géants, et toujours encapuchonnées de neige. En chevauchant sur les chemins qui les sillonnent, on se croit parvenu sur le toit du monde. Il suffirait de monter encore un peu pour aller serrer la main à Dieu.

Enflammé par son sujet, il poursuivit :

— L'hiver, elles ressemblent à des forteresses de glace. Au moindre rayon de soleil, elles brillent comme des diamants. Et l'été…

— L'été ? l'encouragea Olivia, qui voulait partager ses sensations.

— L'été, les vallées sont comme des écrins de velours vert, parsemé de milliers de taches de couleurs. Les fleurs sont innombrables. On a peine à croire que, quelques mois plus tôt, tout était encore recouvert de neige.

— J'aimerais voir cela, murmura Olivia.

Et elle était sincère.

Il la dévisagea un long moment. Le silence était retombé, brisé seulement par le craquement des branches dans le feu. Son visage était devenu indéchiffrable et c'était d'autant plus étonnant que l'instant d'avant, il parlait de son pays avec enthousiasme.

— Certains trouvent le pays trop rude, reprit-il soudain. Il faut être solide, pour survivre dans le Colorado.

— L'expérience de ce soir me laisse penser que je serais peut-être assez solide, dit-elle, moitié pour plaisanter, en désignant d'un geste large la forêt qui les environnait.

Il esquissa un sourire.

— C'est vrai, vous êtes forte, Olivia. Peut-être même plus que vous ne le pensez.

Elle sentit sa gorge se serrer. S'entendre dire par Will – qui avait traversé toutes les duretés de l'existence – qu'elle était forte la bouleversait au-delà des mots.

— Peut-être, murmura-t-elle. Un jour, je vous rendrai visite dans le Colorado, et vous me montrerez toutes ces merveilles.

— Oui, acquiesça-t-il, avec toujours son esquisse de sourire. Un jour.

Mais ils savaient tous les deux qu'elle ne le ferait jamais. La distance entre l'Angleterre et le Colorado n'était pas seulement géographique.

Le silence retomba de nouveau. Olivia fixait les cendres qui se formaient dans le feu, et Will contemplait les étoiles.

— J'ignorais s'il y avait des étoiles en Angleterre, dit-il. C'est agréable de les revoir. Comme de vieux amis qu'on retrouverait au saloon.

— Je suis sûre qu'elles sont heureuses, elles aussi, de vous revoir.

— Comment est mort votre mari ? s'enquit-il, la tête toujours tournée vers le ciel.

La question la prit par surprise. Jusqu'à présent, il n'avait rien cherché à savoir sur David.

— Il s'est écroulé d'un coup à son travail, et nous n'avons pas pu le ranimer, dit-elle, les yeux rivés sur le feu. Le docteur m'a expliqué qu'il n'avait jamais eu le cœur très solide. Il a fini par lâcher. La mort de David fut si brutale qu'il m'a fallu un bon mois pour en prendre pleinement conscience.

Will finit par la regarder.

— Il vous manque ?

— Oui, avoua-t-elle honnêtement. David était drôle et portait un regard amusé sur les choses. Il m'a tellement fait rire !

Will hocha la tête.

— Mais il ne me faisait plus rire bien avant sa mort, reprit-elle. Il me manquait déjà alors qu'il était encore vivant. J'en étais venue à regretter les premières années de notre mariage.

— Olivia...

— Parlez-moi de Denver, le coupa-t-elle, sentant les larmes monter à ses yeux. Et de Leadville.

Il fronça les sourcils, dérouté.

— J'aimerais en savoir davantage sur le pays d'où vous venez... expliqua-t-elle. En revanche, je ne tiens plus à parler du passé.

Il comprit, et acquiesça d'un mouvement de tête.

Will était un conteur né. Il se lança dans une description des villes du Far West qu'il avait connues, et des gens qu'il y avait croisés. Sa voix était aussi chaude et gouleyante qu'un bon whisky.

Olivia se laissa emporter par son récit. Elle s'était allongée sur le côté, la tête appuyée sur un coude. Peu à peu, ses idées noires furent chassées par un sentiment qui ne lui était guère familier : le bonheur. Un bonheur simple, et cependant intense, à écouter ainsi Will lui parler de son pays, réchauffée par le feu et sa présence, pelotonnée dans sa veste.

Malgré l'inconfort de sa position, et l'absence de dîner, la jeune femme finit par se laisser gagner par le sommeil. Elle payait les épreuves de tous ces derniers jours, qui l'avaient littéralement épuisée. Se sentant en sécurité avec Will à son côté, elle sombra dans un bienheureux sommeil.

Quand elle se réveilla quelques heures plus tard, le feu s'était éteint et la nuit était d'un noir absolu. Un oiseau nocturne passa au-dessus de leur campement de fortune.

Quelque part, à Londres, Pryce complotait une nouvelle offensive et son mercenaire se réjouissait sans doute à l'idée de se venger. Le monde, tout à coup, paraissait effrayant.

— Will ? appela-t-elle d'une toute petite voix.

— Oui ? répondit-il aussitôt, comme s'il ne s'était pas endormi une seule seconde.

— J'ai froid.

— Voulez-vous que je rallume le feu ?

— Pourriez-vous… pourriez-vous vous allonger contre moi ?

Il y eut un long silence, interminable. Mais finalement il lâcha :

— Ouaip !

Olivia l'entendit se lever et approcher. Puis elle le sentit s'allonger contre elle, ajustant sa veste pour les recouvrir tous les deux. D'abord, il resta raide, s'obligeant à limiter tout contact entre eux, avant de capituler et de passer un bras autour de sa taille.

Elle comprit qu'elle ne pourrait plus se rendormir. Mais c'était tellement agréable de sentir son corps musclé épouser ses courbes, et le souffle de sa respiration caresser sa nuque ! Tellement agréable, aussi, d'avoir sa main posée sur sa taille. Mieux valait, dans ces conditions, rester éveillée toute la nuit plutôt que de sombrer dans l'oubli du sommeil.

12

Voilà, songeait Will. J'y suis. Je suis en enfer.

Comment, sinon, décrire ce qu'il endurait en ce moment ? Il se souvenait d'avoir entendu, un jour, l'histoire de ce héros de la mythologie grecque, Tantale, tourmenté pour l'éternité par une faim qu'il ne pouvait assouvir et une soif qu'il ne pouvait apaiser, toute nourriture ou boisson restant hors de sa portée. Eh bien, c'était exactement ce qu'il vivait maintenant, allongé contre la femme qu'il désirait le plus au monde, et que pourtant il ne pouvait pas toucher.

Il aurait voulu la caresser encore et encore, jusqu'à connaître la géographie de son anatomie mieux que les montagnes du Colorado.

Sa main reposait le plus légèrement possible sur sa taille, et de toute façon il était empêché de sentir son corps à cause du corset qu'elle portait. Il détestait les corsets. En plus, il était persuadé qu'Olivia n'en avait pas besoin pour affiner sa silhouette : elle était naturellement mince.

Sa nuque n'était qu'à quelques centimètres de ses lèvres. Malgré l'obscurité, il pouvait distinguer la blancheur de sa peau qui contrastait avec ses boucles noires. Il inspira profondément, dans l'espoir de retrouver un peu de calme. En vain.

La situation lui parut tout à coup grotesque : il tenait contre lui la femme qu'il désirait le plus au monde, et il savait qu'elle le désirait tout autant. Les raisons qui les empêchaient d'être ensemble n'avaient plus lieu d'être ici, en pleine nature, à des lieues de la bonne société londonienne.

Il promena doucement sa langue sur la nuque de la jeune femme, se délectant de sa peau parfumée.

Olivia laissa échapper un gémissement.

Il explora ensuite le lobe de son oreille, qu'il mordilla délicatement.

Elle gémit de nouveau et se lova un peu plus contre lui. Malgré l'épaisseur de la robe, Will pouvait sentir ses reins se presser contre son bassin. Elle-même devait éprouver de son côté la force de son désir, car son membre était aussi dur qu'un pommeau de selle.

— Olivia, murmura-t-il à son oreille, si vous voulez que j'arrête, dites-le-moi maintenant.

— Si vous arrêtez, je crois que je vais devenir folle.

Et elle tourna la tête pour lui faire face.

Soudain, Will ne fut plus en enfer. C'était même le paradis, car Olivia l'embrassait, et il l'embrassait. Il n'avait encore jamais ressenti, de toute sa vie, quelque chose d'aussi délicieux.

Sans lâcher ses lèvres, il commença de lui caresser le dos. Elle l'imita, et bientôt ses doigts entreprirent de lui déboutonner sa chemise. La fraîcheur nocturne s'engouffra dans le vêtement ainsi entrouvert, mais les mains de la jeune femme, par contraste, lui brûlaient l'épiderme partout où elles se posaient.

Lui aussi voulait la toucher. Mais sa maudite robe tenait par toute sorte de boutonnages et de lacets. Sans compter le corset qu'elle portait en dessous. Et tous ses jupons. Sauf à s'interrompre dans leur étreinte et à passer la demi-heure suivante à la déshabiller convenablement, Will savait qu'il ne pourrait pas l'avoir nue dans ses bras. Mais il était trop impatient pour s'arrêter.

Retroussant légèrement ses jupes, il commença de lui caresser les jambes. Il les avait souvent imaginées en rêve, et maintenant qu'il pouvait les toucher, dans leurs bas de soie, il se consumait encore plus de désir.

Sa main remonta plus haut, dépassa les genoux, pour approcher des cuisses.

Elle sursauta, puis ferma les yeux.

— Oh, oui… murmura-t-elle.

Will poursuivit ses caresses, toujours plus haut, lui caressant à présent les fesses, qu'il trouva délicieusement fermes et rebondies.

Mais elle aussi s'était lancée dans une exploration de son anatomie. Elle fit d'abord descendre sa main le long de son ventre, puis plus bas. Will ne put retenir un gémissement de pur plaisir quand elle traça avec ses doigts le contour de son membre érigé qui déformait son pantalon.

C'était plus qu'il ne pouvait en supporter. Sa patience comme son désir étaient à bout.

Il glissa la main entre les cuisses de la jeune femme. Elle sursauta encore, avant de se lover tendrement contre lui, dans une posture de total abandon.

Will immisça ses doigts au cœur de sa féminité.

Olivia crut qu'elle ne pourrait pas endurer plus longtemps cette exquise torture. Tout à coup, comme un arc bandé qui libère soudain sa flèche, elle sentit son corps se tendre violemment, puis libérer un spasme d'extase qui lui arracha un cri.

— Will ! rugit-elle. Will ! Will ! Oh, Will !

En même temps, elle bataillait avec les boutons de sa braguette, réussissant finalement à libérer son membre.

— Je t'en prie, murmura-t-elle quand elle put retrouver sa voix, ne me fais pas attendre plus longtemps.

— Bien, m'dame.

Will retroussa complètement ses jupons, se positionna entre ses jambes et la pénétra d'une seule poussée.

Et là, il sut qu'il était vraiment au paradis.

Ils se mouvaient au même rythme, dans une parfaite harmonie de leurs corps, malgré les vêtements dont ils étaient embarrassés.

Puis il roula sur le dos, entraînant dans son mouvement la jeune femme qui se retrouva bientôt à califourchon sur lui.

— Je… je ne l'avais encore jamais fait ainsi, avoua-t-elle. Mais… mais j'aime ça.

— Moi aussi !

Timidement d'abord, puis avec de plus en plus de fougue et d'assurance, Olivia le chevaucha tandis qu'il empoignait solidement ses fesses. Will, sous elle, se sentait comme un cheval sauvage qu'on essaierait de monter. Mais il ne chercha pas à désarçonner sa cavalière. Au contraire : il aurait voulu qu'elle reste ainsi pour l'éternité.

L'éternité se termina plus vite qu'il ne l'aurait souhaité. La jeune femme se tendit de nouveau, bascula la tête en arrière et laissa échapper sa jouissance dans un long râle. Will jouit en même temps qu'elle, avec une violence qu'il n'avait encore jamais connue.

Puis elle s'écroula sur son torse, avec un soupir exténué et languide.

— Will… chuchota-t-elle, lui caressant le visage. Tu es beau… si beau.

Il l'enlaça, la serrant contre lui aussi fort que possible sans l'écraser, dans le vain espoir que ce moment ne finisse jamais.

Une étoile filante brilla au même instant dans le ciel, et il fit le vœu que plus rien, jamais, ne les sépare.

Mais il savait bien que c'était un vœu pieu. Rien ne pourrait empêcher, tout à l'heure, l'aube de se lever. Et la réalité de les rattraper.

Olivia comprit qu'elle s'était endormie lorsque Will la réveilla en la poussant gentiment du coude. Le soleil se levait à peine, mais il semblait soucieux de respecter son engagement de repartir dès l'aube.

Elle voulut lui caresser la joue, mais il retint son geste.

— Il faut y aller, dit-il.

La jeune femme se redressa pour s'asseoir dans l'herbe. Elle brossa les quelques brindilles prises dans ses jupes, puis essaya de se recoiffer, bien que la bataille fût perdue d'avance, sans miroir et sans chambrière pour l'aider à refaire son chignon. Pendant ce temps, Will s'était relevé, avait secoué sa veste et remis son Stetson. Olivia ne put s'empêcher de couler un regard vers lui quand il reboutonna sa chemise, le temps d'apercevoir un peu de ce torse si musclé qu'elle avait caressé dans la nuit.

À l'âge de quinze ans, elle avait visité un musée avec quelques amies de collège, et elle s'était enhardie à toucher la statue d'un athlète grec. Le corps de Will lui rappelait ce souvenir : l'absolue symétrie des volumes, la précision des contours, la perfection esthétique... Mais alors que la statue n'était que marbre glacé, Will brûlait de chaleur humaine, et cela le rendait encore plus beau.

Il tendit la main pour l'aider à se relever. Leurs regards s'accrochèrent.

— J'aimerais rester ici et ne plus rentrer, dit-elle.

— C'est impossible.

— Je sais bien.

Il alla chercher leur monture, qui broutait paisiblement. Olivia décida d'abandonner sa tournure sur place. Outre que la remettre serait une épreuve, elle jugeait désormais, à la lumière de ce qui s'était passé pendant la nuit, que pareil ornement était stupide et futile.

Will l'aida à monter sur le cheval.

— Je pense que nous devrions partir vers l'est, dit-il.

Olivia hocha la tête.

— Je remets mon sort entre tes mains.

Elle réalisa, trop tard, les sous-entendus que pouvait cacher sa phrase. Cette nuit, elle s'était littéralement abandonnée entre ses mains – et elle en gardait le souvenir d'un plaisir indicible. C'était un émerveillement de découvrir que ce cow-boy, habitué aux duretés de la vie, pouvait se montrer aussi sensuel et expert pour donner du plaisir.

Ils reprirent leur route, Will cherchant un chemin qui les ramènerait vers la civilisation. Les rênes dans une main, il tenait, de l'autre, Olivia par la taille. Malgré cette proximité, une certaine tension s'était installée entre eux, qui contrastait péniblement avec leur intimité de la nuit précédente.

— Ce qui s'est passé cette nuit était trop bien pour qu'on puisse appeler cela une erreur, dit-elle finalement afin de rompre le silence.

Il était plus facile pour elle de parler, car Will se trouvait dans son dos et elle gardait les yeux rivés sur la forêt devant elle. Elle le sentit cependant se raidir.

— Mais tout sera forcément différent, une fois de retour à Londres, ajouta-t-elle.

— Je sais, lâcha-t-il d'une voix lourde. Ce sera un enfer, pour moi, de te savoir à portée de main et de ne pas pouvoir en profiter. J'aurai l'impression de déchirer mon cœur avec mon propre coutelas.

Olivia n'était pas moins triste, même si elle éprouvait une certaine satisfaction de savoir que Will la désirait toujours autant.

Ils poursuivirent en silence, l'un et l'autre plongés dans leurs pensées. Chaque pas de leur cheval les rapprochait un peu plus de Londres et de ses contraintes, les éloignant, à l'inverse, de la liberté qu'ils avaient goûtée dans la forêt. Olivia, hantée par ce qui s'était passé cette nuit, replongea très loin dans ses souvenirs.

La plupart des jeunes filles convenables étaient parfaitement ignorantes de ce que vivaient un mari et sa femme dans le secret de leur chambre à coucher. Olivia avait été plus chanceuse : une amie lui avait prêté en secret un roman français libertin, qu'elle avait subtilisé à son frère. Elle y avait découvert tout un univers d'expériences érotiques, qu'elle aurait voulu goûter par elle-même. Arrivée en âge de se marier, elle avait été impatiente de mettre en pratique ce qu'elle avait lu.

Après quelques mois de devoir conjugal pour le moins austère, Olivia, surmontant sa pudeur, avait suggéré à David d'essayer quelques-unes des postures qu'elle avait apprises dans le livre. Sa proposition l'avait horrifié : à ses yeux, pareilles audaces n'étaient réservées qu'aux débauchés, et certainement pas aux couples mariés. Olivia s'était donc pliée à leur routine, sans avoir jamais pu connaître l'extase charnelle dont elle avait rêvé. Certaines nuits, quand David ne venait pas la visiter dans son lit, elle se donnait elle-même du plaisir – mais ce n'était ni aussi satisfaisant, ni aussi gratifiant que de pouvoir le partager.

Will avait donc été une révélation ! Un monde de sensations nouvelles s'était ouvert à elle.

Pour se refermer aussitôt ! Ils ne pourraient plus jamais donner libre cours à leur désir. L'expérience merveilleuse qu'ils avaient connue dans les forêts du Kent resterait sans lendemain.

— Voici la grande route ! s'exclama Will.

Le chemin forestier qu'ils suivaient débouchait en effet sur une chaussée carrossable. Une demi-heure plus tard, ils étaient en vue de la ferme qu'ils avaient quittée la veille. Olivia n'aurait su dire si elle était heureuse de revoir les cloches à houblon, ou si elle avait envie de pleurer. La civilisation avait fini par les rattraper.

À peine eurent-ils franchi la grille de l'exploitation que le fermier s'avança à leur rencontre, un chien sur ses talons. Il parut soulagé de les revoir mais, avant qu'il ait pu dire un seul mot, Will avait sauté à bas de leur monture pour l'empoigner par le col.

— Quel rôle avez-vous joué dans cette affaire ? gronda-t-il, le secouant sans ménagement.

— Aucun ! répliqua le fermier, terrorisé.

Will le secoua un peu plus durement, ce qui provoqua les aboiements du chien. Mais il lui cria si violemment de se taire que l'animal, prudemment, préféra reculer.

— Bon, d'accord, avoua le fermier. On m'avait demandé de vous retenir le plus longtemps possible.

— Et ?

— Et c'est tout ! Je vous le jure ! glapit le fermier. J'ignorais tout de ce changement de cocher, jusqu'à ce que je retrouve un type ligoté dans ma grange. Vous devez me croire, insista-t-il, tournant vers Olivia des yeux implorants.

— Je souhaite toujours vous acheter votre récolte de houblon, dit-elle d'une voix glaciale. Mais bien sûr, plus au même prix. Vous allez être obligé de me consentir un rabais substantiel.

Le fermier acquiesça sans barguigner, et Will se décida à le relâcher.

Olivia descendit à son tour de cheval et défroissa ses jupes du plat de la main.

— Ma femme peut vous préparer le petit déjeuner, si vous le souhaitez, offrit le fermier.

L'estomac d'Olivia lui rappela soudain qu'elle n'avait rien avalé depuis hier midi – et qu'elle s'était beaucoup dépensée physiquement entre-temps. Mais elle ne devait pas non plus oublier qu'il leur fallait rentrer à Londres le plus rapidement possible, afin de s'assurer que tout allait bien à la brasserie. Dieu seul savait ce que George Pryce avait encore pu inventer pour lui nuire ! L'entrée en scène de ce mercenaire, qui n'hésitait pas à recourir aux armes à feu, prouvait bien que Pryce était désormais résolu à tout tenter pour s'emparer de la Greywell.

— Nous avons besoin de rejoindre la gare. Demandez à votre femme de nous préparer des sandwichs et conduisez-nous ensuite jusqu'à notre train, déclara-t-elle d'un ton d'autorité qui contredisait le désordre de sa toilette.

Le fermier acquiesça et rentra à l'intérieur pour avertir sa femme. Olivia songea, avec satisfaction, qu'elle restait une lady respectable – et respectée –, même après une nuit d'amour dans les bois.

Maddox quitta le premier le cabaret où il avait retrouvé George Pryce, laissant celui-ci au milieu des consommateurs braillards et des danseuses. Il souriait en ressortant dans la rue : il y avait quelque chose de comique à voir cet aristocrate forcé de côtoyer la populace.

C'était d'ailleurs pour cela qu'il donnait toujours ses rendez-vous dans ce genre d'établissements bon marché : il aimait mettre ses clients mal à l'aise. Cela rééquilibrait quelque peu l'autorité entre les deux parties, et aidait Maddox à obtenir plus facilement ce qu'il voulait.

Pryce avait été furieux d'apprendre que l'Américain et lady Xavier s'en étaient sortis indemnes. Mais Maddox, plus confiant, savait qu'il ne s'agissait que du premier round. Et même si ses deux adversaires lui avaient échappé, il n'avait pas tout perdu dans la bataille. Il avait en effet découvert le point faible de l'Américain. Et un point faible, cela s'exploitait.

Dans l'immédiat, il devait se livrer à quelques emplettes. Ensuite, il longerait la Tamise en direction du sud. Vers la Greywell.

13

Leur retour à la brasserie provoqua un bel attroupement. À peine débarqués à la gare de Victoria, Olivia et Will avaient pris un fiacre pour les conduire à la Greywell. Aussitôt qu'ils en descendirent, les employés abandonnèrent leur poste pour se précipiter à leur rencontre.

— Nous allons très bien, les rassura Olivia, aussi calme qu'elle pouvait l'être.

Excepté qu'elle ne portait plus sa tournure, elle arborait une toilette parfaitement en ordre. Personne n'aurait pu deviner qu'elle avait dormi à la belle étoile, à même le sol ; et encore moins ce qu'elle avait pu faire sur ce sol…

Will, pour sa part, était à la fois soulagé et frustré. Soulagé, parce qu'ils étaient rentrés à bon port. Frustré à cause de ce qui s'était passé cette nuit. Se réveiller auprès d'elle avait été l'un des plus beaux moments de sa vie d'errance perpétuelle. Malheureusement, cela n'avait pas duré longtemps. C'était impossible, du reste. Il n'était qu'un conducteur de bétail, et Olivia une lady, qui avait tout à perdre dans leur relation. L'espace de quelques heures, au fin fond d'une forêt du Kent, tout cela n'avait plus compté. Mais c'était hélas terminé.

— Lady Xavier ! appela Huntworth en se frayant un chemin pour arriver au premier rang. Tout le monde était si inquiet de ne pas vous avoir vu revenir avec monsieur Coffin hier soir ! J'étais sur le point d'alerter Scotland Yard.

— Monsieur Coffin m'a parfaitement protégée, expliqua Olivia. Racontez-moi plutôt ce qui s'est passé en mon absence.

Elle pénétra à l'intérieur, imitée par les employés qui suivaient comme une troupe de canetons. Will fermait la marche.

Il commençait à sérieusement maudire l'Angleterre. Dire qu'il avait passé la nuit la plus délicieuse de son existence, avec la femme la plus merveilleuse qu'il ait jamais rencontrée, et qu'ils étaient obligés de faire comme si de rien n'était ! Mais quelle autre alternative aurait-il pu avoir ? Entrer dans la Greywell en tenant Olivia par la taille, pour signifier à tout le monde qu'ils étaient devenus amants ?

En Amérique, il s'était toujours soigneusement tenu à l'écart des filles de ranchers. Après tout, il ne serait jamais patron et n'en avait du reste pas l'ambition. Les filles qu'il fréquentait étaient d'un abord plus facile, et ne cherchaient pas forcément le mariage. Jusqu'à présent, il s'était toujours satisfait de la situation.

Parfois, c'est vrai, il enviait certains de ses camarades qui recevaient du courrier de leurs petites amies. Mais très vite, ces lettres devenaient des requêtes : à quand le mariage ? où enverrait-on les enfants à l'école... ? Et les camarades finissaient par raccrocher leur selle pour s'établir paisiblement dans une petite ville. Will n'avait jamais regretté ce qu'il considérait comme une perte d'indépendance.

Il pénétra à son tour dans la brasserie. Olivia examinait l'atelier avec Huntworth. Elle avait déjà été reprise par son travail, oubliant tout le reste – y compris lui-même.

C'était aussi bien ainsi. Elle devait se protéger moralement, penser à son avenir. Tôt ou tard, Will repartirait pour le Colorado et il ne serait bon ni pour elle, ni pour lui, qu'elle en conçoive trop de chagrin.

Il sentit tout à coup quelque chose lui caresser la jambe. Baissant les yeux, il vit un gros chat roux qui se frottait le nez contre son pantalon. C'était sans doute le préposé de la Greywell à la chasse aux souris. À en juger par son embonpoint, la chasse était bonne.

Will se pencha pour le prendre dans ses bras.

— Alors, matou ? Toi aussi, tu aimes Mme Olivia ?

Le chat ne répondit pas, bien sûr, mais il semblait très heureux d'être dans ses bras. Will n'avait jamais possédé d'animal domestique – il ne restait jamais assez longtemps au même endroit pour se le permettre –, mais ces derniers temps il avait commencé de ressentir un manque dans sa vie. Comme s'il se fatiguait de son existence en solitaire sur les pistes du Far West. Il s'était dit qu'il avait sans doute besoin d'une femme, mais l'idée d'être lié à quelqu'un pour le restant de ses jours le rebutait.

Et puis, Jake était mort. La mort de son ami l'avait fait rentrer en possession de la vieille lettre à moitié brûlée, et il s'était mis en tête de retrouver sa famille.

— Ne finis pas comme moi, lui avait dit Jake. Ne meurs pas en exilé. Trouve-toi quelque chose ou quelqu'un à qui t'arrimer. Sinon, tu resteras éternellement ce petit garçon perdu que j'ai trouvé un jour dans la montagne.

Jake était mort peu après, et Will avait passé toute sa traversée de l'Atlantique à méditer les paroles de son vieux compagnon.

Il caressait, songeur, le chat qui avait fermé les yeux de ravissement. Il était venu en Angleterre dans l'espoir de trouver ce quelque chose à quoi s'arrimer. Et cependant, il ne s'était jamais senti aussi perdu que maintenant.

Bon sang ! pesta-t-il. Il n'était pas habitué à cogiter autant et, de toute évidence, cela ne lui réussissait guère.

— Je vois que tu as fait la connaissance de notre piège à souris, lui dit Olivia en le rejoignant.

Elle passa sa main dans la fourrure de l'animal, qui franchit encore un degré dans l'extase.

— Le problème, c'est qu'il préfère se prélasser près des chaudières plutôt que de courser les rongeurs. Et comme le personnel le nourrit grassement…

Will la regarda. Elle était toujours aussi ravissante, mais les événements de ces derniers jours semblaient l'avoir exténuée.

— Tout est en ordre ? demanda-t-il, impatient de la ramener chez elle pour qu'elle puisse dormir.

— Pour l'instant, oui. Mais je vais embaucher quelques hommes supplémentaires pour monter une garde nocturne.

Elle soupira, avant d'ajouter :

— Je me demande bien ce que Pryce complote encore. J'aimerais que nous trouvions un moyen de l'attaquer directement, plutôt que de devoir toujours réagir à ses initiatives.

— J'essaierai d'y réfléchir, promit Will.

— *Nous* y réfléchirons, le corrigea Olivia. Dans l'immédiat, nous ferions mieux de rentrer à la maison, avant que Morton ne se lance à notre recherche.

Pourquoi, tout à coup, l'expression « à la maison » sonnait-elle si délicieusement aux oreilles de Will ?

Lorsqu'ils arrivèrent à Bayswater, il voulut persuader la jeune femme de monter immédiatement dans sa chambre, se reposer. Mais ils furent accueillis par un Graham Lawford littéralement hors de lui.

— Où diable étiez-vous passée ? aboya-t-il.

— Cela fait plaisir de vous revoir, Graham, répondit Olivia.

Will n'aimait pas du tout le ton possessif de Lawford.

— Elle va très bien, marmonna-t-il.

Et, ignorant le majordome qui attendait patiemment de prendre sa veste et son Stetson, il se planta devant Lawford, prêt à en découdre avec lui.

— Où est passée sa tournure ? interrogea Lawford.

— Mêlez-vous de…

— Ça suffit, tous les deux ! intervint Olivia, s'interposant entre eux.

Will et Lawford reculèrent chacun d'un pas, comme deux boxeurs se préparant pour le prochain round.

— Je suis épuisée, et certainement pas d'humeur à supporter une bagarre sous mon toit. Alors, à moins que vous ne souhaitiez aller vous battre dans la rue, je vous suggère de cesser immédiatement les hostilités.

Lawford n'était pas plus satisfait que Will, mais aucun des deux ne voulait contredire Olivia. Ils consentirent donc à la suivre dans le salon, non sans échanger des regards assassins. Un domestique leur servit du thé et des sandwichs. Will avait beau être affamé, il refusait de baisser la garde face à Lawford et ne toucha pas à la nourriture. Il se tenait devant la fenêtre, observant distraitement la rue, pendant qu'Olivia expliquait à son vieil ami ce qui s'était passé la veille – en omettant, bien sûr, de rapporter qu'ils avaient fait l'amour au beau milieu de la forêt.

Les mains enfoncées dans ses poches, Will ne pouvait s'empêcher de repenser à cette nuit – même avec Lawford qui l'épiait. Il entendait encore les gémissements de plaisir d'Olivia, goûtait encore sur sa langue le parfum de sa peau…

— Le diable l'emporte ! pesta soudain Lawford.

Will se retourna. Lawford faisait les cent pas sur le tapis, comme un ours enragé. Olivia s'était assise pour boire son thé.

— Je devrais faire arrêter Pryce ! ajouta Lawford.

— Pour quel motif ? interrogea Olivia. Nous n'avons aucune preuve de son implication dans les événements d'hier. Et je parierais que le fermier touchera assez d'argent pour ne rien dire à la police.

— À moins, même, qu'il ne soit plus en mesure de parler, intervint Will.

La jeune femme pâlit, mais acquiesça.

— L'homme qui a tenté de m'enlever a tiré sur Will, expliqua-t-elle.

Lawford toisa celui-ci d'un air sceptique.

— Il m'a l'air en pleine forme.

Will retroussa sa manche de chemise pour montrer son bandage. Un peu de sang avait encore coulé, rougissant le tissu.

Mais Lawford ne parut pas le moins du monde impressionné.

— Ce n'est qu'une égratignure, dit-il.

Et, relevant le bas de son pantalon, il désigna une cicatrice qui lui barrait le mollet :

— C'est un chef zoulou qui m'a fait ça, avec sa lance.

Will déboutonna le col de sa chemise, révélant une marque sombre à la base du cou.

— Et ça, c'est la trace d'une flèche apache. J'ai dû l'enlever moi-même.

Lawford commença d'enlever sa veste :

— Laissez-moi vous montrer le souvenir que j'ai ramené du Cachemire...

— Vous êtes fous, tous les deux ! les interrompit Olivia. Avez-vous déjà oublié que nous discutions des projets meurtriers de Pryce ?

Will et Lawford rajustèrent leurs vêtements, un peu honteux. Mais Will commençait à penser que Lawford n'était peut-être pas aussi crétin qu'il l'avait imaginé.

— Décrivez-moi votre cocher, demanda Lawford.

— Noir de cheveux et portant moustache, répondit Will. Un peu plus petit que moi, mais bien bâti. Et il savait parfaitement ce qu'il faisait.

— J'ai cru déceler qu'il avait l'accent de Liverpool, précisa Olivia.

Ce détail avait échappé à Will, qui n'était pas depuis assez longtemps en Angleterre pour reconnaître les différents accents du pays.

— Il a une marque au sourcil gauche, ajouta-t-il. Sans doute une cicatrice.

Lawford blêmit.

— Il correspond à la description d'un type que mes hommes recherchent depuis longtemps. Un franc-tireur du nom de Maddox. Froid, dangereux, et prêt à tout pour de l'argent. On lui a déjà attribué plusieurs meurtres.

— Et maintenant, il travaille pour Pryce, conclut Olivia dans un souffle.

— Malgré tous les moyens à ma disposition, je n'ai jamais réussi à lui mettre la main dessus, déplora Lawford.

— Will et moi essayons de réfléchir à une idée, annonça Olivia.

Lawford se tourna vers Will, d'un air dubitatif. Celui-ci soutint son regard, de nouveau prêt à l'affronter.

Dans le silence tendu qui s'abattit sur la pièce, on entendit distinctement l'horloge du hall sonner trois heures.

— Bien, Graham, dit Olivia. J'apprécie évidemment votre sollicitude, et je déteste me montrer malpolie, mais mon lit m'appelle. Un peu de repos ne me fera pas de mal, car j'ai comme l'intuition que les prochains jours seront encore plus pénibles que ceux qui viennent de s'écouler.

— Avant de monter dans votre chambre, la retint Graham, laissez-moi vous exposer la raison initiale de ma visite. Elle vous concerne, en fait, monsieur Coffin, précisa-t-il en se tournant vers Will. Nous avons peut-être retrouvé votre famille.

Will se raidit.

— C'est du bluff, ou du sérieux ? grommela-t-il, peu enclin à donner sa confiance à Lawford.

— C'est du sérieux, confirma ce dernier avec un air de sincérité évidente. Encore un ou deux jours, et mes hommes devraient pouvoir vous fournir un nom et une adresse. L'entreprise n'a pas été simple, mais nous avons réussi. Parce qu'Olivia me l'avait demandé.

— Will, c'est merveilleux ! s'exclama la jeune femme en lui prenant le bras.

Il resta pour une fois insensible à son geste. Ainsi donc, il était tout proche de connaître enfin la vérité sur ses origines. Cette nouvelle aurait dû le combler de joie, et cependant il se sentait groggy, incapable de ressentir la moindre émotion.

Voyant qu'Olivia et Lawford le regardaient bizarrement, il s'obligea cependant à sourire.

— Ouaip, dit-il. C'est pas mal.

Olivia se réveilla au moment où l'horloge du hall égrenait les douze coups de minuit. La chandelle de sa table de nuit s'était presque entièrement consumée, plongeant la chambre dans la pénombre. Le feu, aussi, était pratiquement éteint. Elle ne voulut pas déranger sa chambrière et, quittant son lit, se chargea elle-même de le ranimer. Puis elle enfila son peignoir et s'installa devant l'âtre.

Après le départ de Graham sur l'assurance qu'il reviendrait très vite donner des nouvelles, Olivia et Will avaient expédié un étrange déjeuner, tardif et silencieux. La jeune femme s'était imaginé que Will aurait été enthousiaste d'apprendre que sa quête touchait à sa fin, mais il avait sombré dans un mutisme ombrageux. Au point qu'elle n'osait même pas lui demander les raisons de cette humeur si peu habituelle. Aussi, après avoir mangé un sandwich aux crudités et une pâtisserie, et après avoir dit au revoir à Will qui semblait à peine l'avoir entendue, elle était montée directement dans sa chambre. Sarah, sa chambrière, l'avait aidée à se déshabiller, puis à se plonger dans un bon bain chaud.

Sans l'intervention de Sarah, Olivia se serait probablement endormie dans son bain. La domestique l'avait tirée de l'eau, l'avait essuyée et elle avait pu trouver la force de se traîner jusqu'à son lit. La scène était pour le moins insolite, puisqu'on était en plein milieu de l'après-midi. À cette heure-ci, normalement, Olivia se trouvait à la brasserie. Sarah avait fermé les rideaux pour faire le noir, et elle s'était endormie aussitôt.

Et voilà maintenant qu'elle était parfaitement réveillée, au beau milieu de la nuit. Que faire ? Essayer de se rendormir ? Mais elle n'avait plus sommeil. Travailler ? Les registres de la brasserie étaient dans le bureau, au rez-de-chaussée, mais elle ne se voyait pas traverser la maison en peignoir, alors que tout le monde devait être couché.

Le regard perdu dans le feu, Olivia se demanda si Will, lui aussi, était couché. Probablement. Cependant, elle avait envie de le voir, de lui parler. La matinée avait été horrible, avec cette comédie de la bienséance qu'ils avaient été obligés de jouer en public. Maintenant que la maison sommeillait et que la nuit régnait sur la ville, la jeune femme se sentait à nouveau très seule. Alors qu'hier, à la même heure, elle vivait dans ses bras la plus excitante…

Olivia se releva d'un bond et se dirigea vers ses étagères à livres. Au train où allaient les choses, elle risquait de courir frapper à la porte de Will, pour lui réclamer qu'il lui fasse l'amour. Or, c'était impensable. Il témoignait d'ailleurs d'une plus grande noblesse d'âme qu'elle : il était prêt à renier son désir pour ne pas ruiner sa réputation, alors que lui-même n'avait rien à craindre. Il laisserait le scandale derrière lui en rentrant en Amérique.

Elle devait donc se dénicher une distraction quelconque, pour meubler son insomnie. Fouillant dans sa petite bibliothèque, elle tira un de ses romans favoris, *Guet-apens à Sage Canyon*. Elle l'avait déjà dévoré plusieurs fois, mais ce genre d'aventures palpitantes était exactement ce qu'il lui fallait pour ce soir.

Le livre à la main, elle retourna s'asseoir devant le feu et commença sa lecture. Mais, après avoir lu trois fois le même paragraphe sans pouvoir retenir un seul mot, elle renonça et reposa le roman sur la table basse, frustrée et furieuse contre elle-même.

À bien y réfléchir, elle fit le constat qu'elle avait déjà surmonté dans sa vie un nombre impressionnant d'obstacles, sans la moindre appréhension. Le plus important avait été bien sûr de prendre la direction de la Greywell. Et elle y avait parfaitement réussi.

Alors pourquoi se cachait-elle dans sa chambre, comme une lâche, alors que le seul homme qu'elle ait désiré depuis des années se trouvait quelques mètres plus loin ? Will retrouverait bientôt sa famille. Ensuite, il retournerait en Amérique. Où il se marierait. Aurait des enfants. Ils n'avaient donc que peu de temps à passer ensemble – et ce temps, elle le gâchait en s'enfermant de son côté. La mort subite de David lui avait pourtant enseigné que la vie ne tenait souvent qu'à un fil. Raison de plus pour en profiter.

Elle se leva, mue par une détermination qu'elle espérait sans faille. Après avoir enfilé une paire de mules, elle se dirigea vers la porte de sa chambre et l'ouvrit d'un geste vif.

Will se tenait derrière le battant.

Pieds nus, vêtu simplement de son pantalon et de sa chemise à moitié déboutonnée – ou à moitié boutonnée –, il parut aussi surpris qu'elle de la voir.

Pendant quelques secondes, ils ne firent que se regarder. Puis il avança d'un pas, et Olivia recula d'autant, le laissant pénétrer dans la pièce.

Il referma la porte derrière lui.

La chambre lui parut tout à coup minuscule. Figée, la jeune femme contemplait son torse que révélait l'échancrure de sa chemise. Puis, levant les yeux, elle croisa son regard et y lut un désir presque féroce.

Elle chercha quelque chose d'intelligent à dire, pour se composer une attitude, mais sa bouche était sèche.

— Je ne pouvais plus rester seul, dit-il.

— Je ne veux pas te savoir seul.

Il inspira nerveusement.

— Sais-tu bien ce que tu es en train de me dire ?

Olivia ne s'était jamais sentie aussi certaine de quelque chose. Elle hocha la tête.

— Je suis fatiguée de parler. Arrive un moment où les mots sont superflus.

Soutenant toujours son regard, Will pivota pour verrouiller la porte. Le bruit du loquet signa la détermination d'Olivia. Elle ne reviendrait pas en arrière.

14

La porte à peine verrouillée, Will et Olivia s'embrassèrent fougueusement, leurs langues se mêlant dans un ballet enfiévré.

Une seule journée s'était écoulée depuis leur première étreinte, mais cela leur avait semblé une éternité. Et cette fois, ils n'avaient plus autant de vêtements pour les encombrer.

Abandonnant la bouche d'Olivia, Will laissa courir ses lèvres le long de son cou, puis sur ses seins, qu'il titillait à travers la fine étoffe de la camisole. Avec une dextérité qu'elle n'aurait jamais imaginée de sa part, il en défit les boutons, dénudant sa poitrine.

— Tu es belle… murmura-t-il. Aussi belle que… (Il fronça les sourcils, réfléchissant à une comparaison appropriée.) Aussi belle que toi.

— Will…

Mais elle ne put en dire davantage, car ses mains caressaient maintenant ses deux seins. Elle en ressentit un tel plaisir que ses jambes se dérobèrent sous elle.

Will la souleva aisément dans ses bras. Elle crut qu'il la porterait jusqu'à son lit, mais il l'assit sur la table près du sofa, repoussant d'un geste le bric-à-brac de chinoiseries qui en encombraient la surface et les faisant tomber sur le tapis. Olivia se souvint que, lors de leur première étreinte, ils se trouvaient dehors, dans son élément. Mais cette fois, ils étaient dans son monde à elle, sophistiqué, et elle en fut quelque peu mal à l'aise. Ses appréhensions cependant furent vite balayées. Will se tenait debout entre ses jambes écartées, la tenant par les bras et l'embrassant partout. Peu importait, finalement, l'univers qui les accueillait, du moment qu'ils étaient ensemble.

— Que… ? s'exclama-t-elle en le voyant soudain disparaître.

Il s'était agenouillé devant elle, entre ses cuisses, et elle se sentit totalement exposée. David n'avait jamais vu son entière nudité à la lumière – pas plus qu'elle n'avait vu la sienne. Et il ne s'était pas davantage agenouillé entre ses jambes, comme Will le faisait maintenant.

Il contemplait le triangle de sa féminité avec un mélange de révérence et de désir.

Si Olivia n'avait pas lu, autrefois, ce roman libertin, elle n'aurait jamais pu deviner ce qu'il avait dans l'idée. Mais même…

— Will ! cria-t-elle quand ses lèvres embrassèrent la partie la plus secrète de son anatomie.

Elle agrippa les bords de la table, laissant échapper un autre cri, de pur plaisir cette fois. L'angoisse lui traversa furtivement l'esprit que les domestiques aient pu entendre, mais elle se retrouva très vite incapable de toute pensée rationnelle. Les caresses de Will avec sa langue lui arrachaient des gémissements d'extase qu'elle n'aurait pu retenir, même si elle l'avait voulu.

Après ce qui sembla à Olivia une éternité de plaisir, il se redressa pour ôter sa chemise. Elle put alors admirer son torse dans toute sa splendeur.

Tandis qu'ils s'embrassaient à nouveau fougueusement, elle dégrafa son pantalon et s'empara de son membre pour le caresser.

— Jésus ! grogna-t-il.

Olivia fut émerveillée de constater que ses caresses lui produisaient un tel effet. Elle aurait voulu continuer, mais il entreprit de se débarrasser complètement de son pantalon, qu'il lança à travers la pièce.

Ils étaient à présent nus tous les deux. Leurs lèvres se scellèrent de nouveau et Olivia reprit ses caresses, tandis que lui-même glissait une main entre ses cuisses. La jeune femme souleva instinctivement le bassin pour l'accueillir, et l'instant d'après il la pénétrait. Ils gémirent à l'unisson, chavirés du bonheur de ne plus faire qu'un seul corps.

Olivia n'était plus la propriétaire de la Greywell, ni une veuve du grand monde : elle était à Will, et il était à elle. Elle oublia tout le reste – son passé, son avenir et le présent n'étant plus rattachés qu'à Will. Pour un peu, elle en aurait pleuré de joie.

— Chérie, lui murmura-t-il à l'oreille, je vais bientôt venir. Et je voudrais que nous jouissions ensemble...

À peine eut-il fini sa phrase qu'elle sentit son corps se tendre. S'agrippant à son amant, elle ferma les yeux et se laissa submerger par le plaisir tandis qu'il criait son nom, avant de lui-même s'abandonner dans une dernière poussée victorieuse.

Ils restèrent enlacés, pantelants, à reprendre leur souffle. Puis Olivia murmura, pour le taquiner :

— Peut-être qu'un jour, nous arriverons à le faire dans un lit ?

Il sourit.

— Chérie, je crois que ce jour est pour bientôt.

Effectivement, ils firent l'amour au lit. Non sans avoir, auparavant, expérimenté toute sorte d'autres endroits intéressants : le sofa, un pouf, la coiffeuse...

Will était comme ivre d'Olivia et n'en avait jamais assez. Mais le plus merveilleux, c'est qu'elle-même partageait sa fougue et sa fièvre. Elle lui suggéra même certaines choses qui auraient fait rougir le plus endurci des pécheurs – mais qu'il accepta avec enthousiasme.

Bref, ils prirent du bon temps.

Furtivement, cependant, Will se prit à espérer un peu plus que cette seule exultation de leurs corps. Mais il se rappelait aussi que la vie était courte, que leur liaison le serait encore plus, et qu'il devait se contenter de ce qu'il avait.

Pour finir, ils burent chacun un verre d'eau tiré du pichet de la table de nuit, pour se rafraîchir, puis s'enlacèrent étroitement sur le lit. Will n'avait jamais eu pour habitude de rester avec une femme après avoir fait l'amour. Mais là, il se sentait incapable de se rhabiller et de partir. Même s'il était épuisé, il voulait demeurer près d'Olivia le plus longtemps possible.

— J'ai du mal à croire que tu n'aies jamais eu de petite amie en Amérique, murmura-t-elle.

Il haussa les épaules, ce qui pouvait être interprété comme une confirmation aussi bien que comme une dénégation.

Olivia se redressa sur un coude, pour le regarder dans les yeux.

— Tu es sûr que tu n'as pas au moins fait sérieusement la cour à *une* fille ?

— Chérie, pour l'instant je suis avec toi, et je n'ai pas envie de parler des autres filles, dit-il en laissant courir son regard sur le corps nu et alangui de la jeune femme, s'émerveillant toujours de sa beauté.

— Bon, tant pis, ça n'est pas grave.

Will comprit aussitôt qu'au contraire, la question la taraudait.

— Si, confessa-t-il. Il y a eu une fille.

— Ah ? fit-elle d'un ton légèrement contrarié, qui donna envie à Will d'éclater de rire. Parle-moi d'elle.

— Oh, il n'y a pas grand-chose à raconter. Nous avons flirté quelque temps et je commençais à sérieusement penser à lui demander sa main. Et puis, je suis reparti en transhumance et, quand je suis revenu, elle en avait épousé un autre.

— Je suis désolée, dit-elle, d'une voix qui pourtant ne paraissait pas le moins du monde navrée.

Il haussa encore les épaules.

— Si j'avais été sérieux, je me serais décidé plus vite. Mais je remettais toujours la question à plus tard. Je n'ai donc pas été vraiment surpris qu'elle se soit trouvé quelqu'un de mieux.

— De mieux que toi ? C'est impossible. N'importe quelle femme un peu sensée rêverait de gagner ton cœur.

Kitty, la fille qu'il avait rencontrée l'autre soir au McNeil's, lui avait dit à peu près la même chose, et il ne s'en était pas soucié. Mais entendre ces paroles de la bouche d'Olivia était plus enivrant que le meilleur des whiskies.

— Tu ne devrais pas avoir de difficultés à te trouver une épouse quand tu rentreras, poursuivit-elle.

— Pourquoi cette insistance à vouloir me coller une femme ? Tu cherches à me dire quelque chose ?

Elle baissa les yeux.

— Je crois que j'essaie plutôt de *me* dire quelque chose. Je ne dois pas perdre de vue que tu repartiras un jour. Et que tu te trouveras quelqu'un de plus... approprié que moi.

— Je n'aime pas penser à l'avenir, répliqua Will, que la confession de la jeune femme avait ému. Contentons-nous du présent. Tu ne penses pas que c'est déjà bien ?

Elle sourit, à la fois triste et heureuse, et ferma les yeux.

Will lui caressa les hanches.

— Olivia ?

— Hum ?

— Pourquoi n'as-tu pas eu d'enfant ?

Elle rouvrit les yeux. Une ombre passa dans son regard.

— Oui, je sais. Ma maison est grande – et vide.

— J'ai eu tort de te poser cette question.

— Non, pas du tout. C'est une interrogation légitime. David et moi avons longuement essayé. Un jour, j'ai fini par tomber enceinte. Nous étions fous de joie tous les deux. Mais, au bout de cinq mois de grossesse, j'ai fait une fausse-couche. C'était… horrible. Tout ce sang… Le docteur m'a expliqué que j'avais eu de la chance de rester en vie. Mais qu'en revanche, je ne pourrais plus avoir d'enfant.

— Je suis navré, Olivia, murmura-t-il en essuyant, avec son pouce, une larme qui avait coulé sur sa joue.

— Nous avons consulté un autre médecin, puis un troisième, reprit-elle. Mais tous rendaient le même diagnostic. Cette fausse-couche m'avait rendue stérile à jamais.

Will était habitué aux duretés de l'existence. On ne grandissait pas dans l'Ouest américain sans faire, très tôt, connaissance avec la mort. Cependant, le drame d'Olivia lui serrait le cœur. Elle était faite pour élever et chérir des enfants. Le destin, en s'en prenant à elle, s'était montré particulièrement cruel.

— Il m'a fallu près d'un an pour m'en remettre, précisa-t-elle. David, par respect pour ma santé, ne me visita plus la nuit de tout ce temps. Mais, même lorsque je fus tout à fait rétablie, il ne revint pas dans mon lit. Sauf à de rares exceptions près, et encore je ne suis pas sûre que cela l'enthousiasmait. J'ai fini par l'interroger, et il m'a répondu qu'il ne voyait plus l'utilité de faire l'amour.

— *Quoi ?* s'étrangla Will, de surprise et de colère mêlées.

— Puisque je ne pouvais plus avoir d'enfant, il ne voyait plus l'intérêt de coucher avec moi. C'est du moins ce qu'il m'a expliqué.

— Tu es bien sûre qu'il est mort ? Sinon, je me ferais un plaisir de l'expédier moi-même en enfer.

Elle eut un sourire triste.

— Je suis certaine que David est mort. En revanche, il m'a fallu longtemps pour savoir si moi, j'étais toujours ou non vivante.

Will lui souleva le menton, pour l'obliger à croiser son regard.

— Écoute-moi, Olivia, dit-il solennel, ton mari était un imbécile. Et je le pense sincèrement.

— Je ne sais...

— S'il n'était pas capable de réaliser qu'il était le plus heureux des hommes de t'avoir pour épouse, c'est qu'il était aveugle. Et s'il ne consentait plus à te faire l'amour, simplement parce que tu étais devenue stérile, alors crois-moi, il a mérité son sort.

— Tu as peut-être raison, répondit-elle après un long silence.

Will s'obligea à contenir sa fureur. Être l'époux d'Olivia était une bénédiction. Mais ce David Xavier avait gâché le cadeau qui lui était tombé du ciel.

— Si tu étais ma femme, reprit-il avec un sourire, je peux t'assurer que les choses seraient très différentes.

— Différentes en quoi ?

Il la serra contre lui.

— Pour commencer, je ferais cela.

Et il s'empara de ses lèvres.

— Mais tu ne t'arrêterais pas là ? dit-elle quand il relâcha ses lèvres.

— Non, bien sûr. Ensuite, je ferais cela.

Il l'obligea doucement à se rallonger sur le dos, puis commença de la caresser sur tout le corps, s'émerveillant une fois de plus de sa beauté.

Je prie, songea-t-il, étonné. Il n'avait jamais été très pratiquant, mais à caresser ainsi Olivia, avec ce qui ressemblait étrangement à de la révérence, il sentait quelque chose de profond remuer en lui – quelque chose de sacré.

— C'est tout ? murmura-t-elle lorsqu'il renonça à ses caresses, de peur de céder trop brutalement au désir.

— Et ensuite, je ferais cela.

Il s'empara à nouveau de ses lèvres, en même temps qu'il immisçait une main entre ses cuisses. Olivia, chavirée de plaisir, s'offrit à ses caresses. Puis, redressant la tête :

— Et moi, sais-tu ce que je ferais ?

— Quoi, chérie ?

— Ça.

Avec une force surprenante – décuplée par l'absence totale de résistance de Will – elle le prit par les épaules et l'étendit sur elle, puis elle écarta les cuisses et s'empara de son membre pour l'approcher de sa féminité.

Une fois encore, il se perdit en elle et, une fois encore, il trouva cela délicieux. Il devenait tellement intoxiqué de son corps qu'il se demandait s'il ne finirait pas par en mourir – mais après tout, il y avait des fins bien plus pénibles.

Le problème, c'est qu'Olivia lui devenait de plus en plus précieuse. Et qu'il commençait sérieusement à penser qu'il ne pourrait vivre sans elle.

15

Des coups frappés avec insistance à la porte de la chambre les réveillèrent en même temps. Encore sonnée par sa longue nuit d'amour – même si elle avait réussi à dormir quelques heures d'un sommeil sans nuages –, Olivia ne réagit pas tout de suite. Ouvrant les yeux, elle constata que le soleil brillait déjà haut dans le ciel, puis s'aperçut que sa chambre avait été comme ravagée par une tornade. Les chaises et les fauteuils étaient renversés, des vêtements étaient étalés partout. Tournant la tête, elle vit Will, les draps repliés jusqu'à ses hanches, s'étirer à côté d'elle. Leur blancheur contrastait avec le cuivre de sa peau tannée par le soleil.

Elle aurait pu rester des heures à le contempler, s'il n'y avait pas eu ces coups frappés à la porte.

— S'il vous plaît, madame, appela Morton à travers le battant. Il est urgent que vous vous leviez. Monsieur Huntworth attend en bas.

Ces mots tirèrent instantanément Olivia de sa léthargie. Elle se redressa.

— Je descends dans dix minutes, répondit-elle.

— Dois-je envoyer Sarah pour vous aider à vous habiller ?

Olivia se tourna vers Will, qui la regardait avec inquiétude. Ils étaient tous les deux nus comme des vers.

— Non, merci Morton. Je me débrouillerai toute seule.

Ils entendirent Morton s'éloigner dans le couloir. Olivia bondit aussitôt du lit, enfila sa camisole et tenta de se calmer, malgré la catastrophe qui menaçait. Huntworth ne venait jamais chez elle, à moins…

— Il y a du grabuge, dit Will, énonçant à haute voix ses propres craintes.

Elle se retourna. Il remettait déjà son pantalon. Le voir ainsi en pleine lumière lui donna des frissons. Savoir qu'un homme aussi beau et bien bâti la désirait fiévreusement lui semblait relever du miracle.

— Oui, dit-elle. J'ai peur que Pryce, ou ce Maddox, n'aient encore sévi.

La jeune femme avisa son corset, mais l'idée de s'enfermer dedans la répugna. Elle ouvrit sa penderie et en tira un chemisier et une jupe tout simples. Ce n'était pas le moment de faire assaut d'élégance.

— J'aurais dû passer la nuit à la brasserie, se reprocha Will, qui avait remis sa chemise et la boutonnait.

— J'ai engagé du personnel supplémentaire pour monter la garde, lui rappela-t-elle.

Se plantant devant la glace, elle s'aperçut que son visage portait les traces de ses activités nocturnes. Ses lèvres étaient encore gonflées de baisers et des cernes ourlaient ses yeux. Avec un peu de chance, ces marques auraient disparu à son arrivée à la Greywell. Quant aux domestiques, ils avaient sans doute déjà deviné.

Will se matérialisa derrière elle.

— Olivia…

Leurs regards s'accrochèrent dans la glace. Il semblait grave et solennel.

— Veux-tu que je parte ? demanda-t-il.

Olivia comprit ce qu'il voulait dire : disparaître, avant que la rumeur ne circule qu'ils étaient amants. Pour la protéger.

— Je veux au contraire que tu restes, répliqua-t-elle sans hésiter.

Il esquissa un timide sourire, comme s'il avait espéré cette réponse, mais qu'en même temps il n'y croyait pas vraiment.

— Tu n'as pas besoin de chercher à me ménager. Tu n'as qu'à me dire de lever le camp, et je m'en irai. Je trouverai un logement près de la brasserie et je continuerai à t'aider de là.

Elle lui caressa la joue.

— Je ne cherche pas à te ménager. Je te veux dans cette maison.

— Il risque d'y avoir du scandale.

— Raison de plus. S'il y a du scandale, j'aurai besoin de te savoir à mes côtés.

Son sourire s'élargit.

— Chérie, je suis à tes ordres.

Ils s'enlacèrent brièvement, échangeant un nouveau baiser. Olivia en eut des frissons dans tout le corps. Son aventure avait dépassé, de loin, tout ce que Lorna Jane avait pu vivre dans ses romans !

— Madame, insista Morton, revenu derrière le battant. Venez vite, je vous en prie. Monsieur Huntworth est très agité.

— Encore une minute, Morton. Et je descends.

Olivia se coiffa rapidement, pendant que Will achevait de s'habiller. Il lui avait offert la possibilité de mettre un terme à leur relation avant que les conséquences n'éclatent au grand jour, mais elle avait refusé. Elle voulait se persuader que c'était parce qu'elle avait besoin de l'avoir près d'elle pour lutter contre les agissements de Pryce, mais elle savait que ce n'était pas l'entière vérité.

Will s'était emparé de son cœur. Et contre toute raison, Olivia voulait à présent le montrer. Quel qu'en soit le prix à payer.

Malgré l'heure terriblement matinale, George Pryce était de bonne humeur. De merveilleuse humeur, même. Au point qu'il sifflotait sur Park Lane, regagnant à pied son domicile de Brook Street.

Dans son enthousiasme, il gravit les marches du perron quatre à quatre et décocha un sourire à son majordome, qui n'en revint pas. Puis, après avoir confié son manteau, son chapeau et ses gants au domestique, il s'installa dans la salle à manger des petits déjeuners pour lire les journaux en buvant un café.

Sifflotant toujours, il parcourut rapidement les nouvelles sportives, l'esprit toujours occupé par sa rencontre avec Maddox au marché aux bestiaux. Sa joie était telle qu'il en avait oublié ses récriminations d'avoir à rencontrer le mercenaire dans un tel endroit. Maddox avait réussi à l'y entraîner en le convainquant qu'il ne courait aucun risque d'y rencontrer un gentleman de sa connaissance.

— Alors, c'est fait ? avait demandé Pryce, forçant la voix pour couvrir les cris des porcs qu'on destinait à l'abattoir.

Maddox avait hoché la tête.

— Mon plan s'est déroulé exactement comme prévu. Lady Xavier ne brassera plus un seul décilitre de bière. Elle peut dire adieu à la Greywell.

— Et l'Américain ?

— Il me reste à m'occuper de lui, avait répondu Maddox.

Pryce aurait préféré savoir l'Américain hors d'état de nuire, mais cette petite déception n'avait pas altéré sa jubilation. Cette fois, il pouvait enfin savourer son triomphe. Personne ne pouvait rien refuser à George Pryce, et lady Xavier l'apprendrait à ses dépens. Elle serait ruinée. Après cette victoire, il pourrait se tourner vers d'autres objectifs…

— Qu'y a-t-il de si réjouissant, George ? lui demanda son père, qui avait passé la tête par l'entrebâillement de la porte. Je t'ai entendu siffloter.

— Oh, rien, rien, père, répondit-il en s'obligeant à redevenir sérieux. Je me félicitais simplement des résultats du cricket.

Henry Pryce s'éclipsa, l'air accablé. Il devait se dire qu'il n'y avait décidément rien à tirer d'un fils qui s'enthousiasmait pour quelque chose d'aussi futile que le cricket. Mais la désapprobation paternelle ne diminua en rien la bonne humeur de George.

— Oh, mon Dieu ! s'exclama Olivia en pénétrant dans les bureaux de la Greywell.

Will l'accompagnait. Huntworth était rentré à la brasserie dans sa propre voiture, mais la jeune femme, bien qu'elle fût seule avec Will dans la sienne, n'avait pratiquement pas desserré les dents de tout le trajet.

Elle lui avait demandé de rester. Cependant, il ne savait pas s'il devait s'en réjouir ou s'en désoler. Ils allaient donc continuer un peu plus longtemps à faire comme si aucun fossé ne les séparait. Ce fossé existait pourtant – et il était au moins aussi large que le Rio Grande.

À peine entré dans le bureau, Will aperçut, lui aussi, l'un des hommes qu'elle avait engagés pour monter la garde, assis sur une chaise et ausculté par un médecin. L'homme portait un pansement ensanglanté sur le crâne.

— Je ne l'ai même pas vu arriver, expliqua le garde. Je faisais ma ronde, prêt à rejoindre Frank, et tout d'un coup, paf ! J'ai sombré dans le noir. Quand j'ai rouvert les yeux, les autres gars se tenaient debout autour de moi et Frank criait d'appeler un docteur. Personne n'a rien vu.

— Comment va-t-il ? demanda Olivia au médecin.

Celui-ci eut une moue sceptique.

— Il a reçu un sale coup à la tête, qui aurait pu le tuer. Il faudra attendre quelques jours pour savoir s'il aura, ou non, des séquelles.

— Ce n'est pas difficile de deviner qui a fait cela, intervint Will.

Olivia se tourna vers lui.

— Maddox ?

— Ouaip.

— Il avait forcément une raison de vouloir pénétrer dans l'usine, fit-elle valoir. (Elle interrogea Huntworth.) Vous n'avez vraiment rien décelé d'anormal ?

Le directeur secoua la tête.

— Non, rien.

— Nous allons encore vérifier, annonça Will. Lady Xavier a raison : Maddox ne se serait pas introduit ici juste pour le plaisir d'assommer cet homme.

Les employés de la Greywell formèrent des équipes qui se répartirent la fouille minutieuse de l'usine. Personne ne parlait, pour mieux se concentrer sur sa tâche. L'opération prit deux bonnes heures, pendant lesquelles toute la production fut interrompue.

— Cette inspection me coûte une fortune, observa Olivia, qui venait de rejoindre Will devant la porte abritant le forage.

— Mais nous ne pouvons prendre aucun risque, rétorqua-t-il, calant les mains sur ses hanches.

Dans son geste, il entrouvrit les pans de sa grosse veste, révélant le colt dont la crosse luisait à sa ceinture.

— Tu es armé... murmura-t-elle.

— Oui, je l'ai pris juste avant de partir de la maison. Je ne pensais pas avoir un jour à m'en servir en Angleterre.

Voyant le regard gêné de la jeune femme, il resserra les pans de sa veste.

— Je ne veux pas que tu te conduises comme Maddox, dit-elle.

— Il n'y a aucun risque. Je ne tue pas pour de l'argent.

Olivia semblait profondément déroutée.

— Toute cette histoire paraît irréelle. Un enlèvement, des armes à feu, sans doute un sabotage... Qui se croirait encore à Londres ? Cela ressemble plutôt...

— Au Far West de tes romans à trois sous ?

Elle eut un sourire désabusé.

— Quand je pense que je rêvais d'avoir une vie aussi trépidante que Lorna Jane ! Quelle idiote j'étais !

— Et maintenant ?

— J'espère avant tout que personne d'autre ne sera blessé, dit-elle, ouvrant la porte de fer qui abritait le forage. Et surtout pas toi.

Will savait que leur liaison n'était pas destinée à durer. Mais il voulait – il devait – lui dire que ce qui s'était passé entre eux cette nuit n'était pas seulement charnel. Il ressentait désormais autre chose – quelque chose qui était pour lui entièrement nouveau.

Il allait ouvrir la bouche, quand son regard fut attiré par un détail.

— Qu'y a-t-il ? s'étonna Olivia, voyant son visage se figer.

Will s'approcha du forage.

— C'est louche, dit-il. Le couvercle ne me semble pas ajusté.

— Tu crois ? Il est pourtant toujours verrouillé.

Il se pencha sur le cadenas.

— Oui, mais j'ai l'impression que le cadenas a été forcé au moyen d'un passe. Et celui qui a fait cela voulait laisser le moins de traces possible de son forfait, pour que personne ne se doute de rien.

Olivia blêmit.

— Oh, mon Dieu ! Mais qu'est-ce que cela veut dire ?

Will appela Huntworth.

— Je crois que j'ai trouvé, dit-il. Maddox s'est attaqué au puits.

Le directeur blêmit lui aussi, mais il se ressaisit et ordonna qu'on aille chercher les chimistes.

— Nous devons vérifier l'eau, pour être sûrs, expliqua-t-il en contemplant le forage. Dire que nous avons déjà inspecté trois fois les lieux, sans avoir rien remarqué !

Les chimistes arrivèrent, prélevèrent quelques échantillons de l'eau du forage et retournèrent les analyser dans leur laboratoire. Olivia, Will, Huntworth et les autres employés de la Greywell n'avaient plus qu'à attendre leur verdict.

Will, cependant, détestait rester à ne rien faire. Pour s'occuper, il dégaina son colt et, le canon prudemment pointé vers le sol, s'assura que les cinq balles étaient bien en place dans le barillet. Il voulait être paré à toute éventualité. Après avoir remis son arme à sa ceinture, il releva les yeux et s'aperçut que tout le monde, y compris Olivia, le contemplait avec stupéfaction.

Le chimiste en chef ressortit enfin du laboratoire. Sa mine sombre était déjà une réponse en soi.

— L'eau a été empoisonnée, déclara-t-il. Mais cela ne se sent pas au goût. Si nous n'avions pas décelé le problème à temps, nous aurions contaminé la population avec une bière frelatée.

Son diagnostic fut accueilli par des jurons, des grognements et même quelques sanglots.

— Pouvons-nous y remédier ? demanda Olivia.

— Dans l'immédiat, non, répondit le chimiste. Il faudra plusieurs jours pour purifier l'eau. En attendant, nous devons interrompre la production.

— Nous sommes foutus ! cria quelqu'un.

Un murmure d'acquiescement parcourut la foule des employés. Tout le monde semblait abattu. Olivia s'effondra dans une chaise qu'on lui tendit. Elle était pâle, le regard figé dans le vide.

Will ne put contenir davantage la colère qui n'avait cessé de monter en lui depuis la découverte du sabotage. Il sortit en trombe dans la cour de l'usine, son colt battant à la ceinture.

Il arrivait à la grille lorsqu'il entendit Olivia l'appeler. Il se retourna.

— Où vas-tu ? demanda-t-elle quand elle l'eut rejointe.

— J'ai des affaires à régler.

— Nous ne sommes pas au Far West, Will. Londres n'est pas Dodge City.

Will ne répondit pas. Il serrait les dents à s'en faire craquer la mâchoire.

Une petite pluie se mit à tomber, noircissant les pavés de la cour.

— Tu vas te faire mouiller, dit-il finalement.

— Je ne bougerai pas d'ici tant que tu ne m'auras pas juré que tu ne vas pas tuer George Pryce.

— Bon sang ! s'écria Will. Je ne vais quand même pas laisser cette crapule dormir tranquille après ce qu'il t'a fait ! Si tu t'imagines que je vais me tourner les pouces et ne pas contre-attaquer, alors tu me connais mal.

Olivia était sortie sans chapeau, et ses cheveux étaient déjà trempés, mais elle n'en avait cure.

— Je sais surtout que tu n'es pas stupide, Will. Si tu t'en prends physiquement à Pryce, il n'y aura pas un juge, dans toute l'Angleterre, pour t'absoudre. On te jettera en prison ou, pire, on te pendra.

— Je m'en moque.

Elle l'agrippa par la manche et riva son regard au sien.

— Moi pas. Quoi que me fasse Pryce, je refuse que tu risques ta vie. Cela me ferait bien plus de peine que tout le reste.

Will la dévisagea un long moment. Cette femme était décidément unique.

Il ôta son chapeau, pour le lui poser sur le crâne. Le Stetson, trop grand pour elle, tomba sur ses yeux, mais il le bascula un peu en arrière afin qu'elle puisse voir.

— Protège-toi de la pluie, dit-il, sans se soucier de lui-même.

Elle ne put se retenir de sourire.

— Merci.

Will expira bruyamment, comme un mustang exprimant son impatience.

— Bon sang, Olivia, tu ne peux pas savoir combien c'est dur, pour moi, de rester à ne rien faire pendant que Pryce te torture. J'étais supposé te protéger, rappelle-toi.

— Et tu me protèges. Mais l'assassiner n'a jamais fait partie de notre contrat. Nous devons trouver un autre moyen.

— Pendant que nous étions déjà censés y réfléchir, Pryce a empoisonné l'eau de la brasserie, fit valoir Will. Si nous perdons trop de temps à tergiverser, il nous laminera complètement.

Olivia se redressa, prête à partir au combat. Avec le Stetson sur la tête, elle ressemblait tout à fait à une femme du Colorado.

— Nous ne lui en laisserons pas l'occasion, assura-t-elle, avec plus de détermination que Will ne lui en avait jamais vu. J'ai un plan.

Ils passèrent l'heure suivante à exposer le plan d'Olivia au personnel de la brasserie. Il y eut bien quelques objections, que la jeune femme évacua sans hésitation. Elle était résolue à ne pas s'avouer vaincue devant Pryce, et n'accepterait jamais aucune défaite d'aucune sorte. Quelques mois plus tôt, peut-être aurait-elle fini par baisser les bras, mais Will lui avait prouvé qu'il existait des causes qui méritaient qu'on se batte pour elles. Quels que soient les obstacles jetés sur son chemin, le temps était trop précieux pour être gâché en restant immobile, à attendre le destin.

Quand elle eut fini d'exposer son plan, le personnel parut finalement conquis. Les visages dubitatifs finirent par esquisser un sourire d'approbation.

— Mais pour ce qui est du coût, lady Xavier ? interrogea Huntworth. Votre projet est prohibitif.

— Outre Greywell, mon défunt mari m'a légué une rente payée par trimestre. Je vais demander à mon notaire de grouper plusieurs versements d'un coup.

— Pensez-vous qu'il acceptera ?

— Il n'aura pas à donner son avis, trancha Olivia, très ferme.

Huntworth hocha la tête, impressionné.

Will aida aux livraisons du stock de bière non contaminé, pendant qu'Olivia et les autres employés des bureaux s'organisaient. Et les chimistes reçurent l'ordre de purifier l'eau le plus rapidement possible. Une intense activité régna dans l'usine jusqu'au soir. La jeune femme ne se souvenait pas d'avoir connu journée plus épuisante de toute sa vie, mais elle trouvait les forces nécessaires pour se battre dans la conviction qu'elle n'était plus seule. Will était à ses côtés, et cette certitude allégeait considérablement son fardeau.

Était-ce le code d'honneur des cow-boys qui le poussait à s'engager autant pour une cause qui n'était pas la sienne – et pour laquelle il ne recevrait aucun salaire ? Elle en doutait. D'après ce que lui avait raconté Will, peu de gens, dans l'Ouest, pouvaient se permettre d'obéir à un tel code d'honneur. La vie, là-bas, était trop rude et imprévisible. Chacun se battait d'abord pour soi.

Alors, quelle était donc la raison qui le poussait à se démener ainsi ?

Tandis qu'elle rédigeait un télégramme, elle l'entendit, dans la cour, raconter une plaisanterie à l'un des livreurs. L'autre homme éclata de rire et elle réalisa que Will s'était fait accepter du personnel, bien qu'il ne leur ressemblât pas du tout. Quant aux quelques employées femmes, elles l'observaient souvent à la dérobée, et lui souriaient avec un peu trop d'empressement.

La jalousie qu'aurait pu en éprouver Olivia perdit toute raison d'être quand elle le vit plusieurs fois répondre poliment à ces sourires, mais rester insensible aux avances qu'ils impliquaient. Elle en conçut même une sorte d'exultation, car certaines de ces jeunes femmes étaient ravissantes et ne posaient pas le même problème social qu'elle.

Elle jeta un nouveau coup d'œil dans la cour. Will était toujours là et leurs regards se croisèrent. Olivia n'eut plus aucun doute sur *celle* qu'il convoitait. Le désir qu'elle lut dans ses yeux était palpable.

Mais provisoire, se rappela-t-elle. Leur liaison était irrémédiablement appelée à se terminer.

À la fin de la journée, tous les éléments de son plan étaient en place. D'ici quarante-huit heures au plus tard, le sort en serait fixé : soit elle, soit George Pryce serait ruiné. C'était un formidable coup de dés, qui donnait à Olivia des battements de cœur.

La nuit était tombée depuis longtemps lorsqu'elle put enfin songer à rentrer dans sa maison de Bayswater.

Will l'aidait à monter en voiture, quand la voix de Prudence Culpepper l'interpella soudain.

— Lady Xavier, commença sèchement Prudence en se matérialisant à son côté.

Elle tenait un journal à la main, qu'elle agitait sentencieusement.

Olivia aurait voulu crier. Elle était trop épuisée pour supporter une conversation avec sa voisine collet monté.

— Madame Culpepper, dit-elle, j'ai eu une journée harassante, et je suggère que nous remettions cette discussion à plus tard.

Mais Prudence n'était pas du même avis. Les lèvres pincées, elle coula un regard dédaigneux à Will.

— Ce que j'ai à vous dire ne peut pas attendre, lady Xavier, insista-t-elle en crachant presque sur le mot « lady ». (Elle désigna son journal.) Je viens de lire des choses extrêmement choquantes sur vous et votre Américain, et je tenais à vous exprimer mon dégoût.

Will prit le journal et le tendit à Olivia. Un petit article de la page mondaine avait été entouré au crayon. Ils le lurent ensemble.

Une certaine lady X attire, ces derniers temps, beaucoup l'attention. Lady X s'était déjà fait remarquer, voici quelques années, en décidant de reprendre elle-même la direction d'une entreprise que lui avait léguée son mari. Certains avaient jugé ce geste tout à fait inconvenant, mais d'autres l'avaient salué comme une avancée pour les femmes.

Cette fois, cependant, il s'agit de tout autre chose. Récemment, lady X a été vue à plusieurs reprises en compagnie d'un cow-boy américain – pas un important rancher, chers lecteurs. Non, le cow-boy de lady X n'est qu'un simple Texan qui ne possède que sa selle. On s'interroge déjà sur la prochaine tocade de lady X : s'intéressera-t-elle, demain, aux dockers du port de Londres ? Le défunt lord X doit se retourner dans sa tombe.

— Tu viens du Colorado, pas du Texas, commenta Olivia quand ils eurent fini leur lecture. Tout est faux, dans ce torchon.

Elle froissa le journal pour en faire une boule qu'elle jeta dans le caniveau.

Prudence en trembla de rage.

— Non, rien n'est faux ! Vous vous imaginiez sans doute que personne ne remarquerait votre manège éhonté, mais c'est peine perdue.

— Ce que fait Olivia ne regarde personne, intervint Will.

— Vous vous trompez, rétorqua Prudence. Un comportement indécent ne peut pas être toléré par la bonne société. Or, se prélasser impudemment avec un péquenaud américain est de la plus grande indécence.

— Comment osez-vous ? se récria Olivia, furieuse qu'on puisse insulter Will ainsi.

— Comment osez-vous, *vous,* lady Xavier ? lui renvoya Prudence. Vous jugez-vous donc tellement audessus de tout le monde, pour que vos faits et gestes soient acceptés sans sourciller ? Vous croire exemptée d'obéir aux règles qui gouvernent toute la bonne société est d'une arrogance incroyable. Mais c'est aussi très dangereux. Si vous continuez ainsi, plus personne ne vous adressera la parole.

— Et à supposer que je m'en moque ? répondit Olivia.

— Il ne s'agit pas seulement d'invitations à des mondanités, et vous le savez très bien, fit valoir Prudence. Si vous êtes ostracisée, votre brasserie s'en trouvera aussi affectée.

— Quoi ? fit Will.

— Oui, insista Prudence en se tournant vers lui. Lady Xavier étant l'une des rares femmes à diriger une entreprise, elle focalise sur elle l'attention de l'opinion publique. Et croyez-moi : plus personne ne voudra traiter avec une femme perdue de réputation.

— Avez-vous terminé votre sermon ? siffla Olivia, qui serrait les dents.

— J'ai dit ce que j'avais à dire, répliqua Prudence, hautaine.

— M'dame, soupira Will, je n'aime pas manquer de respect aux dames, mais puisque vous venez de nous prouver que vous n'étiez rien d'autre qu'une vipère à ragots, je vais maintenant vous demander de ficher le camp. Et vite.

Prudence en resta un instant bouche bée. Puis elle tourna les talons et s'enfuit, à la fois indignée et horrifiée.

Olivia en tremblait de rage et de frustration. De retour à Bayswater, elle fila dans le salon, se servir un scotch qu'elle vida d'un trait. Puis elle contempla la carafe d'alcool, où se reflétaient les flammes de la cheminée. Elle aurait voulu se perdre dans ce vertige ambré qui lui évoquait un monde de liberté. Un monde sans George Pryce, sans étiquette mondaine, sans Prudence Culpepper et toutes ses semblables…

Will s'approcha derrière elle, et la prit par les épaules. La jeune femme s'adossa à son torse. Si solide. Si sûr.

Elle prit une profonde inspiration.

— Emmène-moi au lit, dit-elle. Fais-moi oublier tout cela.

— Olivia…

Elle se retourna, et vit le désir qui brillait dans ses yeux.

— Nous n'avons pas beaucoup de temps, Will, alors autant en profiter.

— Tu as raison, autant en profiter, répéta-t-il.

Leurs lèvres se scellèrent et elle en oublia aussitôt ses soucis.

Ils étaient étendus sur le lit, à goûter un peu de repos après leur étreinte, quand quelqu'un glissa une enveloppe sous la porte. Olivia se redressa, surprise. Lorsque Morton avait un message urgent à lui communiquer, il préférait frapper directement au battant.

— Laisse tomber, lui murmura Will.

Mais elle était trop intriguée pour ignorer plus longtemps la lettre. Elle bondit hors du lit et alla la ramasser.

— C'est pour toi, annonça-t-elle, perplexe. Ton nom est inscrit sur l'enveloppe.

Il la rejoignit en un éclair.

Ils se dévisagèrent un moment, puis il se décida à décacheter l'enveloppe.

— Il n'y a qu'un nom et une adresse, dit-il avant de relever les yeux. Lawford a fini par retrouver ma famille.

— C'est merveilleux ! commenta Olivia, d'une voix cependant lointaine.

La réalité les rattrapait une fois de plus au galop.

16

Will contemplait toujours les quelques mots griffonnés par Lawford.

— Ainsi, la quête est terminée... murmura-t-il finalement.

Où donc était la jubilation qu'il était censé éprouver en un tel moment ? Il s'était imaginé que retrouver sa famille lui permettrait de se découvrir des racines. De répondre aux questions qu'il n'avait cessé de se poser depuis l'enfance. Or, il touchait désormais au but.

— Je peux voir ? demanda Olivia.

Will lui tendit la lettre et alla s'habiller, l'esprit égaré.

— Benjamin Bradshaw, lut-elle à haute voix. 9, Half Moon Street, à Londres.

— C'est de l'autre côté de la ville, je suppose ?

Il était persuadé que ce Ben Bradshaw ne pouvait qu'habiter dans les quartiers pauvres de la capitale.

Olivia le rejoignit.

— Non. Half Moon Street est dans Mayfair.

Ce nom ne lui disait rien.

— Ah ouais ? fit-il, se penchant pour ramasser ses bottes.

Impatientée, elle lui secoua le bras.

— Tu ne comprends rien ! Mayfair est le quartier le plus huppé de Londres ! Seules les familles les plus riches et les plus titrées y habitent. Comme les Rothschild, par exemple.

Will avait l'impression d'être totalement perdu. Voyant qu'il ne répondait rien, Olivia poursuivit :

— Rends-toi compte : si ce Benjamin Bradshaw est un membre de ta famille, et qu'il vit à Mayfair...

— Alors, je suis riche, conclut Will d'un air sceptique. Le problème, Olivia, c'est que je ne me sens pas dans la peau d'un riche.

La jeune femme, cependant, paraissait sincèrement heureuse de cette nouvelle.

— Mais Will, c'est formidable !

Il fronça les sourcils.

— Ah ?

Elle entreprit à son tour de se rhabiller.

— Ça change tout, expliqua-t-elle. Si tu es issu d'une famille fortunée et influente, je... (Elle détourna le regard.) Je me dis que nous avons peut-être une chance, tous les deux. Dans ce cas...

Will comprit aussitôt ce qu'elle voulait dire.

— Nous pourrions demander à toutes ces vipères de se taire, devina-t-il avec un grand sourire.

— Exactement.

Il l'enlaça par la taille et la fit tournoyer dans la pièce, avant de s'immobiliser pour plonger son regard dans le sien.

— Tu as raison. C'est la meilleure nouvelle depuis longtemps, dit-il. Je vais enfin pouvoir te faire la cour dans les règles.

Olivia sentit qu'elle allait de nouveau céder au désir. Elle se reprit.

— Ne nous laissons pas distraire. Allons tout de suite rendre visite à ce Benjamin Bradshaw. Il est presque dix heures du soir, mais n'attendons pas demain.

— D'accord, m'dame.

Will était pressé de faire la connaissance de son parent, maintenant qu'il savait ce qui lui avait tellement manqué, durant toutes ces années : une vraie famille. Et cette famille se composait d'Olivia, de ce Bradshaw et des autres personnes qui lui seraient reliées.

Quand il eut terminé de s'habiller, il se glissa dans le salon de musique, pendant qu'Olivia appelait sa camériste. Elle voulait faire bonne impression à la famille de Will.

Celui-ci trompa son attente en s'installant au piano. Il avait lui-même songé à revêtir son beau costume, celui de Roddam & Sons, avant de renoncer à cette idée, ne s'y sentant pas complètement à son aise. Et puis, il n'avait pas à avoir honte de ce qu'il était – un cow-boy, et plutôt un bon cow-boy, d'ailleurs. Jake s'était souvent dit fier de lui.

Will joua *L'Horloge de grand-père,* songeant qu'il s'apprêtait peut-être à rencontrer son propre grand-père. Tandis que ses doigts couraient sur le clavier, des projets commençaient déjà à se former dans son esprit. Il resterait en Angleterre ; élèverait peut-être des chevaux à la campagne – Olivia lui avait expliqué que les Anglais raffolaient de courses de chevaux ; ils viendraient finalement à bout de George Pryce, et ensuite ils se marieraient. Ils n'auraient pas d'enfant, mais Will tenait plus à Olivia qu'à une descendance. Le Colorado lui manquerait sans doute un peu. Mais le Colorado n'était qu'une région du monde, alors qu'Olivia était tout son monde.

Lorsque la jeune femme apparut à la porte du salon de musique, vêtue d'une somptueuse robe vert émeraude, Will abandonna le piano pour l'entraîner dans une valse à travers la pièce.

— Nous songerons à te présenter à la cour, dit-elle. Tu charmeras tous les aristocrates.

— Je me moque des aristocrates, Olivia. Toi seule m'intéresse.

Elle lui sourit.

— La roue a tourné, Will. Et enfin dans le bon sens.

Toutes les fenêtres du 9, Half Moon Street étaient allumées et plusieurs attelages attendaient dans la rue. Olivia en déduisit qu'il s'y donnait une réception, ou un dîner. Peut-être auraient-ils dû attendre, pour plus d'intimité, le départ des invités avant que Will ne rencontre sa famille, mais ils étaient tous les deux trop impatients.

L'émotion les avait tenus silencieux durant tout le trajet, mais à peine leur voiture stoppa qu'Olivia eut envie de bondir au-dehors. Elle laissa cependant un valet leur ouvrir la portière et lui tendre la main. Une fois sur le trottoir, elle ajusta nerveusement les plis de sa robe, et considéra d'un œil impressionné la maison. Elle n'était pas beaucoup plus grande que la sienne, mais le quartier de Mayfair possédait un éclat que Bayswater n'égalerait jamais.

Le plus étrange, toutefois, c'était son sentiment d'être déjà venue à cette adresse.

— Prête ? lui demanda Will.

Elle hocha la tête, masquant son trouble derrière un sourire. Il ne semblait pas plus assuré qu'elle.

— Tu es parfait, lui dit Olivia, le voyant resserrer le bandana noué à son cou. Absolument parfait.

— Ils vont peut-être m'expédier nettoyer leur écurie, dit-il, ne plaisantant qu'à moitié.

— Will, ils seront heureux de te voir, affirma-t-elle. Le contraire serait impensable. Tu es grand, fort, courageux, intelligent, et tu as du cœur. N'importe quelle famille serait fière de te compter parmi elle. Donc, cesse de dire des bêtises et ne parle plus d'écurie.

Il lui décocha un sourire.

— Allons-y.

Ils gravirent le perron bras dessus, bras dessous, et Will frappa le heurtoir.

— Vous désirez ? interrogea le majordome parfaitement stylé qui leur ouvrit la porte, tandis qu'on entendait derrière lui les échos d'un dîner.

— Nous aimerions parler aux maîtres des lieux, expliqua Olivia en tendant sa carte de visite.

Le majordome la parcourut du regard, avant de la glisser dans l'une de ses poches.

— J'ai peur qu'ils ne soient indisponibles pour le moment, répondit-il, poli mais ferme. Je les informerai néanmoins que vous êtes passée.

— Il est urgent que nous puissions les voir, insista Olivia. Je suis certaine qu'ils voudront nous rencontrer lorsqu'ils connaîtront le motif de notre visite.

Le majordome ne se laissa pas impressionner.

— Hélas, madame, je ne puis davantage vous aider. Mais vous avez ma parole que…

— Pousse-toi, mon gars, le coupa Will, dont la patience avait des limites.

Il écarta sans ménagement le majordome de son chemin et s'introduisit à l'intérieur.

Olivia s'empressa de le suivre et se retrouva au milieu d'un immense hall, haut de deux étages. Un grand lustre en cristal tombait du plafond. La jeune femme fut à nouveau assaillie par le sentiment d'être déjà venue ici.

Le majordome, perdant son flegme, laissa éclater son indignation.

— Monsieur ! Votre conduite est inqualifiable ! s'exclama-t-il, cependant que quelques valets, plus jeunes et aux épaules plus larges que lui, accouraient déjà en renfort. Sortez immédiatement ou nous serons obligés de recourir à la force !

Olivia comprit que Will, qui se contenait depuis plusieurs jours, voulait cette fois en découdre. Il serrait les poings, prêt au combat.

— Allez, venez, les gars ! dit-il aux domestiques.

— Attendez ! s'interposa Olivia. Nous ne nous serions jamais permis de déranger les maîtres de céans sans une excellente raison. Allez leur dire que lady Xavier réclame un moment leur attention. J'assume personnellement toutes les responsabilités de cette intrusion.

Le majordome semblait toujours hésiter, mais elle le toisait d'un air impérieux. Coulant un regard vers le cow-boy agité qui se tenait à son côté, il jugea qu'il préférait encore affronter le courroux de ses employés, plutôt que la rage de ces visiteurs belliqueux. Il les entraîna dans un petit salon et leur demanda d'attendre.

Olivia s'installa dans un fauteuil, tandis que Will restait debout, à faire les cent pas. La pièce était un peu trop décorée au goût de la jeune femme, avec ses meubles sculptés et son bric-à-brac d'objets précieux, mais elle s'abstint de tout commentaire. Le tic-tac sonore de l'horloge Renaissance faisait écho aux bruits des talons de Will sur le parquet. Olivia, imaginant ce qu'il devait ressentir à ce moment précis, sentit son cœur se serrer.

Il s'immobilisa tout à coup.

— Cette maison ne me plaît pas, dit-il. C'est trop guindé pour moi.

Olivia allait acquiescer, lorsque la porte se rouvrit sur un couple en tenue de soirée. Elle se leva, par politesse, d'autant qu'ils semblaient furieux d'avoir été interrompus dans leur dîner. Elle vit tout de suite qu'ils étaient trop jeunes pour avoir un petit-fils de l'âge de Will.

— Lady Xavier ? interrogea l'homme. Pouvez-vous nous dire ce qui se passe ?

La mémoire d'Olivia lui revint en un éclair. Elle *était* déjà venue dans cette maison. Quand David vivait encore. À l'occasion d'un bal.

Elle esquissa une courbette.

— Pardonnez-nous pour cette intrusion, lord et lady Devonleigh. Puis-je vous présenter mon ami, monsieur Coffin ?

Lord Devonleigh, interloqué, serra la main de Will.

— Vous êtes l'Américain dont j'ai entendu parler ?

— Oui, m'sieur, répliqua Will, qui ne semblait pas moins surpris. Vous ne vous appelez pas Benjamin Bradshaw ?

— Certainement pas, intervint lady Devonleigh. Son prénom est Rupert.

Olivia sentit son estomac se nouer.

— L'un de vos parents ne s'appellerait-il pas Benjamin Bradshaw ? demanda-t-elle. Un cousin ou un oncle, par exemple ?

Le comte et la comtesse échangèrent un regard interrogatif.

— Pas à ma connaissance, répondit finalement lord Devonleigh. Mais ma famille est grande, et celle de Wilhelmina aussi. Pouvez-vous nous dire à quoi rime tout ceci ? Pourquoi avoir interrompu notre dîner et terrifié nos domestiques ?

— Je cherche ma famille, expliqua Will. Et j'ai cru comprendre qu'un parent à moi, du nom de Benjamin Bradshaw, vivait à cette adresse.

Se tournant vers Olivia, il ajouta :

— Lawford se sera trompé.

— J'ai du mal à le croire, fit valoir Olivia. Avec tous les moyens à sa disposition, Graham commet rarement d'erreurs. Bradshaw était peut-être le précédent propriétaire de la maison ? demanda-t-elle au comte.

Lord Devonleigh secoua la tête.

— Cette demeure appartient à ma famille depuis trois générations. Et personne ne s'est jamais appelé Bradshaw. Maintenant, si vous voulez bien nous laisser regagner notre dîner…

Olivia était effondrée. Elle n'arrivait pas à croire que Graham ait pu se tromper à ce point. Et pire, qu'ils aient pu faire, avec Will, des rêves d'avenir en s'imaginant qu'il était issu d'une riche famille de Mayfair. Elle n'osait plus croiser son regard, de peur de fondre en larmes en lisant la déception dans ses yeux.

— Attendez un instant, intervint la comtesse. Ce nom me dit tout à coup quelque chose…

Et sans autre explication, elle tourna les talons et sortit.

Olivia retrouva un peu d'espoir. Elle adressa à Will un sourire d'encouragement, qu'il ne lui rendit pas. Il regardait la porte ouverte, le visage indéchiffrable. Elle songea aux invités rassemblés dans la salle à manger. L'un d'eux s'appelait peut-être Bradshaw. Elle croisa les doigts.

— J'ai beaucoup entendu parler de vous, ces derniers temps, lady Xavier, commenta lord Devonleigh. Pas en bien, hélas.

— Croyez-moi, milord, tout se justifiera à la fin, répliqua-t-elle.

Le comte ne trouva rien à répondre à cela et se mit à regarder lui aussi la porte. Sa femme réapparut enfin.

— J'ai trouvé l'homme que vous cherchez, annonça-t-elle.

Le cœur d'Olivia se serra. Lady Devonleigh s'était tournée vers quelqu'un qui la suivait pour lui faire signe d'entrer.

Un homme aux cheveux blancs, quoique encore très vaillant pour son âge, pénétra dans la pièce. Il portait des vêtements de grosse toile et tenait son chapeau à la main, ne semblant pas comprendre ce qu'on lui voulait. Jusqu'à ce que ses yeux tombent sur Will.

— Luke ! s'exclama-t-il, les yeux soudain emplis de bonheur. Mon fils ! Tu es vivant !

— Voici Benjamin Bradshaw, expliqua lady Devonleigh. L'un de nos cochers.

Ils furent conviés à se retrouver dans une petite pièce du sous-sol. Pour y accéder, ils durent traverser l'office, où les domestiques dévisagèrent Will et Olivia avec un mélange de curiosité et de dédain. Mais Will n'en avait cure. Il avait retrouvé son parent. Et Olivia suivait, silencieuse.

La porte de la pièce refermée, ils s'installèrent autour d'une table et Ben raconta l'histoire de sa famille.

— Luke était mon fils, expliqua-t-il. Il avait épousé Hetty Overbury, une fille de cuisine travaillant chez les Saltney.

Il touchait la manche de Will, pour s'assurer qu'il était bien réel, et s'essuyait de temps en temps les yeux. Tout à l'heure, après avoir réalisé que Will n'était pas son fils, mais son petit-fils, et que ce pauvre Luke était mort depuis des années, Ben avait fondu en larmes. Lord et lady Devonleigh, visiblement embarrassés, s'étaient esquivés le plus vite possible pour rejoindre leurs invités. Non sans avoir suggéré que les retrouvailles familiales se fassent dans un lieu plus discret que le hall de leur demeure.

— Étaient-ils mariés depuis longtemps ? s'enquit Will, qui dévorait des yeux son grand-père, fasciné de retrouver sur son visage des traits lui appartenant.

— Seulement quelques mois, répondit Ben. Luke travaillait avec moi, dans les écuries. Mais il ne voulait plus être domestique. Il rêvait de s'installer à son compte. Un jour, il m'a annoncé qu'il partait avec Hetty en Amérique, commencer une nouvelle vie.

Il laissa échapper quelques larmes, avant d'ajouter :

— Je vois que son rêve ne s'est pas réalisé.

Will s'était habitué depuis longtemps à la mort de ses parents. En revanche, voir quelqu'un d'autre les pleurer était nouveau pour lui. Il coula un regard vers Olivia, qui contemplait Ben bizarrement. Son visage était comme figé.

— Mais parle-moi plutôt de toi, mon garçon, se reprit Ben avec un sourire.

Will sursauta en voyant l'image de son propre sourire illuminer le visage de son grand-père. Dans certaines expressions, leur ressemblance était vraiment frappante.

Il évoqua Jake, raconta sa vie dans le Colorado, décrivant son métier de cow-boy. Ben écoutait des deux oreilles.

— Alors, comme ça, tu es un vrai cow-boy ? demanda-t-il, fasciné.

Will haussa les épaules.

— On peut le dire, oui.

— J'espère que tu n'as pas cambriolé des banques, comme ce Jesse James ? s'inquiéta Ben. Je n'aimerais pas savoir que mon petit-fils est un criminel.

Will esquissa un sourire.

— Non. Jesse James a été tué l'année dernière, et je n'ai aucune envie de prendre sa succession.

Ben parut soulagé.

— Tant mieux. Je suis heureux d'apprendre que tu as hérité de l'amour des Bradshaw pour les chevaux. Voilà des générations que nous travaillons dans les écuries. À force, du sang de cheval doit couler dans nos veines.

Will s'était toujours senti plus à l'aise sur une selle que sur le plancher des vaches. Et ses employeurs l'avaient souvent félicité pour son adresse à cheval.

— Tu as sans doute raison.

— Bien sûr, que j'ai raison ! répliqua son grand-père en tapant du poing sur la table. Tu es un Bradshaw !

— Will Bradshaw, murmura Will, comme s'il cherchait à tester ce nom.

Mais il ne s'y faisait pas encore. C'était Jake qui l'avait baptisé Coffin, et pour l'instant il n'était pas disposé à changer d'identité.

Olivia se leva soudain.

— Je suis sûre que vous avez encore beaucoup à vous dire, lâcha-t-elle. Et je ne voudrais pas troubler davantage cette petite réunion de famille. J'ai été ravie de vous rencontrer, monsieur Bradshaw.

Et là-dessus, elle s'éclipsa.

Will et Ben se regardèrent, perplexes. Puis Will se ressaisit.

— Attends-moi là, grand-père.

Et il s'élança à la poursuite de la jeune femme.

Il la retrouva dans la rue, faisant les cent pas devant l'hôtel particulier des Devonleigh.

— Tu as l'air triste, lui fit-il remarquer en la rejoignant.

Elle secoua la tête.

— Non, tout va bien, assura-t-elle. Mais je vais rentrer, pour ne pas gâcher tes retrouvailles. Je te renverrai la voiture.

Il lui prit les mains.

— Olivia, que se passe-t-il ?

Elle regardait le bec de gaz, sur sa gauche.

— Monsieur Bradshaw est un homme charmant. Et tu lui ressembles beaucoup. Je pense donc que le doute n'est pas permis.

Will comprit immédiatement ce qu'elle voulait dire.

— Je ne serai jamais riche, soupira-t-il, voyant soudain s'anéantir tous ses espoirs.

Olivia essaya de sourire, mais même son sourire était triste.

— Je m'étais imaginé que tout s'arrangerait, une fois tes origines révélées. Que tu étais une sorte de prince en exil, comme dans les contes de fées. C'est idiot, je sais. Mais quand il s'agit de toi, je me fais toujours plein d'illusions.

— Nous sommes tous les deux coupables, répliqua-t-il.

Lui aussi avait rêvé. Mais la vérité était beaucoup plus prosaïque : il n'égalerait jamais le statut social d'Olivia. Et, en Angleterre, ce genre de fossé ne pouvait pas se combler. De toute façon, même avec l'argent légué par Jake, Will ne pourrait pas lui offrir la vie qu'elle méritait et à laquelle elle était habituée. Elle ne serait jamais une fermière du Colorado, qui tuait elle-même le poulet du déjeuner et chassait la poussière de sa maison. Olivia était une lady, et une lady vivait dans le luxe.

Constatant qu'elle fixait quelque chose par-dessus son épaule, il se retourna et suivit son regard. Lord et lady Devonleigh et quelques-uns de leurs invités les observaient depuis l'une des fenêtres. À croire que c'était toujours ainsi, dans ce pays : les gens s'épiaient sans cesse, se mêlant sans vergogne de ce qui ne les regardait pas. Will aurait voulu les insulter, mais cela n'aurait fait que rendre la situation d'Olivia encore plus intenable.

— Rentre à la maison, lui dit-il, faisant barrage de son corps pour empêcher les autres de la voir. Je viendrai tout à l'heure récupérer mes affaires.

Elle écarquilla les yeux.

— Non...

— Ne t'inquiète pas. Je continuerai à t'aider pour te débarrasser de Pryce.

— Ce n'est pas à cela que je pensais. Je ne veux pas que tu partes, Will.

— Il le faut, pourtant. Ben acceptera peut-être de m'héberger chez lui, jusqu'à ce que...

— Jusqu'à ce que quoi ?

— Que je retourne en Amérique.

Olivia posa les mains sur son torse.

— Oh, Will, je ne voyais pas du tout notre histoire se terminer comme ça ! Dans mes romans, le héros et l'héroïne s'éloignent toujours ensemble dans le soleil couchant...

— Je sais, chérie, dit-il en la serrant fort dans ses bras, pour tenter d'imprimer ce souvenir dans sa mémoire. Mais la vie n'est jamais comme dans les romans.

17

— Bonjour, Pryce.

George Pryce reposa son journal et leva les yeux sur Graham Lawford. À son habitude, Lawford était vêtu de sombre – ne portant exclusivement que du gris ou du noir. Pryce trouvait cela attristant, dans la mesure où Lawford avait assez d'argent pour s'offrir les meilleurs tailleurs de la ville et les costumes les plus élaborés. Mais après tout, si Lawford tenait à s'habiller comme un croque-mort, c'était son affaire.

— Ravi de vous voir, Lawford, dit-il, lui serrant la main sans véritable enthousiasme, et reprenant déjà son journal.

Mais Lawford refusa de se laisser congédier aussi vite.

— Voilà une éternité que je ne vous avais plus aperçu au club. Vous étiez sans doute retenu par vos affaires ?

— Hum, fit Pryce pour toute réponse.

Il détestait être interrompu pendant qu'il lisait le journal. Bien sûr, s'il voulait la tranquillité, il aurait dû rester chez lui plutôt que de venir à son club. Mais depuis que Maddox avait empoisonné l'eau de la Greywell, il se sentait d'humeur si allègre qu'il avait voulu se montrer en ville.

— Bon, je vous laisse, fit Lawford, qui semblait avoir enfin compris qu'il dérangeait. J'imagine que nous nous verrons demain soir, de toute façon ?

— Où ça ?

Pryce était toujours invité aux plus grandes réceptions. Que diable se passait-il, demain soir ?

— Au gala donné par lady Xavier, expliqua Lawford. Elle a décidé de fêter son troisième anniversaire à la tête de la Greywell en invitant le Tout-Londres à venir goûter sa bière. Je suis surpris que vous l'ignoriez. J'avais cru comprendre que vous caressiez le projet d'investir dans la brasserie.

Pryce haussa les épaules avec indolence.

— J'ai changé d'avis. C'est un métier trop vulgaire.

— Si vous le dites. Pour ma part, j'ai promis à lady Xavier de me rendre à sa fête. À bientôt, Pryce.

Quand Lawford se fut éloigné, Pryce jeta un regard circulaire à la salle. Il adorait cet endroit, peuplé uniquement de gentlemen de bon ton. Et, dans deux jours, tout le club bruirait du scandale provoqué par cette lady Xavier, qui aurait servi de la bière empoisonnée à la bonne société.

L'idée était si réjouissante qu'il laissa échapper quelques gloussements, qui attirèrent l'attention de ses voisins. Il s'obligea à redevenir sérieux, quoique cela lui coûtât.

Cette imbécile ne se doutait de rien ! Maddox avait parfaitement réussi son coup. Et Pryce n'avait pas à s'inquiéter pour ses futures victimes : leur indisposition ne serait que passagère, les médecins sachant très bien soigner ce type d'empoisonnement alimentaire.

La seule qui ne s'en relèverait pas, ce serait lady Xavier. Sa ruine serait spectaculaire.

Et il mourait d'envie d'y assister de ses propres yeux.

Olivia se tenait sur le seuil de la chambre de Will, le regardant empaqueter ses maigres possessions dans un baluchon. L'opération prit peu de temps, et la chambre se retrouva bientôt aussi vide que les autres. La jeune femme aurait préféré qu'il ait des montagnes de bagages, juste pour le garder un peu plus longtemps sous son toit.

— Voilà, c'est terminé, dit-il après avoir fait un nœud à son baluchon.

Il balaya la chambre du regard, comme s'il cherchait à l'imprimer dans son souvenir.

Olivia s'écarta pour laisser un valet s'emparer du baluchon et le descendre au rez-de-chaussée. Un autre voulut prendre sa selle, posée au pied du lit, mais il interrogea d'abord Will du regard.

— Allez-y, lui dit-il.

Olivia eut envie de pleurer. Will ne laissait jamais personne toucher à sa selle. C'était bien la preuve qu'il était profondément blessé, pour se montrer tout à coup aussi indifférent.

Les deux domestiques s'éclipsèrent, et ils se retrouvèrent seuls.

La jeune femme, appuyée au chambranle de la porte, les bras croisés sur la poitrine, contemplait Will. Il avait le visage fermé, les traits durcis, mais paraissait inébranlable. Tout à coup, elle trouvait qu'il ne ressemblait plus du tout au cow-boy nonchalant entré dans sa vie quelques semaines plus tôt. Il donnait l'impression d'être un homme ayant reçu des coups sévères, mais qui en ressortait plus fort.

À cause d'elle. Ou grâce à elle.

— Will…

— Ne te fatigue pas, Olivia. Tu sais bien qu'il n'y a plus rien à ajouter.

Elle s'avança dans la pièce.

— Je suis triste que cela se termine ainsi. J'espérais…

— Tu espérais l'impossible. Et moi aussi. Mais justement, l'impossible est impossible.

Olivia ne s'était jamais sentie aussi seule et désespérée qu'à cet instant.

— Je comprendrais que tu me détestes, dit-elle. Moi-même, je me déteste.

Il soupira lourdement.

— Je ne te déteste pas, Olivia, assura-t-il en se plantant devant elle. C'est ce pays que je ne supporte déjà plus. Parce qu'il m'empêche de t'aimer.

Elle croisa son regard.

— Oui, je t'aime, Olivia, ajouta-t-il avec un sourire triste.

Malgré les circonstances, elle éprouva une furtive bouffée de bonheur. Elle avait toujours rêvé d'entendre ces mots.

— Ne pars pas, l'implora-t-elle. Tu ne peux pas me dire ça et t'en aller !

— Au contraire. Je ne veux pas détruire ton existence à cause de mes sentiments. Ça n'en vaudrait pas la peine.

— Laisse-moi décider ce qui en vaut ou non la peine.

Il secoua la tête.

— Non. Je suis sûr d'agir pour ton bien. Tout ce que tu m'as raconté sur le deuil de ton mari, sur ce que cela t'aurait coûté si tu ne l'avais pas observé à la lettre, n'est rien comparé à ce que tu devrais subir en restant avec moi. Je ne veux pas que tu souffres à cause de moi, un vulgaire cow-boy sans argent, petit-fils de cocher.

— Mais…

Il la réduisit au silence en posant un baiser sur ses lèvres.

— Je reviendrai demain, Olivia. Pour en finir avec Pryce. Et ensuite, adieu.

Il quitta la chambre. La jeune femme demeura pétrifiée sur place, incapable de bouger. Elle entendit la porte du hall s'ouvrir et se refermer, puis le fiacre qui l'attendait s'ébranler. Alors seulement, elle s'écroula par terre. Et, sans se soucier que la porte de la chambre soit grande ouverte et que les domestiques puissent la voir, elle éclata en sanglots, pour la première fois depuis la mort de David.

Ben l'hébergea, après avoir obtenu la permission du majordome, de la gouvernante et des maîtres des lieux. Ainsi, après avoir dormi tant de nuits dans un grand lit à colonnes qui aurait pu accueillir quatre gaillards comme lui, Will se retrouva cette nuit-là sur un petit matelas, dans une chambre du sous-sol. Un étroit soupirail ouvrait sur la rue, laissant entrevoir les pieds des passants. À part le lit de Ben, et celui installé en hâte pour Will, l'aménagement de la pièce se réduisait à une table, une cuvette, un miroir écorné et deux daguerréotypes, brunis par le temps.

— Elle, c'était ma femme, Emma, avait expliqué Ben en pointant le portrait d'une femme. Elle est morte quatre ans après le départ de Luke pour l'Amérique.

Ma grand-mère, avait songé Will.

— Et... eux ? avait-il demandé, désignant l'autre cadre.

— Ce sont tes parents. Le jour de leur mariage.

Will avait longuement regardé le daguerréotype, qui lui révélait enfin les visages de sa mère et de son père. Ils semblaient très jeunes, et un peu empruntés dans leurs habits de noces. Le père de Will, Luke Bradshaw, lui ressemblait tellement qu'il avait l'impression de se contempler dans une glace.

Étendu sur son petit matelas de fortune, Ben sommeillant à côté de lui, il contemplait toujours le cadre, cherchant, en dehors de la ressemblance physique, quelque chose qui le relierait à ces gens. Mais même maintenant, après avoir conversé avec Ben toute la journée, Luke, Hetty ou Emma lui faisaient toujours l'effet d'être des étrangers. Ben était gentil, bien sûr, et Will éprouvait déjà de l'affection pour lui, mais deux personnes seulement avaient une place dans son cœur : d'abord Jake, et maintenant Olivia.

Cette journée entière sans la voir, sans la toucher, avait été une épreuve terrifiante, à peine tempérée par la joie communicative de Ben de l'avoir retrouvé. Lorsque Will l'avait aidé, dans les écuries, à s'occuper des chevaux des Devonleigh, il n'avait cessé de penser à la jeune femme. Et il avait beau se répéter qu'il avait fait le bon choix en la quittant, il ne comprenait pas pourquoi, si c'était vraiment le bon choix, il en souffrait autant.

Il essayait de se la représenter chez elle. Malgré l'heure tardive, elle n'était probablement pas encore couchée. Peut-être lisait-elle l'un de ces romans d'aventures qu'elle affectionnait tellement. Ou alors, fatiguée des histoires de cow-boys, avait-elle opté pour une lecture plus enrichissante. Sa bibliothèque contenait des centaines de volumes passionnants.

Demain soir, ils en auraient terminé avec Pryce. Du moins l'espérait-il. Olivia pensait avoir tout prévu, mais Will savait que l'aventure était risquée. Si le plan de la jeune femme échouait, elle perdrait la Greywell et, pire encore, sa réputation. Sans parler de sa fortune : elle avait englouti des sommes considérables dans son projet. S'il capotait, elle en sortirait ruinée.

— Jésus… murmura-t-il en se redressant pour s'asseoir sur son matelas.

Comprenant qu'il n'arriverait pas à trouver le sommeil, il s'habilla sans bruit et se faufila hors de la chambre. Ben lui avait dit d'utiliser l'entrée de service, ce qu'il fit pour sortir dans la rue. Là, il commença par inspirer plusieurs goulées d'air frais. Puis, pour s'empêcher de marcher en direction de Bayswater, il obliqua délibérément vers l'est, suivant un chemin qu'il avait déjà emprunté.

— Oh, mon Texan ! s'exclama Portbury en voyant Will franchir la porte du McNeil's. Ça alors ! Je ne pensais pas te revoir, mon gars.

Et, lui donnant une tape amicale dans le dos, il ajouta :

— Qu'est-ce que je t'offre ?

— Un whisky.

Portbury appela le barman, qui leur servit deux verres.

— Laissez-nous la bouteille, lui dit Will.

Et il vida son verre d'un trait, sous l'œil intrigué de Portbury.

— Dis donc, mon gars, tu me fais penser à un mort qui assisterait à ses propres funérailles.

Will remplissait déjà son verre.

— Tant que les morts peuvent se saouler, ça ne me pose pas de problème.

Portbury haussa les épaules.

— Bon, après tout, si tu veux vider cette bouteille, c'est ton affaire. Je vais retrouver mes copains. Au cas où tu me chercherais, je suis au fond de la salle.

Accoudé au bar, c'est à peine si Will s'aperçut que Portbury l'abandonnait. Il continua de vider whisky sur whisky, heureux que personne ne prête attention à lui.

Mais il n'était pas le seul à boire, ce soir-là. Un autre ivrogne, s'apercevant de sa présence, s'approcha de lui.

— Salut, l'ami, dit-il.

Will ne répondit pas.

L'autre, vexé, lui donna un coup de coude dans les flancs.

— Eh ! Je t'ai dit : Salut, l'ami !

Will continuait à sourire à son verre. Il espérait que l'ivrogne se lasserait de l'importuner.

Il se trompait.

— Drôle de chapeau, commenta-t-il, avisant son Stetson.

Et, pour attirer son attention, il voulut s'en emparer. Mais Will fut plus rapide.

— Touche pas à mon chapeau, grogna-t-il.

L'autre, voyant que tout le monde à présent les observait, ne voulut pas rester sur une offense.

— Eh, ton chapeau, si tu veux mon avis, il est ridicule !

Will se tourna alors vers lui avec un sourire carnassier.

— Ça, *amigo*, c'était le mot de trop.

Et il décocha son poing dans la mâchoire de l'ivrogne.

Ben le retrouva le lendemain matin, dans l'écurie. Assis dans une stalle vide, les jambes étirées devant lui, Will regardait d'un œil morne la porte ouverte sur la cour.

— Le soleil ne brille donc jamais, dans ce foutu pays ? demanda-t-il en voyant son grand-père s'immobiliser devant lui.

Ben ne répondit pas à sa question.

— Bonté divine ! s'exclama-t-il. Que t'est-il arrivé ?

Will avait un œil au beurre noir et sa lèvre inférieure, enflée, était maculée de sang séché.

— Je me suis juste un peu battu, dit-il.

Ben parut à la fois furieux et fier.

— J'espère que tu as gagné, au moins ?

Will essaya de sourire, mais n'y parvint pas.

— Oui, j'ai gagné. Mais aussi perdu.

Ben s'agenouilla à son côté.

— Mon garçon, il y a une chose que tu dois savoir, si tu veux atteindre un jour mon âge.

— Laquelle ?

— Il n'existe aucun moyen pour se sortir une femme de l'esprit, expliqua Ben avec un sourire triste.

La cuisinière appliqua sur l'œil de Will un beefsteak saignant. Puis il s'accorda une longue sieste, et quand il se réveilla, il était à peu près présentable. Il s'habilla pour le gala dans la chambre de Ben, enfilant une dernière fois le luxueux habit confectionné par Roddam & Sons. Il doutait en effet d'avoir jamais besoin de le remettre.

— On dirait un vrai aristocrate, commenta son grand-père, assis sur le lit, tandis qu'il finissait de lacer ses chaussures.

Will fit la grimace.

— Je me fais plutôt l'effet d'un clown déguisé.

Il ne lui restait plus qu'à nouer sa cravate. Mais il n'était pas encore passé maître dans cet art. C'était beaucoup plus compliqué que de s'attacher un bandana autour du cou.

Ben se releva.

— Laisse-moi t'aider, dit-il.

Will redressa le menton, pour que son grand-père puisse opérer. Son geste – après tout naturel, entre un grand-père et son petit-fils – lui réchauffa un peu le cœur, même s'il restait glacé à l'intérieur. Si Luke avait vécu, il aurait sans doute lui-même montré à son fils comment nouer une cravate, comment se raser et comment courtiser les filles.

Mais son père aurait-il su quoi faire, dans les circonstances présentes ?

Ce soir, Will allait s'assurer que le plan d'Olivia pour démasquer Pryce ne serait pas déjoué par Maddox. D'un côté, cependant, il espérait que ce dernier tenterait quelque chose, pour avoir le plaisir d'en finir avec lui.

Quand tout serait terminé, il n'aurait plus qu'à remettre son Stetson et faire ses adieux à Olivia. Il n'avait pas l'intention de demeurer plus longtemps en Angleterre. Savoir que la jeune femme était si proche de lui et en même temps inatteignable ne ferait que lui rendre l'existence impossible.

— Je ne t'étrangle pas ? s'inquiéta Ben en le voyant grimacer.

— Non. Je pensais à quelque chose.

— Toujours cette femme, hein ? devina Ben.

Will ne répondit pas. Son grand-père avait fini, et il se recula pour se regarder dans le miroir. Le résultat dépassait ses espérances, même si son œil restait cerné de mauve.

— C'est une aristocrate, n'est-ce pas ? insista Ben. Je me souviens l'avoir aperçue à une réception des maîtres, avec son mari.

— Le mari est mort.

Will tira son baluchon de sous le lit et en sortit son colt, qu'il ajusta à sa ceinture. Les diktats de la mode interdisaient probablement de porter un colt avec un habit de soirée, mais il se moquait d'offenser les goûts de quiconque. Protéger Olivia était le plus important.

Ben écarquilla les yeux en voyant l'arme.

— Tu ne devrais pas te mélanger aux nobles, dit-il. Ils ne nous considéreront jamais comme leurs égaux.

— Olivia n'est pas comme ça, répliqua-t-il, les mâchoires serrées.

Mais Ben n'était pas convaincu.

— N'empêche qu'elle est des leurs. Chaque fois que l'un des nôtres s'aventure un peu trop haut, c'est toujours lui qui finit par le payer.

Will enfourna quelques balles supplémentaires dans sa poche, et il glissa son coutelas dans l'une de ses chaussettes, pour parer à toute éventualité.

— Écoute, Will, insista son grand-père, les gens de la haute ont leurs propres règles, vivent dans leur propre monde, qui nous restera toujours interdit. Cette veuve n'est pas différente des autres.

— Si, Olivia est différente ! explosa Will.

Ben, surpris par sa véhémence, recula instinctivement.

— C'est la meilleure femme que j'aie jamais rencontrée, poursuivit Will. Et je ne veux plus t'entendre déblatérer sur elle.

Il partait déjà vers la porte, mais Ben le rappela :

— Si elle est si différente, alors pourquoi es-tu venu dormir ici, au lieu de rester avec elle ?

Will éclata d'un rire nerveux.

— Parce que je peux conduire des milliers de têtes de bétail à travers les territoires indiens sans ciller d'une paupière, mais que je n'ai pas le courage de briser le cœur de cette femme.

Et là-dessus il sortit, laissant la porte ouverte derrière lui.

George Pryce s'admirait dans le miroir en se souriant à lui-même. Il se trouvait parfait – tout le crédit devait en être porté à Roddam & Sons, dont le travail avait été impeccable, comme toujours. Et le noir de jais de son costume lui sembla particulièrement approprié pour une exécution.

— Beau travail, Crawcook, dit-il à son valet de chambre.

— Merci, monsieur.

Le pauvre homme était si peu habitué aux compliments qu'il en rougit.

— Ce sera tout pour ce soir, Crawcook.

Le valet esquissa une révérence et s'éclipsa. Probablement pour aller conter aux autres domestiques la splendide apparence de son maître, songea Pryce, guilleret.

Il consulta sa montre et constata qu'il était presque huit heures. Le gala de lady Xavier débuterait dans une heure, ce qui lui laissait largement le temps de souper à son club.

— Es-tu certain de ne pas vouloir nous accompagner à l'opéra ? demanda sa mère, qui entra dans sa chambre sans s'annoncer.

Elle portait plusieurs rangs de perles débordant sur son décolleté, et des plumes ornaient sa coiffure. Pryce jugea, avec fierté, qu'elle incarnait à la perfection l'archétype de la comtesse.

— Mère, vous êtes ravissante, dit-il, pressant un baiser sur sa joue.

Elle le repoussa presque.

— Ton père sera très déçu que tu ne te joignes pas à nous.

— Ma soirée est déjà réservée ailleurs, mère.

Lady Pryce soupira.

— Je te trouve de plus en plus bizarre, George, dit-elle avant de tourner les talons.

Après son départ, Pryce s'admira de nouveau dans la glace. Il trouvait très excitant d'avoir ses petits secrets, même à l'égard de gens aussi proches que ses parents. Quand il en aurait fini avec lady Xavier, il se promettait de s'intéresser à d'autres *opportunités,* dont lui avait déjà parlé Maddox. Et tout cela, au nez et à la barbe de ses parents.

Il partit en sifflotant vers son club.

— Vous êtes très en beauté, ce soir, madame, commenta Sarah qui finissait de coiffer sa maîtresse. Mais vous devriez peut-être mettre un peu de rouge à vos joues. Vous êtes si pâle !

Olivia n'avait pas la passion des cosmétiques mais, si elle voulait donner à Pryce l'illusion que tout était parfait dans le meilleur des mondes possibles, elle avait besoin de présenter l'apparence la plus impeccable. Elle étala donc un peu de rouge sur ses joues. Puis elle accrocha ses boucles d'oreilles en saphirs et diamants, qui s'accordaient merveilleusement à sa robe indigo. Elle avait d'abord pensé porter une robe plus chatoyante, mais elle ne se voyait pas mettre des couleurs lumineuses alors qu'elle se sentait en deuil.

Quand elle se releva de sa coiffeuse, Sarah hocha la tête d'un air appréciateur.

— Bonne chance, madame, lui dit-elle.

— Merci, Sarah.

— Est-ce que… monsieur Coffin sera là ?

Olivia sentit son sang se glacer.

— Je crois, oui.

Sarah parut soulagée.

— Tant mieux. Nous nous sentons tous plus en sécurité, avec lui.

Je peux le comprendre, songea Olivia tandis qu'elle gagnait sa salle de bal.

Les domestiques achevaient de mettre la dernière touche aux préparatifs. La salle n'était pas immense – certaines demeures londoniennes possédaient des salles de bal qui auraient pu rivaliser avec Versailles –, mais elle suffirait pour accueillir la centaine d'invités prévus.

Tout était en ordre. Un bar spécial avait été installé, avec des tonnelets qui prodigueraient des verres de

Greywell aux invités. Et l'orchestre répétait déjà sur l'estrade. La cuisinière avait préparé une variété de petits-fours qui s'accorderaient parfaitement avec la bière. La soirée promettait d'être élégante, avec une touche certaine d'originalité.

Graham avait joué son rôle à la perfection pour convaincre George Pryce de venir. Olivia était convaincue que son ennemi ne pourrait pas résister à l'envie d'assister à ce qu'il escomptait être un désastre retentissant. Et si les choses tournaient mal – si Pryce, par exemple, amenait son mercenaire –, Will avait promis de veiller au grain.

Elle examina les tonnelets de bière, pour s'occuper l'esprit. Revoir Will serait l'épreuve la plus délicate de la soirée. Dans cette salle de bal, entourée de gens qui l'épieraient du regard, elle ne pourrait pas se permettre de montrer combien leur séparation la dévastait. Il était devenu si important pour elle – sans compter qu'il lui avait avoué qu'il l'aimait...

La jeune femme cligna plusieurs fois des yeux, pour s'empêcher de pleurer. Hier, déjà, elle avait dû faire appel à toute sa volonté pour se relever du plancher de la chambre de Will et se rendre à la Greywell. Elle y avait réussi, comme elle avait réussi à superviser les préparatifs de la soirée. Tout à l'heure, elle encaisserait les bénéfices de ses efforts.

Mais la victoire – qu'elle espérait – lui laisserait de toute façon un goût amer.

Will pénétra dans la salle de bal, impressionnant dans son habit coupé sur mesure. Olivia aperçut tout de suite son colt, et elle comprit que la soirée risquait, en effet, d'être dangereuse. Si ses invités s'étonnaient qu'il soit habillé pour un bal, mais armé comme pour un règlement de comptes, elle leur expliquerait que c'était une coutume du Far West de ne jamais se séparer de son colt.

Mais elle remarqua aussi son œil. Légèrement enflé, et cerné de mauve, comme s'il s'était battu.

— Que s'est-il passé ? demanda-t-elle, tout à coup mortellement inquiète. (Elle lui caressa la joue.) C'est le mercenaire de Pryce qui t'a fait ça ?

Il secoua la tête, impassible.

— Non, c'est juste un reste de ma petite virée amusante d'hier soir.

— J'aimerais connaître ta définition du mot « amusant », murmura-t-elle.

Il savait parfaitement se défendre – elle l'avait vu à l'œuvre –, mais cela n'empêchait pas qu'elle n'aimait pas qu'il reçoive des coups.

— Merci d'être venu, ajouta-t-elle, pour changer de sujet.

Il haussa un sourcil.

— Tu pensais que je ne viendrais pas ?

— Non, bien sûr. C'est juste que je… (Elle haussa les épaules, dans un mouvement de désarroi.) Tu as plus d'honneur que n'importe quel autre homme que j'aie connu. Et j'en suis heureuse.

— Oui, l'honneur… murmura-t-il en contemplant la salle du regard, sans s'arrêter sur la jeune femme. Il faut croire que j'ai ça dans le sang.

Olivia était mortifiée par son détachement, mais sans doute sa réaction était-elle plus sensée que la sienne. Leur séparation serait moins pénible, s'ils étaient capables l'un et l'autre de prendre les choses avec distance. Will, en tout cas, avait commencé. Elle sentait un fossé plus large que l'Atlantique se creuser entre eux. Et un tel fossé ne pourrait plus jamais être comblé.

18

La salle de bal accueillait quelques-unes des personnalités les plus influentes de Londres : des membres du Parlement ; une belle brochette de nobles titrés ; le rédacteur en chef du *Times* et des proches du gouvernement, tous venus avec leurs épouses. Charlotte et Frederick étaient là, bien sûr. Ainsi que Graham, qui se tenait dans un coin et observait attentivement l'assistance de ses yeux à l'éclat d'obsidienne.

Will, bien qu'il fût habillé pour le gala, avait tenu à monter la garde à l'extérieur.

— Pryce n'est pas idiot, avait-il expliqué, juste avant que les invités ne commencent d'arriver. Il ne tentera rien à l'intérieur. Mais je suis prêt à parier ma selle que Maddox traînera dans les parages, et j'ai bien l'intention de lui couper l'herbe sous le pied.

— Mais Maddox a fini son travail, avait fait valoir Olivia.

Il avait secoué la tête.

— Il est comme Pryce : il voudra s'assurer que tout a réussi. Mais dès qu'il se montrera, je compte lui réserver un accueil à ma façon.

Il patrouillait donc autour de la maison. Olivia était au désespoir de ne pas le voir : elle craignait pour sa sécurité. Maddox n'était pas un gredin ordinaire, c'était un professionnel, et Will n'était pas entraîné contre ce genre de mercenaires.

Malgré ses appréhensions, la jeune femme accueillit cordialement ses invités sans rien laisser paraître, en maîtresse de maison rompue à cet exercice.

— Tout se passera bien, voulut la rassurer Charlotte, dès son arrivée.

Frederick, à son côté, acquiesça.

— Oui, répondit Olivia avec un sourire artificiel, avant de se détourner.

Elle se doutait qu'elle ne ferait pas illusion longtemps devant sa vieille amie, aussi préférait-elle l'éviter.

— Lady Xavier, l'interpella un membre de la Chambre des lords, où est cet Américain dont j'ai tellement entendu parler ?

— Il est occupé, pour l'instant, expliqua-t-elle.

— On raconte qu'il est très... impressionnant, ajouta la femme du député, avec dans la voix un frisson de ravissement horrifié. Presque sauvage.

— Si vous avez envie de vous frotter à la sauvagerie, je vous suggère de visiter le zoo, plutôt que de rabaisser un être humain, s'entendit rétorquer Olivia.

La femme s'empourpra.

— Je... je m'excuse, lady Xavier. Je ne voulais pas...

Olivia l'interrompit par un geste d'apaisement.

— Profitez donc du buffet, je dois accueillir d'autres invités.

Elle s'éloigna là-dessus, de crainte d'ajouter quelque chose qu'elle pourrait ensuite regretter. Encore qu'elle n'aurait eu aucun remords à remettre cette femme à sa place. Comment osait-elle parler de Will comme d'une attraction foraine ? Elle attrapa un verre de bière sur le plateau d'un laquais circulant parmi les invités et en but aussitôt une gorgée, pour se calmer.

— Cette bière est délicieuse, lady Xavier, vint la féliciter le rédacteur en chef du *Times*. Et je dois avouer qu'il est très original de savourer une boisson aussi simple et... conviviale, dans un environnement aussi raffiné.

Les autres invités qui se trouvaient à proximité approuvèrent chaleureusement. La jeune femme les remercia d'un sourire.

— Si nous portions un toast ? proposa soudain une voix familière.

Olivia ferma brièvement les yeux, le temps de s'armer de courage pour l'épreuve qui l'attendait.

Puis elle les rouvrit et se tourna vers George Pryce. Outre qu'il était vêtu, comme les autres invités masculins, d'un smoking, il portait également un monocle qui brillait devant son œil. Elle serra son éventail dans sa main, pour se retenir de le lui lancer à la figure.

— Monsieur Pryce ! Quelle agréable surprise !

— Tout le plaisir est pour moi, chère madame.

La comédie avait commencé. Olivia était supposée faire comme si sa présence était inattendue. Ce qui était faux, bien sûr. Par ailleurs, elle devait masquer son déplaisir de le voir. Pryce comptait sur ses talents d'hôtesse accomplie pour qu'elle s'abstienne de le jeter dehors, au risque de provoquer un scandale. Mais, du coin de l'œil, elle vit Graham se raidir, comme s'il était prêt à se battre.

— Vous voulez porter un toast ? reprit-elle.

— Oui. À votre succès à la tête de la Greywell, confirma Pryce.

Et, jetant un regard circulaire sur l'assistance, il ajouta :

— Levons nos verres en l'honneur de lady Xavier.

Tout le monde s'exécuta volontiers. Olivia, connaissant par cœur la partition qu'elle devait jouer, leva elle aussi son verre.

Pryce la regardait avec un sourire carnassier. Mais elle s'arrêta avant de porter son verre à ses lèvres.

— Nous ne pouvons pas consommer ce toast, dit-elle.

Les autres invités baissèrent leur verre, interloqués.

Pryce haussa les sourcils.

— Pourquoi donc ?

— Vous-même, vous n'avez pas de verre.

Will mourait d'envie d'être à l'intérieur, avec Olivia. Tout à l'heure, il avait vu Pryce descendre de voiture et s'arrêter un instant sur le trottoir pour contempler la maison avec un rire narquois. Will, caché à l'abri d'une porte cochère voisine, s'était retenu de se jeter sur lui, sachant qu'il aurait fait capoter le plan d'Olivia. Il était donc resté dans sa cachette, et il avait vu Pryce gravir le perron et disparaître à l'intérieur.

Tout était donc en place, désormais, pour que le plan de la jeune femme réussisse. Will – qui avait sa propre mission à exécuter – rejoignit alors l'arrière de la maison et pénétra par la porte de service dans la petite cour pavée qui donnait sur l'office. Là, il se tapit dans l'ombre et attendit, convaincu que Maddox ne tarderait pas à se montrer.

Il ne se trompait pas. Au bout d'un moment, il entendit un léger bruit.

— Vous n'avez pas pu vous retenir de venir, hein ? lança-t-il quand Maddox poussa la porte de la cour.

L'autre s'immobilisa. Mais il ne parut pas spécialement surpris de tomber sur Will.

— Quand je prends un contrat, je l'exécute jusqu'au bout.

Will sortit de l'ombre.

— C'est la même chose pour moi.

— Nous sommes donc pareils, commenta Maddox.

— Sauf que moi, je n'enlève pas les femmes. Et que je n'empoisonne pas les puits.

Cette fois, Maddox parut étonné.

— Vous êtes donc au courant ?

Il jeta un regard vers les fenêtres du premier étage, où se tenait la réception. Will comprit aisément ce qu'il avait en tête : avertir Pryce.

— Vous n'irez nulle part, lui dit-il.

— Vous croyez ?

Ils se firent face. La petite cour était juste éclairée par un rayon de lumière s'échappant de l'office.

— Je n'avais encore jamais tué d'Américain, fit Maddox.

Will l'entendit armer un pistolet. Il dégaina et tira. Sa balle heurta le canon de l'arme de Maddox, la faisant voler dans les airs puis retomber quelque part dans le noir. Mais, avant qu'il n'ait eu le temps de tirer une deuxième balle, Maddox s'était jeté sur lui.

Ils se battirent sauvagement pour obtenir la maîtrise du colt, se rendant coup pour coup. Alors qu'ils roulaient à terre, Will finit par lâcher son arme, qui tomba dans un buisson bordant le mur.

Au même moment, la porte de l'office s'ouvrit à la volée. La cuisinière et une autre domestique apparurent.

— J'ai cru entendre un coup de feu, dit la cuisinière.

Maddox réussit à se relever le premier. Poussant violemment les deux femmes de côté, il s'engouffra à l'intérieur. Will, ignorant les cris d'effroi des domestiques, se lança à sa poursuite.

— Un verre ? répéta Pryce d'une voix blanche.

— Mais oui, un verre, insista Olivia avec un charmant sourire. Comment pourriez-vous porter un toast à mon succès, sans un verre de délicieuse Greywell dans la main ?

Pryce s'obligea à se reprendre.

— En vérité, lady Xavier, je ne suis pas très friand de bière. Un verre de vin…

— Allons, monsieur Pryce, le coupa-t-elle. Vous n'allez quand même pas me faire l'affront de ne pas goûter, ne serait-ce qu'un petit peu, à ma bière ? J'ai fait brasser une cuvée spéciale pour la réception de ce soir.

Pryce regarda les verres des autres invités et se crut sauvé.

— Justement, lady Xavier, je la trouve un peu trop claire à mon goût. Si vous aviez eu de la *porter* à me proposer…

Olivia soupira de déception.

— Malheureusement, nous n'en avons pas brassé récemment…

Elle sursauta en croyant entendre le bruit d'une détonation au-dehors, mais au même instant un invité heurta un valet portant un plateau chargé de canapés. Elle continua donc sa partition avec Pryce :

— Mais j'ai peut-être la solution. L'un de mes concurrents m'a envoyé tout à l'heure un tonnelet de *bitter*, pour me féliciter de mon succès. Peut-être cela vous conviendra-t-il ?

Pryce sourit de toutes ses dents.

— Oui, lady Xavier. Un verre de *bitter* fera parfaitement l'affaire.

Olivia prit bien garde à ce que deux valets apportent le tonnelet du concurrent, avec son nom gravé sur le bois, avant de l'ouvrir. Puis on remplit un verre de bière presque noire, qu'on tendit à Pryce, lequel s'empressa de le brandir bien haut.

— À lady Xavier, recommença-t-il, se tournant vers l'assistance. Qu'elle recueille ce qu'elle mérite !

Un chœur d'approbation accueillit ce toast, puis le silence retomba, le temps que tout le monde goûte à son verre – y compris Pryce et Olivia. Il observait la jeune femme avec un petit sourire impatient, tandis qu'elle-même continuait de feindre l'ignorance.

Jusqu'ici, tout s'était bien passé. Pryce s'était comporté comme prévu. Le moment était maintenant venu, pour Olivia, de déclencher la seconde partie de son plan – la plus risquée.

Les domestiques crièrent d'effroi et de surprise en voyant Will et Maddox se tomber dessus dans les cuisines. Will réussit à coincer son adversaire sur la grande table encombrée de plats et d'ustensiles, et lui administra un coup de poing en pleine mâchoire. Maddox, de son côté, se saisit d'une poêle pour le frapper, envoyant du même coup valser des légumes fraîchement cuits à travers la pièce.

Will se baissa à temps, mais pas suffisamment pour éviter que la lourde poêle ne l'atteigne à l'épaule. Le combat reprit, et d'autres accessoires de cuisine volèrent, sous l'œil terrorisé des domestiques, regroupés dans un coin.

Maddox avait reçu plusieurs coups, mais il continuait de se défendre comme un beau diable. À un moment, il approcha des fourneaux et se saisit d'une casserole bouillante, lançant son contenu à la figure de Will. Celui-ci eut juste le temps de porter un bras devant ses yeux pour se protéger. De l'eau bouillante avait giclé un peu partout et les domestiques, cette fois, s'enfuirent de la pièce.

Maddox se saisissait déjà d'une autre casserole, mais Will se jeta sur lui et le frappa encore en pleine mâchoire.

— Maudit yankee ! siffla Maddox, les lèvres ensanglantées.

Il avait repéré une batterie de couteaux. Avant que Will ait pu réagir, il s'empara d'une grande lame et la brandit avec une grimace démoniaque.

— Tu n'es plus si courageux sans ton colt, hein, l'Américain ? le railla-t-il.

— Ne t'inquiète pas, Maddox. Je viens d'un pays qui a de la ressource, répliqua Will.

Et il sortit son propre coutelas de sa chaussette.

Les deux hommes s'observèrent un moment, puis Maddox fit des grands gestes avec sa lame, obligeant Will à reculer d'un pas.

— Arrêtez cela tout de suite ! cria soudain Morton en pénétrant dans la pièce. Sinon, j'appelle la police.

Will voulut dire à Morton de s'éclipser, mais Maddox fut le plus rapide. Il se servit du majordome comme d'un bouclier, s'abritant derrière lui et sa lame plaquée sur sa gorge.

— Maintenant, restez tranquille, lança-t-il à Will, sinon je l'égorge.

Pendant ce temps, il reculait vers la porte menant à l'étage, entraînant un Morton terrorisé avec lui.

Maddox ricanait, à présent, sûr d'avoir repris le dessus. Mais il commit l'erreur de se retourner pour apprécier la distance qui le séparait encore de la porte. Will en profita pour s'avancer. Maddox, jouant le tout pour le tout, poussa violemment Morton dans sa direction et s'enfuit de la cuisine.

Le majordome vint s'écrouler dans les bras de Will, qui avait juste eu le temps de baisser son coutelas.

— Ça va ? demanda Will en l'aidant à se rétablir.

— Oui, répondit Morton. Mais débarrassez-nous de ce ruffian.

— Avec plaisir.

Et il fonça lui aussi vers l'escalier.

Olivia regardait Pryce épier l'assistance. Il était sans doute impatient de voir ses relations mondaines commencer à ressentir les premiers maux de ventre.

La jeune femme décida de passer à l'attaque finale.

— Vous devez vous demander ce qui a fait le succès de la Greywell, n'est-ce pas ? dit-elle, comme si elle cherchait elle-même à se flatter devant lui.

Pryce haussa les épaules d'un air d'indifférence. Il observait toujours l'assistance, attendant le drame qui ne pouvait manquer de survenir.

— Voulez-vous que je vous révèle notre secret ? insista-t-elle. C'est l'eau.

Cette fois, Pryce fut piqué par la curiosité.

— Vraiment ? fit-il, une lueur malicieuse dans le regard. J'ignorais que l'eau jouait un rôle si important dans le brassage.

— Au contraire, l'eau est le principal composant de la bière. Il est donc nécessaire d'en utiliser d'excellente qualité. La Greywell peut se targuer de posséder son propre forage.

— C'est fascinant, commenta Pryce, avant d'avaler une rasade de sa *bitter*.

— J'ai souvent reçu des offres de mes concurrents pour m'acheter mon eau, et je les ai toujours refusées, continua Olivia. Mais l'autre jour, quand l'un d'eux est venu me réclamer un peu de ma précieuse eau pour fabriquer une cuvée spéciale de *bitter* en mon honneur, je n'ai pu évidemment qu'accepter.

Pryce blêmit.

— *Quoi ?*

— La *bitter* que vous buvez, monsieur Pryce, a été brassée hier. Avec l'eau de la Greywell.

George Pryce laissa échapper son verre, qui se brisa sur le parquet. Tous les invités, alertés par le bruit, se tournèrent dans sa direction. Voyant qu'il se mettait à tousser et cracher furieusement, même l'orchestre s'arrêta de jouer.

— Garce ! grogna-t-il. Vous cherchez à m'empoisonner !

— Que voulez-vous dire ? s'étonna Olivia.

— Vous savez très bien ce que je veux dire. L'eau de la Greywell est empoisonnée.

— Empoisonnée ?

Tous les invités se mirent à considérer leur verre d'un œil suspicieux. Seuls Charlotte, Frederick et Graham ne parurent pas le moins du monde surpris par la tournure des événements.

Pryce se précipita vers un pot de fleurs et s'enfonça deux doigts dans la gorge. Les invités, horrifiés, le virent vomir.

— Mais, monsieur Pryce, lui cria Olivia, l'eau de la Greywell est excellente !

— Non ! répliqua-t-il, s'essuyant les lèvres à même la manche de son magnifique costume.

— Sauriez-vous quelque chose que j'ignore ? demanda la jeune femme.

Pryce éclata de rire.

— Je sais beaucoup de choses que vous ignorez, lady Xavier. Et notamment, que l'eau dont vous êtes si fière a été empoisonnée.

Un murmure angoissé se répandit dans l'assistance.

— Je dépense beaucoup d'argent pour m'assurer que mon eau reste toujours parfaitement pure, fit valoir Olivia.

— Vous autres parvenus pensez toujours pouvoir tout acheter avec de l'argent. Mais votre titre est aussi pollué que l'eau de votre forage.

— Je suppose qu'un titre acquis par héritage vous rend supérieur ? le titilla Olivia.

— Sans conteste, répliqua Pryce, hautain. Ma famille est anoblie depuis des siècles. Elle a contribué à forger l'histoire de ce pays. Mais vous… vous et vos semblables, qui ne jurez que par l'argent, vous vous imaginez naïvement que vos coffres-forts vous font les égaux de siècles d'histoire. L'Angleterre mérite mieux que de tomber dans l'escarcelle des arrivistes !

Quelques-uns des invités, en particulier ceux qui avaient acheté leurs titres nobiliaires, ou ceux qui n'en possédaient pas encore, témoignèrent de la répulsion à ce discours. Quant à ceux qui, comme Pryce, étaient nobles depuis des générations, ils détestèrent cet étalage de vanité.

— Mais quel rapport a tout ceci avec l'eau de la Greywell ? s'enquit Olivia, imperturbable.

— Comme je vous l'ai déjà expliqué, elle a été empoisonnée.

— Mon forage est sous bonne garde. Il faudrait prendre de gros risques pour y accéder, et contaminer l'eau.

Pryce en oublia qu'une minute plus tôt, se sentant à l'article de la mort, il s'était fait vomir devant tout le monde.

— Eh bien, moi, je l'ai fait, dit-il, se rengorgeant de fierté.

— Vous, monsieur Pryce ? se récria Olivia. J'ai du mal à vous croire.

— Et pourtant, c'est l'entière vérité.

L'assistance se récria d'effroi et de répulsion mêlés. Pryce, voyant leur réaction, se fit soudain moins triomphant.

— Vous feriez mieux de vous précipiter chez votre médecin ! leur lança-t-il. Sinon, vous allez tous tomber malades.

Les invités, au bord de la panique, commencèrent à se presser vers la sortie.

— C'est une chance, alors, dit Olivia, élevant le ton pour se faire entendre, que la bière destinée à la réception de ce soir ait été brassée avec une autre eau.

La foule, stupéfaite par ce nouveau développement, s'immobilisa sur-le-champ.

Le rédacteur en chef du *Times* s'approcha. Il avait déjà sorti son carnet et son crayon.

— Ainsi, vous étiez au courant de la contamination de votre forage, lady Xavier ?

— Mon associé, Will Coffin, a découvert le sabotage opéré par le mercenaire de monsieur Pryce. En conséquence, j'ai acheté plusieurs milliers de litres d'eau à une brasserie concurrente, et j'ai organisé cette fête dans l'espoir que monsieur Pryce révélerait son crime. C'est ce qui s'est passé.

Pryce, abasourdi, restait figé sur place.

Maddox gravit les escaliers en courant, bousculant les domestiques sur son passage. Will le suivait de peu.

Les deux hommes atteignaient la dernière volée de marches qui les séparait de l'étage où avait lieu la réception, quand Will réussit à attraper la cheville de Maddox, le faisant tomber dans l'escalier. Mais il parvint une nouvelle fois à se relever et, jouant de sa lame pour tenir son adversaire à distance, à reprendre sa course.

Will le rattrapa à la porte de la salle de bal. Olivia et Pryce s'affrontaient sous l'œil ahuri des invités.

— Elle raconte n'importe quoi ! se défendait Pryce. Je ne suis coupable de rien !

— Vous avez pourtant admis le contraire il n'y a pas une minute, objecta Olivia, beaucoup plus calme que lui.

— Et tout le monde, ici, a pu entendre votre confession, intervint Lawford.

— C'est honteux ! cria un invité.

— Le fils du comte de Hessay, empoisonner l'eau de lady Xavier ! Quel scandale ! renchérit une autre voix.

— J'ai comme l'impression que vous arrivez trop tard, murmura Will à Maddox.

— Quoi qu'il en soit, j'achèverai mon contrat, répliqua celui-ci. Empoisonner l'eau n'était qu'une moitié du travail. L'autre moitié, c'est vous tuer.

Et là-dessus il chargea, le couteau de cuisine brandi à bout de bras.

Will fit prestement un pas de côté. Les deux hommes reprirent leur étrange ballet de tout à l'heure, chacun essayant d'esquiver et d'attaquer. Will s'obligeait à rester le plus calme possible. Il voulait jouer sur la fatigue de Maddox. À un moment, celui-ci exposa son flanc gauche, et il en profita pour lui assener un violent coup de pied. Maddox heurta le mur et laissa échapper sa lame, qui roula sur le plancher.

Les invités les plus proches de l'entrée de la salle de bal regardaient, médusés, Will et Maddox se battre à l'extérieur, et Pryce et Olivia s'affronter à l'intérieur. Une femme s'évanouit.

Olivia se précipita soudain vers la porte.

— Will ! Tu n'es pas blessé ?

Avant qu'il ait pu répondre, Pryce sortit comme une furie de la salle.

— Laissez-moi passer ! hurla-t-il.

Il voulut gagner l'escalier, mais Will lui fit un croc-en-jambe et il s'étala par terre comme une marionnette.

Les invités, à présent, se pressaient autour d'eux. Maddox profita de l'agitation pour s'enfuir par une fenêtre. Will courut aussitôt à sa poursuite, mais le bandit avait déjà sauté dans la cour et s'enfuyait.

— Laisse-le partir, dit Olivia qui l'avait rejoint. Nous avons tout ce que nous voulions.

La police, appelée par Morton, montait déjà l'escalier. Pryce voulut s'esquiver, mais Graham se planta devant lui, lui barrant le chemin.

Will regarda Olivia avec fierté. Elle avait réussi à déjouer les manigances de Pryce. Son plan audacieux se terminait sur un complet succès. Il avait envie de la soulever dans ses bras et de l'embrasser fougueusement, mais les invités les observaient avec curiosité. Demain, les journaux se délecteraient à longueur de colonnes de ce qui s'était passé ici ce soir.

— Presque, dit-il. Nous avons *presque* tout ce que nous voulions.

Olivia passa l'heure suivante à tout raconter à la police. La plupart des invités avaient accepté de témoigner, répétant ce qu'ils avaient entendu de l'échange entre Pryce et Olivia.

— Cette histoire serait matière à un beau roman, commenta un député à sa femme.

— Un roman scandaleux, oui ! répliqua son épouse. Dire que le fils du comte de Hessay est tombé si bas !

Olivia, assise sur une chaise, commençait à se sentir un peu assommée par toute cette agitation. Will, lui, avait disparu.

— Ce fut splendide, intervint Charlotte, au moment de partir avec Frederick. Je viens te voir demain, Olivia.

— À demain, répondit-elle d'une voix distraite.

Les invités restant parlaient tous de Will.

— Avez-vous vu un peu cet Américain ? demandait un industriel.

— Stupéfiant personnage, répliqua le rédacteur en chef du *Times*.

— Une belle brute, ma foi ! Mais il paraît que tous les Américains sont ainsi, renchérit une femme. C'est un travailleur manuel, de toute évidence. Avez-vous remarqué ses mains ?

— Et son œil au beurre noir ? ajouta l'industriel.

Olivia se leva de sa chaise.

— Dehors, tous ! leur lança-t-elle.

Comme ils la regardaient avec stupéfaction, elle enchaîna plus crûment :

— Fichez-moi le camp !

— Mais, lady Xavier…

— Je refuse de vous entendre dénigrer plus longtemps l'homme le plus merveilleux que je connaisse, s'enflamma-t-elle. Peu m'importe son pays d'origine, son état de fortune ou ce qu'il fait de ses mains. Ce que je sais, c'est qu'il connaît la valeur des choses. Et qu'il sait défendre ses convictions. Tout le monde ne peut pas en dire autant.

Médusés, et un peu honteux, les invités se pressèrent vers la sortie. La police était déjà repartie et les domestiques avaient fini de tout remettre en ordre.

Olivia, victorieuse, resta seule dans sa salle de bal.

19

— Que dois-je répondre à l'envoyé du *Times*, lady Xavier ? s'inquiéta Huntworth.

Olivia leva les yeux de la pile de papiers posés devant elle.

— Répondez à ce monsieur que je n'ai rien à lui dire. Ni ce matin, ni à midi, ni ce soir, ni demain. Alors qu'il retourne à son journal, au lieu de perdre inutilement son temps.

— Il insiste, se crut obligé de préciser Huntworth.

Olivia avait les paupières lourdes et les membres engourdis. Après les événements d'hier soir, elle avait été incapable de trouver le sommeil. Elle avait veillé dans un fauteuil, devant une fenêtre donnant sur son jardin, l'esprit agité de pensées contradictoires.

Elle aurait dû se sentir heureuse – George Pryce était ruiné socialement et il ne représenterait plus jamais une menace – mais, sans Will pour partager cette victoire, elle n'en éprouvait qu'un vague sentiment de soulagement, mêlé de frustration. Même si Pryce était anéanti, elle avait l'impression d'avoir renoué avec son ancienne lassitude, et le sentiment d'avoir un fardeau trop lourd à porter.

Will s'était éclipsé sitôt sa mission terminée. Juste avant de disparaître, il avait confié à la jeune femme qu'il repartait, dès le lendemain, pour le Colorado.

— Mais, et ton grand-père ? lui avait-elle demandé.

Il avait haussé les épaules.

— C'est un type sympathique, mais il est comme tous ces Anglais, à me seriner ce que je devrais faire ou ne pas faire. Et je ne peux pas rester plus longtemps dans ce pays, en te sachant si proche et en même temps hors de portée.

Il avait soulevé son chapeau, en manière de salut, et avait juste ajouté « Bonne nuit, Olivia » avant de tourner les talons.

Tout était donc terminé entre eux – à jamais. Ni l'un ni l'autre ne chercherait à renouer le contact, et bientôt l'océan les séparerait.

C'était sans doute mieux ainsi, bien sûr. Pourtant, Olivia avait passé une nuit atroce. Dès les premières lueurs de l'aube, elle s'était habillée et s'était rendue à la Greywell. Du travail l'y attendait – en particulier, une volumineuse correspondance à tenir à jour –, et elle voulait s'y plonger pour s'occuper l'esprit. Mais des journalistes avides de sensationnel n'avaient pas cessé de l'importuner de toute la matinée.

Huntworth attendait toujours une réponse au sujet de l'envoyé du *Times*.

— J'insiste, moi aussi, gronda-t-elle. Je refuse de parler à ces messieurs de la presse, quels qu'ils soient. Qu'ils se contentent du communiqué officiel.

Huntworth retourna avertir le journaliste de ce refus. La jeune femme consulta la pendule : un peu plus de dix heures. Will avait-il déjà levé l'ancre ? Elle se frotta les yeux, pour s'empêcher de pleurer.

Parti. Il était parti. Ou sur le point de partir. Pour toujours. Il fallait à tout prix qu'elle se secoue, sinon elle allait crier, devenir folle…

Elle se leva brutalement de sa chaise et se lança dans une visite de la brasserie.

Tout cela était à elle. Chaque chaudière, chaque tonneau, chaque charrette de livraison. Elle s'était battue pour les avoir et pour les conserver. Elle avait choqué la bonne société en prenant les rênes de l'entreprise, mais sous sa direction la Greywell avait prospéré au-delà de tout espoir. Elle avait réellement aimé son travail, et savouré de le voir porter ses fruits. Cependant elle était consciente, depuis longtemps, d'un malaise. On ne pouvait pas être à la fois une femme chef d'entreprise et appartenir à la bonne société. Du moins, pas en Angleterre. C'étaient deux mondes incompatibles, qu'il était impossible de vraiment concilier dans une même personne.

La jeune femme consulta distraitement le thermomètre de l'une des cuves à brassage. Il fallait maintenir une température idéale tout au long du processus. La fabrication de la bière requérait une totale régularité, si l'on voulait contenter le consommateur. Les buveurs de bière détestaient le changement.

Comme l'Angleterre, au fond. C'était un pays qui chérissait la stabilité plus que tout. Même après la mort de David, Olivia n'avait jamais songé à remettre en question les principes qui figeaient la société : les hommes d'un côté, les femmes de l'autre ; les riches et les oisifs d'un côté, les pauvres et les travailleurs de l'autre... Mais, depuis qu'elle connaissait Will, tout lui semblait différent.

Regardant par la fenêtre, elle vit Huntworth congédier les journalistes. Mais ils reviendraient, elle en était certaine. Leurs lecteurs se délectaient trop des scandales.

Elle réalisa soudain qu'elle se moquait des attentes du public. Comme elle se moquait de tout ce qui avait de l'importance pour tant de gens ici : la position sociale, l'étiquette, la conscience de classe... Rien de tout cela n'avait la moindre valeur, en comparaison de l'amour qu'elle portait à Will.

— Oh, mon Dieu, oui je l'aime... murmura-t-elle d'une voix déchirée, le front appuyé contre la vitre.

Avec Will, elle n'avait ressenti aucune contrainte. Il l'acceptait telle qu'elle était, et elle-même ne s'était jamais souciée de savoir comment il gagnait sa vie ou qui étaient ses parents. Elle ne savait qu'une chose : c'était l'homme le plus important de sa vie.

Et elle l'avait laissé filer, simplement parce qu'elle avait craint l'opinion de gens qui ne représentaient rien à ses yeux !

Mais peut-être n'était-il pas trop tard ?

Elle se précipita au-devant de Huntworth quand celui-ci remonta de la cour.

— Monsieur Huntworth, lui dit-elle, je veux que tous les employés des bureaux se mettent en campagne pour savoir quels bateaux appareillent aujourd'hui pour l'Amérique, et si monsieur Coffin doit embarquer sur l'un d'eux.

Huntworth marqua un instant sa surprise, avant d'acquiescer.

— Oui, lady Xavier.

Olivia attendit. Elle espérait rattraper Will à temps, et qu'il lui pardonne. Sinon, elle-même ne se le pardonnerait jamais.

Will donna son habit de soirée à l'un des valets des Devonleigh qui avait sa taille. Il savait qu'il n'en aurait plus l'usage. La gouvernante avait soigné ses quelques contusions héritées de sa bagarre avec Maddox, non sans froncer les sourcils. Les deux nuits qu'il avait passées chez son grand-père, il avait réussi le prodige de rentrer à chaque fois couvert de bleus.

— Je ne comprends pas que tu t'en ailles déjà, commenta Ben en le voyant rassembler son baluchon.

— Si tu veux, tu peux me suivre dans le Colorado, grand-père.

Ben secoua la tête.

— Ma maison est ici, en Angleterre. Je suis trop vieux pour repartir de zéro.

— Et moi, je suis trop vieux pour commencer à vivre comme un Anglais. L'Amérique est un pays sauvage et dangereux, mais c'est aussi le pays de la liberté.

— C'est pour cela que tes parents sont partis, confessa Ben.

Will le questionna du regard.

— Luke me disait souvent qu'il ne pouvait plus respirer ici, expliqua Ben. Il ne voulait plus être domestique. Et encore moins que ses enfants le soient. Il savait qu'en Amérique personne ne lui dirait quoi faire et quand le faire. Et il voulait aussi connaître les montagnes. Je suppose que c'est pour cela qu'il a choisi le Colorado.

— Là-bas, les montagnes touchent le ciel, commenta Will avec un sourire nostalgique.

Il allait refermer son baluchon lorsque Ben lui tendit le daguerréotype représentant ses parents.

— Prends-le avec toi, dit-il. J'ai passé près de trente ans à les regarder, en espérant qu'ils me reviendraient un jour, et d'une certaine manière mon vœu a été exaucé.

— Merci, murmura Will, très ému.

Ben posa une main sur son épaule.

— Ils seraient fiers de toi, Will. Et moi aussi, je le suis. Tu es devenu un homme qui sait se battre pour ses convictions.

Will contempla le portrait de ses parents. La main de Luke Bradshaw reposait sur l'épaule de son épouse, en un geste protecteur.

— Malheureusement non, pas toutes…

Ben fronça les sourcils.

— Tu es toujours amoureux de cette femme, n'est-ce pas ?

— Oui, répondit Will sans l'ombre d'une hésitation.

— Mais elle, connais-tu ses sentiments ?

— Je... je ne sais pas exactement. Je ne lui ai jamais demandé.

Il réalisait soudain qu'il n'avait même pas laissé à la jeune femme la moindre chance de donner son avis. Il était tellement convaincu que leur liaison n'avait pas d'avenir qu'il avait agi seul.

— Ce serait peut-être le moment de t'en préoccuper, suggéra Ben.

Will se passa une main dans les cheveux.

— Elle n'a pas essayé de me retenir, quand je lui ai dit adieu.

Son grand-père secoua la tête.

— Probablement parce que tes propos définitifs ne lui en ont pas donné l'occasion. Et pourtant, tu l'aimes ?

— Oui !

— Elle aussi t'aime. N'essaie pas de prétendre le contraire : je l'ai bien vu dans ses yeux, l'autre soir. Mais je n'arrivais pas à croire qu'une femme de sa condition sociale puisse éprouver des sentiments pour quelqu'un comme nous. Je me suis donc persuadé que j'avais mal vu. Mais j'avais tort. Les domestiques parlent beaucoup, entre eux. La nouvelle s'est répandue jusqu'ici qu'elle est effondrée de ton départ.

Will sentit un pincement au cœur.

— Malheureusement, je ne peux rien faire pour elle, grand-père. Et c'est bien ce qui me tue.

— Bon sang ! gronda Ben, soudain véhément, en le secouant par les épaules. Pense à ce pour quoi ton père est mort – la liberté d'agir à sa guise, sans se soucier du regard des autres. Et pense à ce mineur qui t'a élevé. Ils n'aimeraient pas savoir que leur garçon refuse l'amour de sa vie, simplement parce que la société désapprouve cette relation.

— Par l'enfer ! grommela Will.

Il se mit à faire les cent pas dans la petite chambre, lâchant d'autres jurons au passage. Il avait passé son existence à se battre pour sa survie, affrontant de multiples dangers : tempêtes de neige, attaques d'Indiens, voleurs de bétail... Rien ne l'avait jamais arrêté. Mais il était prêt à laisser filer sans se battre la seule femme qu'il ait jamais aimée.

— Je me suis comporté comme un idiot ! dit-il.

— C'est bien mon avis, approuva Ben avec un sourire. La question, maintenant, est de savoir comment tu comptes rattraper la situation.

Will s'immobilisa face à son grand-père.

— Il me faut un cheval.

Incapable de rester à se tourner les pouces, Olivia participa aux recherches de ses employés. La plupart des bateaux refusaient de communiquer la liste de leurs passagers, mais ellc découvrit que la notoriété avait du bon. Dès que le nom de lady Xavier était mentionné, les compagnies maritimes se montraient aussitôt beaucoup plus coopératives. Son histoire avec Will et George Pryce s'était déjà répandue à travers la ville, et c'était le fait divers du moment.

Il fallut toutefois près de deux heures avant d'obtenir le moindre résultat. Il était déjà un peu plus de midi quand un jeune employé s'écria enfin :

— J'ai retrouvé sa trace !

— Où cela ? demanda Olivia.

— Il a réservé sur le *Gloriana,* qui appareille à deux heures cet après-midi.

— Monsieur Huntworth… commença-t-elle.

— Votre attelage vous attend dans la cour, lady Xavier, la coupa Huntworth avec un sourire énigmatique.

Olivia courait déjà vers la porte, sans prendre le temps de le remercier comme il le méritait.

Mon Dieu ! pria-t-elle. Faites que je n'arrive pas trop tard !

— Elle est partie à la brasserie, monsieur Coffin, expliqua Morton.

Comme Will redescendait déjà le perron, le majordome s'empressa d'ajouter :

— Si je puis me permettre, c'est un plaisir de vous revoir, monsieur.

Will lança son cheval au galop et coupa par Hyde Park, à la stupéfaction des promeneurs et des autres cavaliers, qui n'avaient encore jamais vu un authentique cow-boy traverser le parc à la vitesse de l'éclair.

Il franchit la Tamise au pont de Battersea, satisfait de constater qu'il commençait à se repérer parfaitement dans Londres. Tant mieux, parce qu'il serait peut-être obligé d'y vivre. Il n'aimait pas particulièrement la vie citadine, mais il se moquait désormais éperdument de savoir où il pendrait sa selle, du moment qu'Olivia était à ses côtés.

Enfin, s'il arrivait à la convaincre de vivre avec lui…

Il ralentit un instant son cheval, soudain assailli par le doute, avant de se reprendre : il avait déjà assez perdu de temps en hésitations et vaines réflexions. Le moment était venu d'agir.

Les grilles de la Greywell pointaient droit devant lui. Will força encore l'allure de sa monture, impatient de retrouver la jeune femme.

Mais, à l'instant même où il pénétrait dans la cour de la brasserie, Olivia en sortait dans sa voiture.

L'attelage freina, et elle bondit dehors avant même qu'il se soit complètement immobilisé.

— J'allais te chercher ! cria-t-elle.

Will sauta à bas de son cheval. Il n'était donc pas trop tard ! Il était béni des dieux…

— J'en faisais autant de mon côté, dit-il, s'avançant vers elle.

— Je ne peux pas te laisser partir, Will Coffin. C'est impossible.

— Vous n'avez pas honte, lady Xavier ? se récria soudain Prudence Culpepper, qui les observait depuis le trottoir. Comment osez-vous étaler votre immoralité en public ?

— Il n'y a rien d'immoral à aimer quelqu'un, rétorqua Olivia, s'obligeant au calme. Et surtout pas un homme aussi merveilleux que Will. Si je m'intéressais un peu à vous, j'aurais pitié de votre cœur de pierre, Prudence. Mais ce n'est pas le cas. Alors, fichez-moi la paix.

Prudence Culpepper tourna les talons dans un murmure indigné.

Will se sentait soulevé d'enthousiasme, après avoir entendu Olivia dire qu'elle l'aimait. Il allait se précipiter pour la serrer dans ses bras quand il reconnut le bruit, inimitable, d'un pistolet qu'on armait. Il se retourna en un éclair et vit Maddox surgir de derrière une charrette de livraison. Son arme braquée sur Olivia.

— À quoi joues-tu, Maddox ? demanda-t-il, sa main descendant discrètement vers son colt. La partie est terminée.

Le bandit se rapprocha.

— J'ai ma réputation à défendre, Yankee. Maddox a toujours achevé les missions qu'on lui confiait.

— Mais Pryce est ruiné, fit valoir Olivia.

Will fut stupéfait – et admiratif – de son sang-froid, alors qu'un pistolet visait directement sa tête.

— Peu importe. Quand je dis que je vais faire quelque chose, je le fais. Or, j'avais promis de te tuer, Yankee.

— Alors, cesse de pointer ton arme sur madame, lui ordonna Will.

Au lieu de s'exécuter, Maddox fouilla dans sa poche et en tira un livre qu'il jeta aux pieds de Will. C'était l'un de ces romans à trois sous racontant des histoires de Far West, comme Olivia les affectionnait. Sur la couverture, deux hommes se faisaient face au milieu d'une rue, chacun visant l'autre avec son colt.

— J'aime bien me documenter sur mes adversaires, Yankee, expliqua Maddox. On raconte, dans ce bouquin, que quand deux types veulent régler un conflit, ils se provoquent en duel. C'est ce que je suis venu faire.

Will faillit ricaner.

— Personne ne se bat en duel, Maddox. C'est de la pure invention.

— Et que fais-tu de Wyatt Earp et des Clanton à OK Corral, cow-boy ? insista Maddox.

Voyant la main de Will frôler la crosse de son colt, il ajouta :

— Si tu veux te servir de ton arme maintenant, je n'hésiterai pas à tuer la dame. Ce ne sera pas la première que je tuerai.

Will s'obligea à dominer sa rage. Maddox n'avait plus rien à perdre, ce qui ne l'avait jamais rendu aussi dangereux. Il fallait donc jouer finement.

— Alors, Yankee ? Tu es d'accord pour faire ça dans les règles ou tu préfères que je brûle la cervelle de cette charmante créature ?

Olivia restait figée, les lèvres serrées. Will s'émerveilla à nouveau de son sang-froid.

— D'accord, dit-il.

— Non ! se récria la jeune femme, abandonnant son flegme.

Elle voulut se précipiter vers Will, mais Maddox approcha son pistolet de sa tempe.

— Ne vous mêlez pas de ça, lady Xavier. C'est une histoire entre le Yankee et moi.

Olivia se tourna, affolée, vers Will.

— *Es vet zich alles oyspressen,* dit-il en yiddish. « Tout va bien se passer. »

— Ne parlez pas en langue étrangère devant moi ! glapit Maddox.

— *Abi tzu zein mit dir,* répondit Olivia. « Tant que je serai avec toi. »

— Ça suffit ! hurla Maddox.

Il braquait à présent son pistolet alternativement sur Will et la jeune femme. Will y vit une ouverture.

Profitant de l'instant où le canon du pistolet était à mi-chemin entre Olivia et lui, il dégaina son colt et tira.

Maddox poussa un cri. Une tache rouge maculait déjà sa poitrine. Il tomba à genoux, laissant échapper son arme.

— Ça… ça n'est pas comme ça que ça se passait, dans… dans le livre, balbutia-t-il.

Will alla ramasser son arme.

— Ces romans sont remplis de mensonges, dit-il.

Puis il se tourna vers Olivia, qui avait pressé une main sur sa bouche. Elle était très pâle mais, Dieu merci, saine et sauve.

— Si tu avais mieux lu, ajouta Will, tu aurais appris une chose sur le Far West : les cow-boys protègent toujours ce qu'ils ont de plus cher. À n'importe quel prix.

Maddox roula des yeux et s'écroula face contre terre. Will rengaina son colt.

— Est-ce qu'il est... ? demanda Olivia.

Will déchargea le pistolet de Maddox.

— Ouaip.

Entre-temps le personnel, alerté par le coup de feu, était sorti des locaux. Un murmure de stupéfaction s'éleva dans la cour quand les employés découvrirent la scène : le cadavre de Maddox gisant sur les pavés, Will qui tenait un pistolet, et Olivia qui se jetait dans ses bras.

— Tu es revenu, lui dit-elle, s'agrippant à son cou. J'allais te chercher sur le port. J'avais peur que tu ne sois déjà parti.

Il lui caressa les cheveux de sa main libre.

— Je ne pouvais pas te quitter, Olivia. Je t'aime trop.

Devant tout le personnel médusé, la jeune femme colla ses lèvres aux siennes.

— Moi aussi, je t'aime, Will. Et le reste ne compte pas.

— Épouse-moi, Olivia. Peu m'importe de vivre dans une cabane sans chauffage, si tu es ma femme. C'est mon seul désir.

Elle en avait les larmes aux yeux.

— Et moi, peu m'importe de porter une robe en papier journal, du moment que tu es mon mari. Oui, mon cow-boy, je vais t'épouser.

Épilogue

Golden, Colorado, 1887

Olivia vérifia les comptes une dernière fois, avant de s'accorder un sourire de satisfaction. La brasserie Coffin dégageait enfin ses premiers bénéfices.

Assise derrière son bureau, la jeune femme regarda par la fenêtre qui donnait sur la cour de l'entreprise. Bien sûr, comparée à la Greywell, ce n'était encore qu'une modeste brasserie, mais le marché se développait rapidement dans cette petite ville installée au pied des Rocheuses. Et la brasserie Coffin était l'une des rares de la région, sinon la seule de tout l'Ouest, à pouvoir se réclamer d'un savoir-faire centenaire acquis en Angleterre. C'était sans doute l'une des clés de son succès. Quoi qu'il en soit, les quatre années de travail acharné qu'avaient consacrées Will et Olivia à leur entreprise avaient fini par payer.

Construire cette nouvelle brasserie avait été l'idée de Will. Olivia se serait contentée d'être une femme de rancher, ou même moins, du moment qu'ils étaient mariés et vivaient ensemble. Mais un soir qu'ils débattaient, au lit, de leur avenir, il avait formulé cette proposition qui avait aussitôt enthousiasmé la jeune femme.

À la surprise de tout le monde, elle avait vendu la Greywell peu de temps après l'incident qui avait mis en lumière les agissements de Pryce. M. Huntworth était resté le directeur de production et tout le personnel avait été conservé. Quant à Pryce, l'influence paternelle lui avait évité la prison, mais le comte de Hessay avait expédié son fils cadet en Amérique du Sud, où il avait fini par se perdre dans la forêt amazonienne.

Olivia adorait sa nouvelle vie en Amérique. Les hivers duraient six ou sept mois, mais comment aurait-elle pu se plaindre quand tout le reste était si miraculeux ?

Will ne cessait pas de l'étonner. Il s'était investi corps et âme dans la brasserie, prenant son nouveau métier très à cœur.

— Je n'aurais jamais imaginé que j'aimerais un jour rester toute ma vie au même endroit, lui avait-il dit une fois. Mais, maintenant que je vois ton visage chaque matin au réveil, je n'ai besoin de rien d'autre pour être heureux.

Leur maison de Golden était beaucoup plus petite que son hôtel particulier de Bayswater, mais Olivia appréciait son côté douillet. Ils disposaient d'un salon, avec un piano droit, et une bibliothèque remplie d'ouvrages sérieux et de romans d'aventures. Deux femmes l'aidaient à tenir la maisonnée propre et se chargeaient de la cuisine. Les habitants de Golden étaient tous ouverts et affables.

Quand le temps s'y prêtait, Olivia et Will partaient à cheval pique-niquer dans la montagne. Après s'être restaurés, ils faisaient l'amour sur la couverture et ne rentraient qu'à la nuit tombée.

Aussi, lorsque Charlotte lui demanda, dans l'une de ses lettres, si l'Angleterre lui manquait, elle répondit non sans hésiter. Et Graham, qui s'était proposé de la ramener à Londres si jamais elle était malheureuse dans son exil, s'était vu opposer un refus catégorique. Olivia n'avait jamais été aussi heureuse de sa vie.

La porte du bureau s'ouvrit sur Will.

— Maman ! s'écria le petit Jake, trois ans, lâchant la main de son père pour se précipiter vers elle.

— Où étiez-vous passés, les garçons ? leur demanda Olivia.

— À la poste, expliqua Jake. Papa a reçu un paquet.

— Ah ?

Elle se tourna vers Will, qui vint l'embrasser sur la joue.

— Arrivé spécialement d'Angleterre, dit-il en tirant de la poche de sa veste un petit paquet postal.

— Je peux l'ouvrir ? demanda Jake.

— Bien sûr, chéri.

Olivia et Will échangèrent un sourire, pendant que leur fils déballait le papier entourant le colis. Un an après leur retour dans le Colorado, ils avaient adopté ce petit garçon baptisé Jacob Luke Coffin. Et, récemment, ils avaient rempli un dossier pour adopter une petite fille.

— C'est un livre ! s'exclama Jake, visiblement déçu.

Olivia déchiffra la couverture :

— *Le Cow-Boy et la lady, une histoire vraie*, lut-elle à haute voix. Par Benjamin Bradshaw, cocher à la retraite.

Elle éclata de rire et reposa le livre sur le bureau pour embrasser Will.

— Tu ne veux pas le lire ? s'enquit-il.

— Je connais déjà la fin. Et elle est heureuse.

AVENTURES
& PASSIONS

Retrouvez les romans de la collection en magasin :

Le 5 janvier :
Séduite par un escroc ☙ Caroline Clemmons (n° 8208)
L'ange de la vengeance ☙ Meagan McKinney (n° 3373)

Le 19 janvier :
Le cow-boy et la lady ☙ Zoe Archer (n° 8211)
Captive de ses passions ☙ Kate Lyon (n° 8233)

Découvrez les prochaines nouveautés de la collection :

Le 2 février :
Promise à un autre ☙ Sara Bennett (n° 8116)
Lady Genova veut se remarier pour que son fils ait un père. Elle part demander à lord Henry, son ami d'enfance, ce qu'il en pense. C'est alors que, piégés par un orage, ils succombent à leur désir mutuel. Malheureusement, certains sont prêts à tout pour s'approprier la fortune de la jeune veuve.

Le bijou égyptien ☙ Tammy Hilz (n° 8232)
Égypte, 1799. La bataille archéologique entre Français et Anglais est féroce pour mettre la main sur la coiffe de Menes. Gavin, chargé de rapporter cette couronne en Angleterre, doit faire équipe avec la séduisante Mackenzie, chef de chantier aguerri. Au cœur de tous les dangers, les passions se déchaînent…

Nouveau ! 2 rendez-vous mensuels aux alentours du 1er et du 15 de chaque mois.

Le 16 février :

Des feux sombres Brenda Joyce (n° 3371)

La jeune Jane est confiée à la tutelle du comte de Dragmore, surnommé le Seigneur des Ténèbres. Quant à lui, il n'a aucune envie de s'encombrer d'une gamine de dix-sept ans ! Mais la beauté de Jane le trouble et elle se prend à rêver d'audacieuses caresses...

Le trésor des Highlands –1, Une étourdissante épouse May McGoldrick (n° 8238)

Lorsque son défunt père est accusé de traîtrise, Catherine fuit dans les Highlands auprès du châtelain John Stewarts. Surpris dans une situation compromettante, John décide de l'épouser. Il ne se doute pas que l'éblouissante jeune femme va bouleverser son univers...

Nouveau ! 2 rendez-vous mensuels aux alentours du 1er et du 15 de chaque mois.

Si vous aimez Aventures & Passions, laissez-vous tenter par :

Passion intense

Quand l'amour vous plonge dans un monde de sensualité

Le 19 janvier :

Club Fantaisie Joan Elizabeth Lloyd (n° 8212)

Jenna veut sortir de la routine, et part vivre à New York chez son amie Chloé, une fan de sexe. Très vite, Jenna se libère et les deux femmes montent une maison close de luxe où les hommes viennent vivre leurs fantasmes...

Nouveau ! 1 rendez-vous mensuel aux alentours du 15 de chaque mois.

Romance d'aujourd'hui

Le 19 janvier :

Promesses ☙ Susan Crandall (n° 8213)

Molly, médecin à Boston, sympathise avec une jeune maman qui se sent en danger et lui confie son enfant. Le lendemain, la femme est retrouvée morte. Effrayée, Molly part avec le bébé. Elle est contactée par Dean, l'oncle de l'enfant. Ensemble, ils vont tout faire pour découvrir la vérité.

Doux amer ☙ Spencer LaVyrle (n° 2942)

Depuis la mort de son mari, Maggie ne supporte plus la solitude. Son thérapeute lui conseille de renouer avec ses amis de jeunesse. Maggie appelle Éric : celui avec qui elle a tout partagé, de l'amitié à l'amour. Il semble si heureux... De quel droit lui lance-t-elle cet appel au secours après tant d'années ?

Nouveau ! 2 titres tous les deux mois aux alentours du 15.

Retrouvez également nos autres collections :

SUSPENSE

Le 5 janvier :

Marée fatale ☙ Iris Johansen (n° 8210)

Melis soigne les blessures de son passé meurtri sur une île. Mais, elle détient un secret que beaucoup veulent : l'emplacement d'une cité perdue. Assoiffés de fortune et de gloire, des aventuriers sont prêts à tuer pour connaître cette information. Et Melis est prête à mourir pour défendre son héritage...

Nouveau ! 1 rendez-vous mensuel aux alentours du 1er de chaque mois.

MONDES MYSTÉRIEUX

Le 5 janvier :
Morsure fatale ☙ Suzanne Sizemore (n° 8209)
Colin Foxe est un vampire. Lorsqu'il rencontre Mia Luchese, il est immédiatement attiré par la jeune femme. Issue d'une lignée de chasseurs de vampires, elle croit que tous sont mauvais. Mais, le danger va rapprocher ces ennemis de toujours et les unir passionnément.

Nouveau ! 1 rendez-vous mensuel aux alentours du 1er de chaque mois.

Et toujours la reine du roman sentimental :

Barbara Cartland

Le 5 janvier :
Les deux amours de Pamela (n° 1483) *Collect'or*

Le 19 janvier :
Un nouveau bonheur (n° 4269)

Nouveau ! 2 rendez-vous mensuels aux alentours du 1er et du 15 de chaque mois.

8211

Composition IGS
Achevé d'imprimer en France (Manchecourt)
par Maury-Eurolivres
le 19 décembre 2006
Dépôt légal décembre 2006. EAN 978-2-290-35590-9
Éditions J'ai lu
87, quai Panhard-et-Levassor, 75013 Paris
Diffusion France et étranger : Flammarion